KB151382

제가 왜 참아야 하죠?

제가 왜 참아야 하죠?

참을 만큼 참았으니 이제는 참교육

2018년 10월 27일 초판 1쇄 발행

지은이 박신영
펴낸이 정희용
편집 박은희

펴낸곳 도서출판 바틀비
주소 07255 서울시 영등포구 선유동1로 33 성도빌딩 3층
전화 02-2039-2701
팩시밀리 0505-055-2701
페이스북 www.facebook.com/withbartleby
블로그 blog.naver.com/bartleby_book
이메일 BartlebyPub@gmail.com
출판등록 제2017-000105호

ISBN 979-11-964869-0-7 (03810)

* 책값은 뒤표지에 있습니다.
* 잘못된 책은 구입하신 서점에서 바꿔드립니다.

제가 왜 참아야 하죠?

참을 만큼
참았으니
　이제는
참교육

박신영 지음

바틀비

작가의 말

언젠가는 제가 겪은 직장 내 성폭력 사건에 대해 쓰고 싶었습니다. 재판에서 이기고 사건은 종결되었지만 제게는 인생의 숙제가 생겼습니다. 세상이 왜 이러한지, 사람들은 왜 저렇게 구는지… 이상하고 부당하고 이해 안 되는 일이 많았습니다. 9년간 봐온 상사가 알고 보니 연쇄성폭력범이었던 것도 충격이었지만 폭력 사건 피해를 입었을 뿐인데 제게 손가락질을 하는 사람들에게 더 큰 충격을 받았습니다. 여성사와 페미니즘 책을 읽고 강좌를 들으러 다녔습니다. 여러 번 이사를 다니면서도 고소 진행 당시의 문서를 버리지 않았습니다. 저의 재판은 아직 끝나지 않았습니다. 책으로 낼 때까지는.

페미니스트라면 테러리스트로 여겨지던 시절, 역사 이야기에 조금씩 페미니즘 시각을 가미한 글을 쓰며 기다렸습니다. 드디어 2017년 11월, 'OO계 내 성폭력' 고발로 시작되어 서지현 검사의 폭로로 확산된 미투 운동을 보면서 한 편씩 글을 쓰기 시작했습니다. 고소장이나 판결문, 진술서 등 갖고 있던 자료를 다시 들춰봤습니다. 자료를 더 찾기 위해 서울서부지방검찰청에 갔습니다. 검찰청 민원실에 사건기록 열람·등사를 신청하기 위해서였죠.

서울 지하철 6호선 공덕역에서 서울서부지방검찰청과 서울서부지방법원으로 가는 길은 제게 익숙합니다. 특히 4번 출구 쪽 화장실을 잊지 못합니다. 검사 사무실에 조사받으러 가다가, 법정으로 재판받으러 가다가 화장실에 들어가 토하곤 했기 때문이죠. 화장실 거울도 기억납니다. 토하다 울고 나서는 거울 앞에서 얼룩진 화장을 고쳤습니다. 가해자 앞에서 세게 보이려고 위악적으로 입술을 삐죽이며 "씨발, 썅!"을 연습하기도 했습니다.

오랜만에 가본 공덕역 4번 출구 쪽 여자 화장실에는 10년째 변함없이 제가 있었습니다. 직장 내 성폭력 가해자를 대표로 고소하던, 부당해고에 싸우던, 가해자가 동원한 조폭에게 협박당하던, 사랑하는 사람들의 2차 가해에 괴로워하던, 토하던, 울던, 욕을 연습하던, 찢겨지고 조각난 수많은 모습으로요.

이렇게 10년 후, 저는 서울서부지방검찰청에 다시 가보게 됩니다. 공덕역 화장실에서 10년째 모우닝 머틀(해리 포터 시리즈에 나오는 화장실의 유령)처럼 울고 있는 저를 만나게 됩니다. 저는 저의 유령에게 말해줍니다. 울지 마라, 아무 걱정 마라, 너는 재판에서 이기고 이 모든 경험을 10년 후에 책으로 써내게 된다, 기존의 관계를 정리하고 새로운 친구들을 만나게 된다, 라고요. 10년 동안 더 읽고 더 싸우고 더 지혜로워지고 더 강해진 제가

10년 전의 저에게, 저의 유령에게 말해줍니다. 그러고 나서 들었습니다. 다른 칸의 울음소리를!

미투 운동 시작 후 뉴스와 SNS에서 고통받는 분들을 많이 접했습니다. 다들 사건 당시에는 작고 음습한 화장실 칸에서 울고 있는 유령 같았지요. 그러나 미투 고발이 시작되면서 칸막이는 부서졌습니다. 이제 혼자 울기만 하는 유령은 없습니다. 밖으로 나와 함께 외치는 살아있는 사람들이 있습니다. 미투 고발자들이 겪은 일은 어떤 미친놈을 만난 한 개인이 겪은 불운이 아니었습니다. 너무도 흔한 일이며 피해 여성들은 특정 연령과 직업에만 국한되어 있지 않았습니다. 아니, 모든 여성들은 다 성폭력 피해자였습니다. 가해자 남성 역시 특정 연령과 직업에만 국한되어 있지 않았습니다. 심지어 대통령 후보로 나섰던 반듯한 이미지의 정치인도 있었지요. 이는 무엇을 의미하는 것일까요. 성폭력이 성욕을 못 참는 일부 남성들의 개인적·우발적 범죄가 아니라 사회구조적으로 끊임없이 재생산되는 일상의 범죄, 아니 남성 지배의 일상을 유지하는 범죄라는 것은 아닐까요. 이런 점에서 '미투' 선언은 '나도 당했다'가 아니라 '나도 고발한다'가 맞습니다.

성폭력의 원인은 오직 하나, 가해자입니다. 그럼에도 불구하고 피해자들이 더 비난받는 현실, 고소를 해도 증거 부족으로 기소조차 되지 않는 현실, 기소되어 재판을 해도 가해자는 요리조리 무죄로 빠져나가고 형량도 낮게 나오는 현실, 민사 소송에서 이겨도 그동안 받았던 고통에 비해 터무니없이 보상금이 낮은 현실, 도리어 가해자에게 꽃뱀으로 역고소당해 고통받는 현실…… 현실은 너무도 참혹합니다. 정의는 승리하고 나쁜 짓을 한 사람은 벌받는다고 어릴 적부터 상식으로 배워 알고 있건만 왜 이런 기본적이고 보편적인 상식이 성폭력 사건에는 통하지 않을까요? 다른 폭력 사건은 가해자가 비난받고 피해자는 보호받건만, 왜 성폭력 사건만은 유독 피해자가 비난받고 있을까요?

그것은 가해자의 대부분은 남성이고 피해자의 대부분은 여성이기 때문입니다. '인간'에 대한 성'폭력' 사건인데 '성'폭력 사건으로 여겨 피해 '여성'에게서 원인을 찾기 때문입니다. 평등하지 않은 권력 관계는 폭력을 권합니다. 안전하려면 평등해야 합니다. 그런 의미에서, 사회에 뿌리 깊게 박혀 있는 성차별과 강간문화에 대한 이야기를 책에 담았습니다. 알고 나면 사건을 보다 더 큰 틀에서 조망할 수 있습니다. 낱낱의 사례에 궤변으로 반응하는 사람들에게 상처받거나 분노하느라 에너지를 낭비하지 않을 수 있습니다. 전체 구조를 냉정히 보는 작업은 중요합니다. 범죄자 한 명 한 명을 처단하는 것만으로는 세상이 바뀌지 않기 때문입니다. 오히려 일부 범죄자 남성의 특이한 사례를 비난하는 데 몰두하다가 남성에게 폭력을 허용하고 강간할 권리를 주는 이 사회의 근본 문제를 보지 못할 수도 있습니다.

사회문화적·역사적 배경 이야기에 이어서 제가 직접 경험한 성폭력 사건 이야기를 하겠습니다. 당장 고통받는 분들에게 실질적인 도움을 드리고 싶습니다. 다들 이번 생에 성폭력 재판은 처음이겠지만, 싸우기로 했으면 확실히 이겨야 하겠지요. 평소에 관련 지식이 있고 앞으로 닥쳐올 상황을 예상할 수 있으면 훨씬 유리한 위치에서 싸워 이길 수 있습니다. 고소나 재판까지 진행하지는 않을지라도 일상의 크고 작은 폭력에서 자신을 보호하는 방법을 알고 사는 것도 중요합니다. 우리는 너무도 많은 피해를 경험했기에, 일상의 작은 싸움에서 승리의 경험을 해보는 것이 필요합니다.

같이 싸워서 세상을 바꾸어볼 생각을 하는 당신을 위해 이 책을 씁니다. 우리는 더 이상 칸막이 속에 고립되어 혼자 우는 유령이 아니니까요. 그러니 세상으로 나가 함께 외쳐볼까요. 미투, 나도 고발한다. 위드유, 당신과 함께 세상을 바꾸겠다, 라고.

힘든 시기에 제 곁에 있어주신 친구분들과 바틀비 출판사에 깊은 감사를 표합니다. 덕분에 이 책을 쓸 수 있었습니다.

차 례

2 나의 개저씨, 연쇄성폭력범 최 씨

3 Q&A

밤늦게 혼자 다닐 때

성폭력을 당할까봐 무서워하는

남성은 10명 중 1명이다.

여성은 10명 중 8명이다.*

우 리 는
천 재 입
니 다 .

* 여성가족부, 「2016년 전국 성폭력 실태조사 결과보고서」

여자는 천재로 길러진다

나는 천재입니다.

나는 35년 전 초딩 시절, 영계도 아닌 병아리 그림이 그려진 팬티 속으로 손을 집어넣던 아저씨의 손톱 끝이 잘 다듬어지지 않아 따가웠던 것을 기억합니다.

나는 천재입니다.

나는 30년 전 등굣길 만원버스에서 내 뒤에 몸을 밀착한 변태가 귓바퀴에 하악대며 불어넣던 입김의 온도를 기억합니다. 분명 41도였습니다. 동네 목욕탕의 열탕 온도가 41도였는데 지옥의 온도라고 느꼈거든요.

나는 천재입니다.

나는 27년 전 여름, 선생님이 내 겨드랑이 안쪽 가슴 가까운 살을 꼬집으며 웃던 그 눈빛을 기억합니다. 인간의 눈빛이 아니라 인간과 견공이 믹스된 반인반수만이 보일 수 있는 눈빛이었습니다.

나는 천재입니다.

나는 25년 전 밤길, 뒤에서 날 끌어안고 입을 막고 가슴을 만지고 도망간 고딩 남자애가 신은 나이키 운동화를 기억합니다. 나는 "게 섰거라" 소리치며 벽돌을 들고 잡으러 뛰어갔지만 놓쳤습니다. 짝퉁 나이키를 신고 있었기 때문이지요. 엄마는 오빠만 진짜 나이키를 사주었습니다. 우대받고 자란 아들들이 왜 커서 천재가 못 되는지 이상한 일입니다.

나는 천재입니다.

나는 22년 전 미팅 후 걸어가던 중에 갑자기 끌어안고 하체를 비벼대던 대딩 남자애를 기억합니다. 그자의 돼지기름 같은 땀 냄새가 생생해서 지금도 삼겹살을 못 먹습니다. 페이스북 찾아보니 나오던데 찾아가서 사과받을까 생각 중입니다. 딸도 둘 있던데 딸들 앞에서 무릎 꿇려서 레알 참교육 시켜줄까 고민 중입니다. 그러나 천재가 아닌 그 남자는 자신이 한 짓을 기억 못 할 것이 분명합니다. 대한민국 국민은 여자들만 천재로 키워지니까요.

나는 천재입니다.

나는 13년 전 회사 복사실에 혼자 있는 나를 뒤에서 끌어안고 발기된 성기를 비비던 직장 상사를 기억합니다. 한껏 흥분했지만 내 엉덩이에 닿은 그자의 성기 지름은 겨우 2cm였습니다. 앞서와 달리, 성인이 되고 천재력이 쌓인 나는 다르게 대응했습니다. 그자를 고소해서 1cm당 3개월, 총 6개월 징역살이를 시켜주었습니다.

이 모든 것을 기억하는, 나는 천재입니다.

그러므로, 피해자는 물론 대한민국 여성 전체를 모욕한 누군가의 발언을 평생 잊지 않고 줄줄 외우고 다닐 것입니다. 왜냐하면, 나는 천재니까요.

미투 고발이 한창이던 2018년 3월에 있었던 일입니다. 서울시장 출마 선언을 앞둔 정봉주 전 의원이 7년 전에 당시 대학생이던 A 씨를 성추행했다는 기사가 나왔습니다. 정 씨는 며칠 후

기자회견을 열어 사실이 아님을 주장했으나 2011년 12월 23일 해당 호텔에서 카드를 사용한 증거를 발견했습니다. 3월 28일 정 씨는 서울시장 출마를 포기했습니다. 그러나 카드 사용 내역이 발견되기까지 20여 일간, 정 씨의 지지자들은 SNS를 통해 정 씨를 옹호하고 A 씨를 공격했습니다.

특히 A 씨가 7년 전 일을 고발한 점을 비꼬아 변호사인 서권천 씨는 트위터에 이런 글을 올렸습니다.

> 정봉주 전 의원의 성추행 주장을 하는 피해자의 천재성에 감탄을 합니다. 7년 전 일을 장소와 시간별로 막 나눴던 대화처럼 기억을 하고 있습니다. 방금 본 영화의 대사도 정확히 기억하기 쉽지 않은 보통 사람으로선 그저 놀라울 뿐입니다. 수없이 재판을 했지만 이런 천재는 흔치 않습니다.

서 씨의 글은 1,400회 이상 리트윗되었습니다. 공감해서가 아니라 황당해서, 피해자에게 2차 피해를 주는 서 씨에게 분노해서였습니다. 한편 자신이 겪은 성폭력 피해 경험을 언급하며 "나도 천재"라고 서 씨를 비꼬는 게시물도 등장했습니다. 저도 그런 글을 페이스북에 한 편 작성했습니다. 앞에 나온 글이 바로 그 글입니다.

서 씨의 트위터글을 접한 후, 저는 지금까지 겪은 성추행 피해를 시간 순서대로 나열하며 "이 모든 것을 기억하는 나는 천재"라고 선언했습니다. 각자의 성폭력 피해 경험을 세세히 기억해서 고발하는 '#나는 천재입니다, #나도 천재입니다' 해시태그 달기 운동을 제안했습니다. 많은 분들이 동참해주셨습니다. 순식간에 '좋아요' 2,600개가 찍혔습니다. 제가 쓴 글에는 "나도 천재"라며 자신의 경험을 증언한 댓글이 400개 넘게 달렸습니다. 공유해서 자신의 경험이나 의견을 덧붙인 글도 700개가 넘었습니다. 이 결과를 보면서, 저도 놀랐습니다. 이렇게나 많은 여성들이 일상적인 성폭력에 시달리고 있다는 것을 실시간으로 확인했기 때문입니다. 언론사에서도 주목했습니다. 제 글과 다른 분들의 글, 댓글들이 그대로 인용되어 신문 기사에 실리기도 했습니다.

'미투' 비꼰 변호사에 누리꾼들 "나도 천재다" 일침

– 〈한겨레〉 2018년 3월 9일자

가해자 두둔 글에 반박… 2차 피해 막는 '온라인 집단지성'

– 〈경향신문〉 2018년 3월 9일자

"나도 천재다" 미투 피해자 비꼰 변호사에 네티즌 일침

– 〈국민일보〉 2018년 3월 9일자

그런데, 나도 천재임을 선언하는 댓글과 공유글을 일일이 읽어가던 저는 흥미로운 사실을 발견했습니다. 반응이 성별에 따라 달랐습니다. 여성분들은 자신이 당한 폭력을 증언하고 있는 반면, 남성분들은 이렇게나 많았냐며 놀람을 표현하는 글을 주로 쓰고 있었습니다. 이 차이는 뭘까요? 같은 시대, 같은 나라에 살고 있는데 어떻게 다른 성별로 태어난 사람들이 폭력에 시달리고 있다는 것을 이 정도로 모를 수가 있었을까요?

여성들은 일상적으로 성폭력을 겪으며 살고 있습니다. 여성가족부에서 발표한 「2016년 전국 성폭력 실태조사 결과보고서」에 따르면 한국 여성의 21.5%는 살면서 한 번 이상 성추행을 당한 적이 있다고 합니다. '성추행'으로 한정해 조사했는데도 이 정도입니다. 여성이라면 평생 한두 번은 기본으로 성폭력 피해를 당한다고 봐도 과언이 아닐 것입니다. 제가 아는 여성분들에게 물어봐도 성폭력을 안 겪어본 여성은 한 명도 없었습니다. 다 여러 번 겪고 이 폭력의 경험을 오래오래 기억하며 살고 있습니다.

이러한 현실을 바꾸려면, 먼저 현재 대한민국 여성들이 모두 천재임을, 모두 성폭력 피해자임을 인정해야 합니다. 많은 남성

들이 이런 말을 하곤 합니다. '모든 남자를 잠재적 가해자로 몰지 마라. 내 주위에는 그런 일 겪은 여자들 없더라.' 아이고, 의미 없습니다. 그런 반응부터 보이는 남자 앞에서는 여성들이 2차 피해를 볼까봐 말을 하지 않을 뿐입니다.

❶ 여성들은 대부분 성폭력 피해 경험이 있으며, '천재'라는 찬사를 받을 정도로 생생하게 기억하고 있다.

❷ 여성들은 자신의 기억과 경험에 귀 기울여주고, 2차 가해를 하지 않을 사람에게 피해 사실을 이야기한다.

"싫으면 더 저항을 했어야지!"

여성들은 대부분 성폭력 피해 경험이 있다고 앞에서 말했습니다. 그렇다면 그 많은 가해자는 다 누구일까요? 대부분의 남성들은 다 성폭력범이었을까요? '잠재적 가해자로 몰지 말라'며 남성들이 하는 말은 보통 이렇습니다. '대부분의 남성들은 선량하다. 극히 일부의 이상한 남자들이 부지런히 돌아다니며 여러 번 범죄를 저지르기 때문에 피해자가 많은 것이다. 사회적·경제적 지위가 낮은 루저들이나 폭력적 인성을 지닌 남자들만이 성폭력을 저지른다'라고요.

이런 생각은 신문이나 TV 뉴스를 접하면서 강화됩니다. "인면수심 섬마을 여교사 성폭행범들 10~15년형 확정"(〈서울신문〉 2018년 4월 10일자)이란 기사 표제나 "10대 미성년자 7명을 성폭행하고 일부는 중국으로 유인해 접대부로 일하게 해 화대까지 챙긴 인면수심의 50대 남성에게 법원이 중형을 선고했다"(〈중앙일보〉 2018년 5월 10일자) 같은 기사를 보면 정말 아주 비정상적인 남성들만이 성폭력 범죄를 저지르는 것 같습니다. 이들만 피하면 여성들은 안전할 것 같습니다.

그럴까요? 과연 성폭력범은 인간 이하의 인성을 지닌 특이한 사람들일까요? 아닙니다. 멀쩡한 남자들도 성폭력을 저지릅니다. 안희정 전 충남도지사 사건을 볼까요. 2018년 3월 5일, 안 씨의 정무비서 김지은 씨는 JTBC 〈뉴스룸〉에 출연하여 안 씨의 성폭력을 고발했습니다. 그날 생방송을 지켜보던 시청자들은 충격을 받았습니다. 고은, 김기덕 등 그동안 미투 고발된 문화예술계 남성들은 기행적 모습으로 유명했습니다. 그동안 쉬쉬하던 것이 터졌구나, 그럴 만도 하다, 라고 반응하는 사람들이 많았습니다. 그러나 안 씨는 평소 젠틀하고 깨끗한 이미지와 남다른 인권감수성을 보여주었습니다.

그렇습니다. 사이코패스 범죄자가 아니라 대통령 후보 경선에까지 나왔던 반듯한 남자도 성폭력을 저지릅니다. 이게 현실입니다. 그러기에 피해자의 고발로 가해자가 밝혀질 때 "진짜야? 그렇게 안 생겼는데, 안 믿겨져"라는 식의 반응을 하는 것을 삼가야 합니다. 그저 놀람을 표현한 말이라지만 피해자에게는 상처가 됩니다. 피해자의 고발을 의심하는 듯 들릴 수 있습니다. 세상에 가해자같이 생긴 가해자는 없습니다. 평소에 가해자에게 좋은 이미지를 가졌다는 것이 가해자가 무죄란 증거가 될 수 없습니다.

성폭력 가해자의 연령이나 결혼 여부에 대한 통념도 있습니다. 성욕이 끓어넘치지만 아직 경제력이 없어 결혼도 못하고 여자친구도 없는 건장한 20대 남성이 폭력적으로 성욕을 충족시키려다보니 성폭력 사건이 발생한다고 생각하는 경우가 많습니다. 이것도 꼭 맞지는 않습니다. 해마다 집계하여 발표하는 검찰청 통계에 따르면 실제 강간 범죄자는 다양한 연령대에 고르게 분포되어 있습니다. 검거된 강간범의 약 34%는 20대이지만 30~40대도 무려 37%에 달합니다. 성 파트너가 없어서, 성욕 때문에 강간을 하는 것이 아니라는 증거지요.

또 사람들은 성폭력범이 폭력적 수단을 사용해 범죄를 저지른다고 생각합니다. 아마 신문, 방송에서는 상대적으로 끔찍한 사건 위주로 보도하기 때문에 그런 것 같습니다. 그러나 아는 사람이 가해자인 경우 폭력적 방법을 쓰지 않는 경우가 많습니다. 자신의 우월한 지위를 이용해 저지르는 권력형 성폭력의 경우는 더욱 그렇습니다. 안 씨와 김 씨는 도지사와 비서 사이니 분명 권력형 성범죄 사례가 됩니다. 김 씨의 주장에 의하면 안 씨는 김 씨를 여러 번 성폭행했지만 폭력을 쓰지는 않았다고 합니다. 형법상 '강간'은 폭행이나 협박이 있어야 성립되는데 이 경우는 없었습니다. 그래서인지 사람들은 폭력을 쓰지도 않았는데 부른다고 가서 여러 번 강간을 당한 피해자를 이해하지 못하겠다며 비난하기도 합니다. 아래에 김지은 씨의 JTBC 인터뷰 기사에 달린 댓글을 인용해보겠습니다.

> 폭행당했으면 바로 신고를 해야지 수개월간 성폭행당했다는 게 말이 되냐. 바보 천치도 아니고… 싫으면 왜 거절을 못해.

> 난 여자지만 정말 여자가 이해 안 간다. 지금이 조선시대도 아니고… 한번 성폭행당했다면 바로 사표 던지고 나오든 고소하든 할 것이지, 계속 있으면서 두 번 세 번 더 당했다는 게 대체 뭔 소리인가? 한 번이었다면 이해하겠는데 여러 번 성폭행은 도저히 이해가 안 된다.

두 댓글 모두 추천수가 500개가 넘습니다. 추천수는 많은 사람들의 공감을 얻었다는 증거라고 볼 수 있겠죠. 사람들은 왜 이런 생각을 할까요? '강압이나 폭력은 없었다, 합의에 의한 성관계였다'라는 안 씨의 주장에 왜 고개를 끄덕이는 사람들이 많을까요?

안 씨가 폭력을 쓰지 않은 것은, 합의에 의한 성관계여서가 아닙니다. 굳이 폭력을 쓸 필요가 없었기 때문입니다. 상사와 부하 사이, 교수와 학생 사이처럼 권력에 의해 행해지는 성폭력의 경우 이미 힘의 차이가 엄청나기 때문에 가해자는 대놓고 협박할 필요가 없습니다. 피해자는 정색하고 거부하거나 관계를 끊기가 어렵습니다. 직장 내 구제 기관에 고발하기도 힘듭니다. 권력 차이로 인해 오히려 불이익을 받게 되기 때문입니다. 게다가 자신을 성폭행한 사람이 평소 믿고 따르던 스승이나 정치인 등 마음속 우상인 경우에는 자기가 성폭행을 당한 사실마저 의심하게 됩니다. 악마 같은 남자가 강간을 한다는 통념이 마음속에 있기 때문에 평소 존경하고 의지했던 상대를 악마, 강간범으로 생각할 수 없기 때문입니다. 그래서 설마, 이게 강간일까 의심하다가 여러 번 당하게 됩니다.

폭행이나 협박을 하지 않아도 자신의 뜻을 이룰 수 있기에 성폭력범은 신입 여직원이나 논문 지도 대학원생, 거래처 여직원, 의붓딸 등 자신을 쉽게 거절할 수 없는 상대를 골라 성폭력을 합니다. 그러면서도 가해자 본인은 비겁한 협박을 하거나 물리적 폭력을 쓴 적이 없으니 성범죄가 아니라고 생각합니다. 강하게 저항하지 않았기에 상대가 자신을 좋아한다고 착각합니다. 성폭력이 아니라 합의해서 이루어진 성관계라고 믿습니다. 가해자도 평소 성범죄자에 대한 통념을 갖고 있었기에 자신은 그런 못된 인면수심 범죄자가 아니라고 생각하기 때문입니다. 인간은 다들 자신이 좋은 사람이라고 믿기 마련이죠.

안 씨는 물리적 폭력 대신 예스럽고 기괴한 말을 썼습니다. '괘념치 말거라, 내가 부족했다, 잊어라, 다 잊어라', '내가 미투를 보면서 너한테 상처가 되는 것인 줄 알게 되었다, 미안하다, 너 그때 괜찮았느냐' 등등. 마치 궁녀에게 하룻밤 승은(承恩)을 내리는 왕 같기도 합니다. 이런 어휘를 써서 말한 사실을 보면 안 씨가 얼마나 자신의 권력에 스스로 심취해 있었는지를 짐작할 수 있습니다.

한국성폭력상담소에서 발표한 2017년 상담통계에 따르면 전체 피해 상담 중 가장 많은 29.8%가 업무상 관계에서 발생했으며 이 중 64.8%는 상사와 고용주가 가해자였다고 합니다. 이렇듯 아는 사람이 행하는 성폭력은 성욕이 아니라 권력 때문에 발생하는 경우가 많습니다. 그렇다면 사건의 원인은 남성에게 권력과 지위가 쏠린 우리 사회의 성차별적 구조에 있습니다. 사회 구조를 보지 못하고 강간범에 대한 잘못된 통념을 적용해 사건의 진위를 따지는 것은 위험합니다. 성폭력을 하는 남자는 폭력을 쓰는 인면수심 악마라고 생각하기에 상식적인 수준의 도덕관념을 가진 보통 남자들은 자신이 하는 일이 성폭력인지도 모르고 하게 됩니다. 사람들은 가해자가 악마같이 생기지 않았고 평소 이미지가 좋았다는 이유로 피해자를 의심하여 자신도 모르게 2차 가해를 합니다. 피해자는 평소 생각했던 성폭력범의 이미지와 달리 선량했던 가해자의 모습 때문에 자신이 당하는 피해를 인지하여 초기에 대처하기 어렵습니다.

부디 괘념하십시오. 멀쩡한 남자도 성폭력 가해자가 될 수 있음을. 문제는 권력 차이에 있음을. 참고로, '괘념(掛念)하다'는 마음에 두고 걱정하거나 잊지 않는 것을 말합니다.

❶ 극소수의 변태, 괴물, 악마들이 참지 못해서 성범죄를 저지른다는 통념은 사실이 아니다.

❷ 성범죄의 원인은 일상의 성차별적 구조에 있다.

"검사도 성추행을 당하는구나"

미국 할리우드 미투 운동의 영향을 받아서 우리나라에서도 미투 운동이 시작되었다는 말이 있습니다. 사실이 아닙니다. 미국 미투 운동은 2017년 10월 영화 제작자인 하비 와인스틴의 성범죄가 기사화된 후 성폭력 피해를 당한 여성들이 '미투' 해시태그를 달기 시작하면서 확산되었습니다. 우리나라에서는 이미 1년 전인 2016년 10월부터 'OO계 내 성폭력' 해시태그를 달아 문화예술계의 성폭력을 고발해왔습니다.

주로 젊은 여성들 사이에서, SNS에서 진행되던 국내 미투 운동은 2018년 1월, 사회 전체에서 폭발적으로 일어나게 되었습니다. 서지현 검사가 JTBC 〈뉴스룸〉에 출연하여 안태근 전 검사가 저지른 성추행을 고발하면서부터였죠. 앞서 'OO계 내 성폭력' 해시태그 운동이 문단과 연극계, 영화계 등 문화예술계 위주였다면 서 검사의 고발 이후 검사나 국회의원, 정치인 등 이른바 권력가 남성들에 대한 고발이 이어졌습니다.

연쇄적인 성폭력 보도를 접하면서 사람들은 점차 알게 되었습니다. 성폭력은 성욕을 못 참는 일부 이상한 남자가 몸가짐에 문제 있는 여성을 상대로 충동적으로 저지르는 일이 아니라는 것을. 할 수 있으니까, 해도 되니까 하는, 권력 차이에 기반을 둔 폭력이라는 사실을. 전보다 조금 계몽된 셈이지만 이 수준에만 인식이 머물러 있어도 위험합니다. 권력 차이에서 성폭력이 일어난다면 여자의 지위가 높으면 안 당한다고 생각할 수 있기 때문입니다. 이런 상황에서 서 검사의 고발은 또 한번 사람들의 인식 전환을 가져왔습니다. 이제 사람들은 알게 된 거죠. 권력을 가졌다고 여겨지는 직업인이어도 여자라면 성추행을 당한다는 현실을요.

서지현 검사는 2010년 10월 장례식장에서 많은 사람들이 보는 앞에서 안태근 검사에게 성추행을 당했습니다. 사건 직후 직속상관에게 보고했고 사과를 받아주겠다는 약속을 받았습니다. 그러나 사과 대신 인사 불이익을 받았습니다. 서 검사는 수치심과 굴욕감을 느꼈고, 그날의 트라우마로 아이를 유산하기까지 했습니다. 결국 2018년 1월 29일 검찰 내부통신망 '이프로스' 게시판에 글을 올려 그간 겪은 일을 폭로했습니다. JTBC 〈뉴스룸〉에도 출연해 피해 사실을 고백했습니다. 그날의 방송을 보고 '검사 위치에 있어도 성추행을 당하는구나!'라고 놀란 사람들이 많았습니다. 일반적으로 권력과 근접한 직업이라고 여겨지는 검사라는 직업은 서 검사를 성폭력으로부터 보호하지 못했습니다. 같은 직업 내에서도 남성은 여성보다 더 상층 계급에 있기 때문입니다.

'같은 검사지만 가해자가 피해자보다 상급자여서 생기는 일이 아닌가? 이게 왜 남성과 여성의 차이가 되는가?'라고 물으실 분이 계실지도 모르겠습니다. 예를 하나 더 들겠습니다. 2000년 7월 김명자 환경부장관이 겪은 일입니다. 환경부 공무원인 김시평 중앙환경분쟁조정위원장은 술자리에서 김 장관을 거론하며 성희롱 발언을 했습니다. 자신의 직속상관인데도 장관님이라 부르지도 않고 '내 부인과 동갑인데도 아키코 상(명자의 일본식 발음)은 아직도 곱다'라고 말했지요. 또 '여자가 안경을 쓰면 여성으로서의 매력은 50% 이상 뚝 떨어진다. 그러니 안경을 벗고 다녀야 한다'라는 성차별 발언도 했습니다. 김 씨의 말에서 '비록 당신이 내 상관이지만 난 인정하지 않겠다. 당신은 내게 얼굴 평가당하는 일개 여자일 뿐이다'라는 인식이 보입니다. 이 사건으로 김시평 씨는 사표를 제출했고 김 장관은 당일 사표를 수리했습니다. 그렇습니다. 지위 고하의 문제도 아닙니다. 장관도 여자라는 이유만으로 부하 남직원에게 이런 성희롱을 당합니다. 장관님도 아니고 '아키코 상'이라니요? 우리나라 일부 남자들이 일본 여자들에게 갖는 성적 판타지를 알기에 정말 더러운 발언이라는 생각이 듭니다. 이렇듯, 권력을 가졌다고 여겨지는 직업인이어도 여자라면 성폭력을 당합니다. 직장 내 지위 고하와도 상관없습니다. 여성이 상급자여도 남성은 여성보다 더 상층에 있기 때문입니다.

스웨덴에서는 미투 운동 여파로 2018년 노벨문학상 수상자 선정이 취소되었습니다. 수상자를 선정하는 스웨덴 한림원의 종신위원들이 잇따라 사퇴를 했기 때문입니다. 한림원과 관련된 사진작가 장 클로드 아르노가 가해자로 지목된 성폭력 사건에 미온적으로 대응하는 것에 항의해 자진 사퇴를 한 것입니다. 2018년 4월에는 아르노가 2006년 한림원 행사에서 왕위계승 서열 1위인 빅토리아 왕세녀까지 성추행했다는 의혹이 나왔죠. 이렇듯 성폭력을 당하는 데에 여성의 지위는 아무 상관이 없습니다. 왕위를 계승할 사람도 성폭력을 당합니다. 성별이 여성이라면.

남성이 남성에게 성폭력을 당하는 경우도 많습니다. 미국 유명 영화배우인 케빈 스페이시의 성폭력을 고발한 남성들의 예를 보십시오. 국내 유명 성악가가 동성 제자를 수차례 성폭행한 사건을 보십시오(2018년 6월 14일 1심에서 징역 7년 선고). 군대 내에서 선임이 후임에게 가하는 성폭력을 보십시오. 중고등학교에서 여자 같다고 놀림받는 남학생이 당하는 성폭력도 많습니다. 피해 남성은 가해 남성보다 지위가 낮거나 어립니다. '여자처럼' 체구가 작고 '여자처럼' 성격이 유순하거나 '여자처럼' 피부가 희거나 '여자처럼' 예쁘장하게 생겼습니다. 그렇다면, 성폭력을 가능하게 하는 권력은 '여성성'을 가진 것으로 표현되는 약자에게 폭력을 용인하는 '남성성' 그 자체에 있다고 볼 수 있습니다.

성폭력을 가능하게 하는 권력은 '남성성' 자체에 있기에 '루저'도 남성이면 성폭행을 할 수 있습니다. 영화배우 오달수 씨의 경우를 볼까요. 2018년 2월, 이윤택의 성범죄 의혹이 보도되자 이 씨의 극단 출신인 오달수 씨도 성추행, 성폭행을 저질렀다는 폭로가 이어졌습니다. 이에 친구라는 사람이 오달수 씨를 옹호하며 올린 글이 화제였죠. 그 당시의 오달수는 "가난하고 배운 것 없고 못생긴 시쳇말로 루저"였는데 "어떤 직위와 어떤 힘으로 상대를 억압하여 성적인 이득을 취"할 수 있었겠느냐 하는 내용이었기 때문입니다. 옹호하는 건지 공격하는 건지 분간이 안 되는 이런 말을 왜 했는지는 모르겠습니다. 그러나 중요한 시사점이 있네요. 성폭력이 권력의 문제라고 하면 오 씨의 친구처럼 생각하는 사람들이 꽤 있다는 점입니다. 어떤 사람들은 성폭력은 사회적으로 성공하거나 돈이 많거나 높은 지위에 있는 남성이 자신보다 낮은 위치에 있는 여성에게 저지르는 일이라고 생각합니다. 그렇지 않습니다. 성차별 사회에서는 남성으로 태어난 것 자체가 권력입니다. 그것이 바로 생물학적 성(性)이 아닌 사회적인 성을 의미하는 '젠더'의 권력입니다. 젠더 권력은 선천적 권력입니다. 직업적 성공처럼 후천적으로 노력해서 얻는 권력이 아닙니다. 그래서 아무 권력도 없어 보이는 '루저' 남성도 여성을 상대로 폭력을 행사할 수 있습니다.

앞서 안희정 전 지사 사건에서 성폭력은 권력 차이에서 온다고 말했습니다. 거기에다 더합니다. 젠더(사회적인 성) 자체가 권력이라는 것을. 약자를 폭력으로 제압하여 자신의 욕구를 채워도 된다고 여겨지는 '남성성' 자체에 핵심적인 문제가 있다는 것을. 여성뿐만 아니라 어린 남성이나 인간이 아닌 동물 모두 성폭력을 당할 위험에 처해 있다는 것을. 왜냐하면 이들은 모두 약자성, 즉 여성성을 지녔다고 여겨지는 존재들이니까요.

검사도 여성이라면 성추행을 당하고, 루저도 남성이라면 성폭력을 할 수 있습니다. 게다가 성폭력범을 기소하는 권력을 가진 검사 자리에 있어도 여성 검사는 동료 남성 검사들이, 국가가 성폭력 사건을 해결해주지 않아 방송에 나와 폭로해야만 합니다. 이게 21세기 대한민국의 현 상황입니다. 성폭력을 할 수 있는 권력은 사회적 지위의 높고 낮음이나 재산, 권력 여부와 전혀 상관없습니다. 문제는 젠더 권력입니다.

❶ 성별이 여성이라면 한국의 검사, 스웨덴의 차기 국왕도 성추행을 당한다.

❷ 성폭력을 가능하게 하는 권력은 남성성 자체에 있다.

"그러게 왜 그 시간에 그런 데 있었어"

2017년 2월 27일, 여성가족부가 전국 성인 남녀 7,200명을 대상으로 한 「2016년 전국 성폭력 실태조사 결과보고서」가 나왔습니다. 이 보고서에 따르면 남성 응답자의 55.2%가 '여자들이 조심하면 성폭력은 줄일 수 있다'고 답했다고 합니다. 여성 응답자 중 '그렇다'고 답한 비율은 42%였습니다. 정말 조심만 하면 성폭력을 당하지 않을 수 있을까요?

우리는 어려서부터 길조심 차조심 하라고 배웠습니다. 횡단보도 앞에서는 무단횡단하지 말고 초록불이 켜지면 길을 건너라고 배웠습니다. 보행자가 무단횡단을 하다가 사고를 당했다면 보행자 과실도 있습니다. 이런 경우는 조심하면 사고를 예방할 수 있습니다. 반면, 횡단보도에서 초록불을 확인하고 착한 유치원생처럼 손까지 높이 들고 건너도 교통사고를 당하는 경우가 있습니다. 운전자가 신호를 무시하고 보행자에게 돌진했기 때문입니다. 이 경우 사고의 원인은 100% 운전자에게 있습니다. 보행자가 조심하지 않은 탓이 아닙니다. 성폭력 사건 역시 마찬가지입니다. 피해자가 조심하지 않은 탓이 아닙니다. 원인은 가해자입니다. 가해자가 '사람에게 폭력을 가해서는 안 된다'는 신호를 어겼기 때문입니다.

성폭력 사건 기사를 보면 피해 여성을 탓하는 댓글이 너무도 많이 달립니다. 심지어 현행범 검거 현장에서도 그런 말이 들리기도 합니다. 2018년 5월 23일 〈한겨레〉에는 서울 지하철 연신내역에서 불법촬영범을 잡아 경찰에 넘긴 여성분의 사연이 보도되어 있습니다. 그분은 현장에서 "여자도 잘못이 있네"라며 피해 여성을 탓하는 말을 듣고 맥이 탁 풀렸다고 합니다. 그날 피해 여성의 옷차림은 평범했습니다. 그러나, 문제는 여성의 차림새에 있지 않습니다. 머리부터 발 끝까지 몸 전체를 가리는 전통 복장인 '부르카'를 입은 이슬람 여성들도 강간을 당하고 있으니까요. 우리 전통 복식에는 반팔과 미니스커트가 아예 없습니다. 그렇다고 선조 여성들이 한 분도 강간당하지 않은 것도 아닙니다.

참 이상한 일입니다. 옷차림이 성폭력을 유발하니 조심해야 한다니요? 우리는 갓 구워진 빵이 진열대에 헐벗고 나와 있어도 훔쳐 먹지 않습니다. 아무리 맛있는 냄새를 풍겨도 엘리베이터에서 만난 배달원을 때려눕히고 치킨을 훔쳐 먹지도 않습니다. 치킨이니까 당연히 유혹적인 것이지 치킨이 우리를 유혹한 것은 아닙니다. 여성도 마찬가지입니다. 여성의 옷차림이 어떻든 그것은 남성을 유혹하거나 성폭력을 도발한 것은 아닙니다. 남성들을 그 정도로 성욕에 지배받는 존재로 보다니, 왜 그렇게 남성혐오 하지 말라면서 스스로를 열등한 존재로 여기는지 모를 일입니다.

왜 조심하지 않고 같이 술을 마시고 취했냐는 비난도 받습니다. 만취상태에서 성폭력을 당했을 경우에 그렇습니다. 이것도 이상합니다. 멀쩡한 사람의 옷 안주머니에서 지갑을 꺼내가든, 술 취해 잠든 사람의 품에서 지갑을 꺼내가든 범죄인 것은 마찬가지입니다. 음주 운전자가 음주 보행자를 차로 치면 보행자가 술을 마신 것이 잘못인가요? 아닙니다. 운전자가 술을 마신 것이 잘못입니다. 그런데 음주 운전은 엄격히 단속하는 반면 성폭력을 저지른 남성은 술 탓이라며 형량을 경감해주다니요? 도리어 피해 여성에게 술에 취해서 강간당할 여지를 주었다고 비난하다니요? 같은 술을 마시고 저지른 사건인데 말이죠. 정말 이상합니다.

왜 그 시간에, 그 장소에 낯선 사람과 있었느냐고 탓하는 것도 말이 안 됩니다. 낯선 곳에 가지 않으며 밤길을 조심한다고 피할 수 있는 것이 아닙니다. 보통 우리는 교통사고를 당할까봐 무서워서 밤에 외출을 안 한다거나 여행을 포기하지 않습니다. 모르는 사람이 옆자리에 앉는 것이 무서워서 극장에 안 가지도 않습니다. 그런데 왜 성폭력 피해자에게만은 이렇게 말하는 것일까요? 사람은 누구나 가고 싶은 곳으로 이동할 자유가 있는데 말입니다. 굳이 따지자면 가해자에게 왜 그 시간, 그 장소에 성폭력을 하러 갔냐고 물어야 하는 것 아닙니까? 도대체 기준이 없습니다. 왜 그 시간 그 장소에 굳이 그 지갑을 들고 가서 소매치기를 당했냐고 묻는다는 게 얼마나 웃긴 일입니까?

원래 범죄 사건이 발생하면 범죄자를 욕하고 벌하는 것이 맞습니다. 장 발장은 빵을 훔쳐서 5년형을 선고받고 감옥에 갇힙니다. 탈옥하다 잡혀서 총 19년을 복역합니다. 출소한 후에 흉악범으로 손가락질을 받습니다. 빵은 먹음직하게, 훔칠 만하게 생겼다고 욕을 먹지도, 감옥에 가지도 않습니다. 이렇듯 모든 범죄는 범죄를 저지른 자가 비난받습니다. 그런데 많고 많은 범죄 사건 중 하나일 뿐인데 왜 유독 성폭력 사건은 피해자를 비난하고 가해자 편을 들까요?

그건 피해자들의 대부분이 여성이기 때문에 그렇습니다. 아직도 우리 사회가 여성을 남성과 동등한 인간으로 보지 않기 때문에 그렇습니다. 예를 들어보겠습니다. 이따금 집 나간 반려견을 누군가가 잡아먹었다는 뉴스를 접합니다. 이때 그 범죄자가 뭐라고 합니까? 개 목걸이 안 했기에 주인 없는 개인 줄 알고 잡아먹었다, 누가 집 나와 돌아다니랬나?, 내 밭을 망쳐놨기에 잡아먹었다, 내 다리를 물려고 덤빈 못된 개이기에 잡아먹었다… 원인은 개에게 있다는 식으로 이렇게 뻔뻔하게 굽니다. 주인 앞에서 반성하고 사죄하면서도 개 값 물어주면 되지 않냐고 말합니다. 그 강아지의 생명과 고통에 대한 생각이나 반성은 전혀 없지요. 이 부분을 보면 소름 끼칩니다. 성폭력 피해 여성에 대한 편견과 똑같기 때문입니다.

그 개는 잡아먹혀도 싸. (= 그 여자는 성폭행당할 만해.)

집 나가서 거리 돌아다녔어. 내 집 마당에 들어왔어. (= 그러게 왜 밤에 돌아다녀? 왜 겁도 없이 혼자 여행을 가?)

개 목걸이 안 했어. 지저분해서 주인 없는 개인 줄 알았어. (= 옷차림에 문제가 있어.)

막 짖으면서 달려와 물려고 했어. (= 품행에 문제가 있어.)

이런 식입니다. 강아지의 고통을 고려하지 않듯이 피해 여성의 고통과 인권은 생각하지 못합니다. 강아지의 흠을 잡듯이 피해 여성의 문제점을 찾아냅니다. 왜일까요? 여성을 남성과 동등한 인간으로 보지 않는 유구한 성차별 역사와 문화 때문입니다. 범죄자는 사람인데 여성은 사람이 아니니까 감정이입이 안 되거든요. 오죽하면 힘파시(himpathy)라는 말이 있겠습니까. 힘파시는 '그(him)'와 '동정(sympathy)'의 합성어입니다. 가해자 남성에게 소속 집단 구성원이나 대중이 부적절하고 과도하게 감정이입하고 동정하는 것을 의미합니다.

그러므로 성폭력 사건 발생시 조심하지 않은 피해자 탓을 하는 것을 문제 삼아야 하는 이유는 간단합니다. 성폭력의 원인은 가해자이기 때문입니다. 단지 여성도 남성과 같은 인간이기 때문입니다.

❶ 살인 사건이 일어나면 "살해당할 만했네"라고 피해자를 탓하지 않지만, 강간 사건이 발생하면 피해자를 탓한다.
❷ 피해자 탓을 하는 이유는 피해 여성보다 가해 남성에게 공감하고 감정이입하기 때문이다.

"무슨 여자가 자꾸 따지기나 하고!"

2018년, 서울시장 후보로 출마한 신지예 녹색당 후보의 선거 벽보와 펼침막이 연달아 훼손당했습니다. 6월 7일 신 후보 측에서 집계한 바에 따르면 27군데나 됩니다. 그냥 찢는 것도 아니고 예리한 칼로 눈을 도려내는 등, 아주 고의적으로 훼손을 했습니다. 신 후보는 "20대 여성 정치인이자 페미니스트 정치인을 상대로 한 여성혐오 범죄"라며 수사를 촉구했지요.

처벌받을 것이 두려워서인지 선거 벽보를 직접 훼손하지는 않았지만 '나도 찢어버리고 싶다'는 반응이 꽤 많았습니다. 관련 기사 댓글에도, SNS상에도 신 후보의 눈빛이나 표정이 시건방지다는 등 인신공격과 외모 비하 글이 적지 않았습니다. 관찰해 보니 주로 중년 이상 나이의 남성들이 그런 반응을 보였습니다. 박훈 변호사가 대표적 예입니다. 박 씨는 페이스북에 "아주 더러운 사진", "개시건방진", "나도 찢어버리고 싶은 벽보"라는 등의 혐오가 담긴 글을 썼다가 비난받고 사과문을 올렸습니다. 그런데 비난받기 이전, 박 씨 또래 아저씨들이 '좋아요'를 으다다다 누르고 "나도", "나도"라며 댓글을 달더군요. 지방 선거가 끝나자 박 씨는 다시 이 이야기를 거론하는 뒤끝을 보이기도 했습니다. 이번에도 역시 동조하시는 중년 남성들이 많았습니다.

이 아저씨들은 도대체 왜 이러는 걸까요? 박권일 사회비평가는 그 원인을 권위주의로 보는 글을 썼습니다(「그 포스터에 광분한 이유」, 〈한겨레〉 2018년 6월 7일자). 포스터 속 신 후보의 이미지에 대해 반발하는 심리에는 '정치인 머슴론'이 있다고 평했습니다. 이를테면 '공손히 한 표 달라 해도 줄까 말까인데, 어디 나이도 어린 계집애가 감히 되바라지게!'라는 유권자로서 갖는 반발심이라는 것이죠. 저는 여기에서 '나이도 어린 계집애가 감히'에 주목합니다. 우리 사회의 여성혐오 문화에 젖은 남성들은 여성을 자기 아래 두고 지배하길 원합니다. 특히 자기보다 어린 여성이 똑똑해 보이거나 자기주장을 드러내는 것을 허용하지 않습니다. 그래서 남성인 자신의 맘에 안 드는 여성을 공격하는 언어폭력이 만연합니다. 이것도 성폭력입니다.

"개시건방진", "찢어버리고 싶은"이라고 여성의 사진을 보고 화내는 것도 성폭력이다? 좀 오버인가요? 그럼 생각해봅시다. 성폭력이 뭘까요? 어디까지가 성폭력일까요?

관련 법조항을 살펴볼까요. '형법'에서는 폭행 또는 협박으로 하는 강간과 강제추행, 사람의 심신상실 또는 항거불능의 상태를 이용하여 하는 준강간과 준강제추행을 성폭력으로 봅니다. 기본적인 강간과 추행에 더해 '성폭력특별법'에서는 업무상 위력 등에 의한 추행, 대중교통 등 공중 밀집 장소에서의 추행, 화장실이나 목욕장 등 공공장소에 성적 목적을 위해 침입하는 행위, 인터넷 등 통신매체를 이용한 음란행위, 카메라 등을 이용한 촬영과 그 촬영물을 반포·판매·임대·제공 또는 공공연하게 전시·상영하는 것 등등까지를 성폭력으로 보고 있습니다.

그러나 더 넓게 봐야 합니다. 법에서 규정하는 강간이나 성희롱, 성추행 등의 '성적 폭력(sexual violence)'만으로는 여성들이 일상생활에서 당하는 모든 폭력을 다 포함할 수 없습니다. 성폭력은 '여성에 대한 폭력(violence against women)' 일반을 가리키는 개념입니다. 신체적 위해를 가하거나 폭언을 하지 않아도 여성 억압을 지속시키는 제도 및 관행, 행동들을 모두 포괄하는 개념인 것이죠. 한마디로, 남성은 겪지 않지만 단지 여성이라는 이유로 당하는 일상의 모든 폭력과 간섭, 편견, 차별, 불편함 등 여성에 대한 폭력 전체가 다 넓은 의미의 성폭력입니다.

1993년 유엔이 채택한 '여성폭력철폐선언'을 볼까요. 제1조에서 여성에 대한 폭력을 '사적·공적 영역에서 일어나는 여성에 대한 신체적·성적·심리적 해악과 여성에게 고통을 주거나 위협하는 강제와 자유의 일방적 박탈 등 젠더에 기초한 모든 폭력 행위'로 정의내리고 있습니다.

실질적으로 육체에 영향을 미쳐야 성폭력인 것은 아닙니다. 여성의 자율성을 침해하는 심리적 폭력도 성폭력입니다. 여성을 독립된 인권을 지닌 같은 인간으로 보지 않기에 나오는 온갖 언어폭력들도 다 성폭력입니다. 남성의 마음에 들게 행동하고 외모를 가꿀 것, 남성 밑에 있을 것, 남성의 기분을 나쁘게 하는 말을 하거나 표정을 짓지 말 것, 남성을 대할 때는 항상 유순한 표정을 지을 것을 강요하는 것도 성폭력입니다. 사회적 통념에서 비롯된 성폭력입니다.

이런 종류의 성폭력은 혈연가족이나 연인 사이 등 친밀한 남녀 사이에서만 일어나지는 않습니다. 길 가다 생전 처음 보는 남성도 이런 폭력을 행사합니다. 여성의 신체에 손도 안 대고 성적인 말을 하지도 않았지만 이 역시 성폭력입니다. 여성이라면 누구나 겪는 일상 성폭력이죠. 이 글을 읽는 여성분들은 다 겪어보셨을 것입니다.

저는 아홉 살 때부터 안경을 썼습니다. 그러니까 아홉 살 때부터 '안경 쓴 여자는 재수 없다'는 말을 듣고 살았습니다. 철없는 초등학생 남자애들에게만 놀림받은 것은 아닙니다. 성인이 되어서도 아침에 택시를 타거나 상점에 가면 안경 쓴 여자가 아침 일찍부터 왔다고 재수 없다는 말을 듣곤 했습니다. 나중에 책에서 읽고 알았습니다. 안경 쓴 여자는 많이 배웠기에 남자를 무시할 여자라고 생각해서 그렇다고 합니다.

저는 책벌레입니다. 한글 배운 후부터 내내 책을 읽고 살았습니다. 초등학교, 중학교 다니던 시절에는 쉬는 시간에 책 읽으면 남자애들이 제 머리에 쓰레기를 던졌습니다. 여자애가 책 읽고 있는 게 건방져 보이고 재수 없다고 하더군요. 고등학교, 대학교 다니던 시절에는 안 겪었어요. 그건 제가 여고, 여대로 진학했기 때문입니다. 직장 다니던 시절에는 야근 후 퇴근길에 지하철에서 책 읽고 있으면 술 취한 아재가 와서 괜히 시비를 걸기도 했습니다. 왜 그러는지 짐작은 갔는데, 한번은 정확히 이유를 들었습니다. "니가, 니까짓 게 여자 주제에 감히 책을 읽어?" 처음 보는, 얼굴 시뻘건 아재가 술 냄새 나는 입김을 제 얼굴에 뿜으며 하던 말입니다. 2010년 겨울, 지하철 타고 경복궁역 근처를 지나갈 때 겪은 일입니다. 조선시대 아니었습니다. 지하철에서 있었던 일이라니까요.

저는 잘 웃지 않습니다. 그래서 제 표정이 맘에 안 든다고 시비 거는 남자들을 만난 적이 한두 번이 아닙니다. 왜 자신을 웃으며 봐주지 않느냐고 시비 거는 할배랑 싸우다가 한번은 경찰에 신고까지 했죠. 2017년 11월 24일 금요일 오후 4시 10분에 서울 마포구 상암동 파출소에 접수된 사건입니다. 그렇습니다! 21세기도 17년이나 지난 무려 2017년에 겪은 일이지요. 제 친구들은 이 사건을 '×할배 사건'이라 부릅니다.

동네에서, 모르는 할배랑 우연히 눈이 마주쳤습니다. 할배가 제게 이렇게 말하더군요. "거, 얼굴 ×같이 생겼네."

저는 왜 그렇게 말하냐고 물어보았습니다. 도저히 이해가 되지 않았기 때문입니다. 욕먹을 짓을 한 것도 아니고 할배 ×이 저같이 예쁘게 생긴 것도 아닐 테니까요. 할배가 답했습니다. 제가 웃는 인상으로 쳐다보지 않아서, 그건 자기를 무시하는 거여서 그랬다고 합니다. 긴 말이 필요 없더군요. 즉각 경찰에 신고했습니다.

그 사이 경찰 출동하고 동네 시끄러워지자 할배를 아는 사람들이 나왔습니다. 그분들이 대신 사과한다면서 제게 하는 말들이 기가 막히더군요. 원래 착한 사람인데 술을 많이 마셔서 가족들에게 버림받았다고 합니다. 혼자 오래 살다보니 저렇게 되었다며 용서해주라고 합니다. 이게 말이 됩니까? 자기에게 부인이 없어서 지나가는 여성 아무나에게 욕을 한다는 것이요? 나이 많은 남성인 자신에게 자기보다 어린 여성은 무조건 웃으며 친절히 대해주어야 한다고 믿고 있는 것이요? 경찰관이 욕설을 한 이유를 묻자 할배는 당당하게 말하더군요. "저 여자가 나를 보고 웃지 않았다. 나를 무시한 나쁜 여자니까 욕했다." 그는 진실로 진실로 자기 마음에 안 드는 여자에게 성적인 욕설을 해주는 것이 자신의 당연한 권리라고 믿고 있는 것 같았습니다. 게다가 '나를 무시'해서 그랬다라고 말하는 부분은 전형적인 여성혐오 범죄의 동기 아닙니까. 이거 심각합니다.

저는 벌금을 물게 만들고 싶어 모욕죄로 경찰에 신고했습니다. 그런데, 모욕죄는 욕하는 것을 들은 증인이 있어야 성립한다고 합니다. 할 수 없이 출동하신 경찰관 중재로 사과받고 끝냈습니다. 아니, 끝난 줄 알았습니다.

일주일 후인 12월 1일 금요일 오후 3시경, 어떤 할배가 저를 쳐다보더니 이렇게 말했습니다. "뭘 쳐다봐, 이년아!"

저는 황당해서 이유를 물어봤습니다. 할배가 답했습니다. "무슨 여자가 자꾸 따지기나 하고…."

생각났습니다. 일주일 전에 구경나와 있던 동네 주민 할배였습니다. 할배는 갈 길을 갔습니다. 조용히 뒤따라갔더니 할배는 동네 수리센터 가게 문을 열고 들어가더군요. 유리창으로 들여다보니 일주일 전 그 ×할배와 동네 친구 할배들이 모여 술판을 벌이고 있었습니다.

저는 어떻게 해야 할지 궁리했습니다. ×할배 일당들에게 두고두고 이런 일을 당할 텐데. 이 일당들이 다른 여자들에게도 이렇게 굴 텐데. 어떻게 해야 피해자가 더 생기는 것을 막을 수가 있을까. 저는 이왕 똥물 뒤집어쓴 김에 동네 똥을 치울 궁리를 했습니다. 한편 저 일당들이 소주병 들고 튀어나와 휘두르면 어쩌지, 무섭기도 했습니다.

놀리테 테 바스타르데스 카르보룬도룸(Nolite te bastardes carborundorum, 그 빌어먹을 놈들한테 절대 짓밟히지 말라).

일단, 구호부터 외쳤습니다. 『시녀 이야기』에서 읽은 구절입니다.

흠. 일단 저는 혼자이니 저 가게 안으로 들어가지 말고 저들을 길로 불러내야 합니다. 얻어맞더라도 목격자들 있는 곳에서 맞아야 합니다. 저는 아까 그 할배를 길로 불러내며 외쳤습니다.

"저 아저씨가 아무 이유 없이 저를 욕해서 사과받으러 왔습니다!"

이후, 할배들이 다 나오고, 동네 시끄러워지고, 지나가는 행인이며 주민들이 모여들었습니다. 이번에도 증인과 녹취, 녹화 증거가 없어서 모욕죄로 넣을 수 없는 상황입니다. 저는 최대한 망신 주고 소문내서 동네에서 얼굴 들고 다닐 수 없게 만들 계획이었습니다. 그래서 새로운 사람이 올 때마다 친절하게 계속 설명해주었습니다. 단지 목소리가 컸을 뿐이었죠.

"무슨 일이냐고요? 저 아저씨가 방금 저에게 '뭘 쳐다봐, 이 년아!' 했고요, 저 아저씨는 일주일 전에 저에게 '얼굴이 ×같이 생겼다'고 했어요." "아, 무슨 일이냐고요? 글쎄 저 아저씨들이 돌아가면서 저에게 욕을 해서요."

할배들은 너무 창피해했습니다. 그러나 딱 보기에도 대낮부터 얼굴 벌건 할배들이 횡설수설 변명을 해내니 행인들과 주민들은 제 편을 들어주었죠. 그러게 왜 대낮부터 술판이냐고 어서 이 아가씨에게 사과하라고 동네 할머니가 할배들 등짝을 때리면서 야단치더군요.

사장 할배가 제게 말했습니다. 술 취한 사람들 실수니까 이해하라고. 저는 우아하게 또박또박 대답했습니다.

"이해해요? 제가 왜 이해해야 하죠? 저는 민주공화국 시민으로 인권을 가진 존재인데, 제가 왜 모욕받고 이해해줘야 하죠?

아 글쎄, 여러분. 이 할배들이 저에게 이년 저년 하고 얼굴이 ×같이 생겼다네요."

다른 친구 할배가 말했습니다. 동네 주민끼리 이러지 말고 참으라고. 저는 계속 우아하게 또박또박 말해주었습니다.

"참아요? 제가 왜 참아야 하죠? 저는 민주공화국 시민으로 인권을 가진 존재인데, 제가 왜 모욕받고도 참아야 하죠? 아 글쎄, 여러분. 이 할배들이 저에게 이년 저년 하고 얼굴이 ×같이 생겼다네요."

다른 친구 할배가, 원래 나쁜 사람이 아니니 오해 말라고 변명해주었습니다. 저는 여전히 우아하게 또박또박 따졌습니다.

"오해 말라고요? 제가 무슨 오해를 했죠? 지나가는 사람에게 욕했다는 것 자체가 나쁜 일이고 나쁜 사람이라는 증거인데 제가 뭘 오해했죠? 저도 민주공화국 시민으로 인권을 가진 존재인데, 제가 모욕감을 느낀 게 왜 오해죠? 아 글쎄, 여러분. 이 할배들이 저에게 이년 저년 하고 얼굴이 ×같이 생겼다네요."

한 시간 동안 길에 서서 고장 난 녹음기처럼 저는 계속 이렇게 말해댔습니다. 드디어 할배들은 도망갔습니다. 흠, 이 정도 망신을 주었으니 다시는 지나가는 여자들에게 시비 걸지 않으려나? 이때가 오후 4시경. 하늘에서는 눈이 내리고 있었습니다. 첫눈이었습니다. 아, 앞으로 첫눈이 내리면 생각나는 남자는 이

×할배들이 될 것 같습니다.

그러니까, 저는 평생 이렇게 언어 성폭력을 일상적으로 당하고 산 것입니다. 그 이유는 남자들이 보기에 '개시건방져' 보였기 때문이었습니다. 안경을 썼고, 책 읽기를 좋아하고, 남자들 보고 웃어주지 않기 때문이죠. 혹시 안경 쓰고 책 읽는 남자라고 지나가던 모르는 여성에게 시비 털린 경우 있나요? 저는 아직까지 못 들어봤습니다. 여성만 겪는다, 그렇다면 이게 성폭력 아니면 무엇이겠습니까?

여기에 더욱 화가 나는 사실이 있습니다. 그동안 이런 '피해 경험'을 이야기하면 남자분들은 대개 '나는 그런 경우 못 봤다. 요즘이 어느 시대인데 그런 사람이 있냐?'고 말하더군요. 심지이 왜 남자를 나쁘게 보냐면서 '피해의식'에 찌들어 있다거나, 거짓말을 지어내고 있다고 공격하기도 하더군요. 이렇게 저의 경험과 기억은 평생 부정당했습니다. 약자여서 피해를 당하는 것인데, 그 피해를 증언하면 거짓말쟁이가 되어버리는, 이 현상을 뭐라고 설명해야 할지 모르겠군요. 제 경험을 부정하지는 않더라도 그냥 일부 취객이나 못 배운 남성의 열등감에서 나온 예외적 사건 정도로 치부하지, 이것도 일상적인 남성의 성폭력이라는 의견은 묵살하더군요.

일상의 성폭력은 남성중심적 문화와 여성차별적 사회구조에서 비롯합니다. 그런데 제 경험에서 알 수 있듯, 이런 문제가 있다고 증언하는 것조차 여성에게는 허용되지 않습니다. 그런 일은 없다고, 피해망상이라고 입 틀어막힙니다. 왜 그럴까요? 여성이 겪는 피해는 약자여서 당하는 피해이기 때문입니다. 피해를 말하면 부정당합니다. 약자는 피해를 피해라고 말할 권리도 없습니다. 피해당하고 참는 것이 일상입니다. 저도 어려서는 참았습니다. 그러나 연쇄성폭력범 최 씨 사건을 겪고 나니 더 이상은 참기 싫어지더군요. 여성도 같은 인간이라는 것을 몰라서 그런다면 알려줘야죠. 그래서 ×할배들과 싸우면서 동문서답처럼 그들이 무슨 말을 하든 "저는 민주공화국 시민으로 인권을 가진 존재입니다!"를 계속 외친 겁니다.

드디어 21세기도 18년이나 지난 2018년, 이제야 사람들은 알게 되었습니다. 그냥 여자라는 이유만으로, 어린 여자가 유순한 표정을 짓지 않아서, 당차고 똑똑해 보여서 남자인 나의 기분을 상하게 했다는 이유만으로 욕하는 남자들이 있다는 것을. 이들은 ×할배나 술주정뱅이, 혹은 못 배우고 몰상식한 일부 남자들이 아니라는 것을. 정치적으로 진보적 입장에 있는 멀쩡한 엘리트 남성들도 그런다는 것을. 그렇다면 이건 '남성성' 자체의 문제입니다. 여성은 자기보다 아래 있어야 하고 자기를 보고 생글생글 웃어주고, 자기 마음에 들게 행동해야 한다고 믿으며, 반대의 경우 스스럼없이 언어폭력을 행사해도 된다고 믿는 남성 집단 전체의 문제입니다. 교육 정도나 빈부, 계급, 정치 성향과 상관없이 대한민국 남성들이 성폭력을 행하면서도 모르고 있는 근본적 이유가 여기에 있습니다. 남성이라면 누구나 다 하는, 해도 되는 일상의 폭력이기에 그렇습니다.

저는 신지예 후보를 포스터만 보고 공격하는 아재들이 고맙습니다. 그들이 ×할배가 아니라 문재인 대통령과 페미니즘을 지지하는 진보 아재들인 것이 너무나도 고맙습니다. 우리 사회에 만연한 일상의 성폭력을 몸소 증거해주셨기에, 성폭력이 일부 후진 남성들만이 하는 것이 아니라는 것을 알려주셨기에, 제가 거짓말쟁이가 아니라는 것을 증명해주셨기에 말이죠. 제 평생의 한을 풀어준 아재들, 아주 칭찬해!

❶ 성폭력은 성폭행, 성추행 등 성적 폭력만을 뜻하지는 않는다.

❷ 여성이라는 이유만으로 당하는 일상의 모든 폭력과 간섭, 편견, 차별, 불편함 등 여성에 대한 폭력이 넓은 의미의 성폭력이다.

"고작 입술/어깨/ 가슴/엉덩이/허벅지 좀 스친 것 가지고"

2018년 3월 28일, 정봉주 전 의원이 서울시장 출마를 포기하고 자연인으로 돌아가겠다고 밝혔습니다. 성추행 장소로 지목된 호텔에는 간 적조차 없다고 주장하다가 그 호텔에서 카드를 사용한 증거를 발견했기 때문입니다. 그동안 정 씨의 성추행 의혹 사건을 지켜보던 많은 시민들은 사실관계 자체보다 정 씨가 대처하는 방식을 보고 정치인으로서의 그릇 크기에 실망했습니다. 반면 정 씨 지지자들은 서울시장 출마 선언을 앞둔 상황에서 7년 전에 있었던 성추행을 폭로한 A 씨를 의심했습니다. 정치공작설까지 주장하며 "고작 입술 스친 것 정도로 유망한 정치인을 망쳐놨다"고 아쉬워했습니다. 정 씨에 대한 지지 여부와 상관없이, 무조건 여성이 피해당했다고 주장하기만 하면 남자의 인생은 이렇게 망가진다며 꽃뱀론을 꺼내는 이들도 있었습니다.

여기에서 저는 흥미로운 현상을 발견했습니다. 정 씨 관련 기사에 "뽀뽀 미수가 '성추행'이고 '죄'라면 대한민국 남자들 중 몇 명이나 무죄일까"라는 식의 댓글이 많이 달려 있더군요. 이건 뭘까요? 과거 성범죄 경험이 있다는 자기 소개인가요? "내가 그래서 공직에 출마 안 하는 거야~"라고 농담이랍시고 하는 중년 남성분들도 봤습니다. 나도 과거에 성범죄를 저지른 적이 있다는 자기 고백인가요?

"예전에는 다 그랬기에 요즘 중년 남성들은 뭐가 성희롱이고 성추행인지 잘 모른다. 이 점을 고려해서 너무 공격하지 말아야 한다"는 댓글을 보다가 생각이 난 사건이 있습니다. 서울대 신 교수 사건입니다.

1993년 10월, 첫 민사 소송이 시작된 서울대 신정휴 교수 사건은 성희롱에 대한 사회적 인식을 바꿔놓는 계기가 되었습니다(전에는 '우 조교 사건'이라고 불렀지만 피해자가 아닌 가해자에 주목하는 것이 맞기에 신정휴 교수 사건이라고 칭합니다). 서울대 화학과 실험실에서 유급조교로 일하던 우 조교는 신 교수가 상습적으로 신체 접촉을 하자 분명한 거부 의사를 표현한 뒤 재임용에서 탈

락했습니다. 우 조교는 대자보를 붙여 성희롱 사실과 임용 탈락의 부당함을 고발했습니다. 신 교수는 오히려 우 조교를 명예훼손으로 고소했습니다. 우 조교는 신 교수, 서울대 총장, 국가를 상대로 5천만 원의 손해배상을 청구했습니다. 6년간의 소송 끝에 우 조교가 승소했고, 대법원은 '신 교수는 우 조교에게 5백만 원을 지급하라'는 최종 판결을 내렸습니다. 신 교수 사건은 우리나라 반성폭력 운동 역사에서 중요한 계기가 되었습니다. 강간 등 중한 성폭력뿐만이 아니라 상대가 원치 않는 신체 접촉과 발언도 범죄라는 사회적 인식이 이때부터 자리 잡기 시작했기 때문입니다.

그러나 25년 전 당시에도 남자들의 반응은 후진 편이었습니다. 신 교수 사건 1심에서 3천만 원의 손해배상 선고가 내려지자 여자들에게 헛짓, 헛소리하고 "아이고, 무서워. 이것도 3천만 원짜리냐?"란 말을 농담이랍시고 하는 남성들이 많았던 기억이 납니다. "겨우 어깨 정도 두드린 것 가지고 유난은… 어디 여자들 무서워서 남자들이 살겠나?"라는 반응도 많았습니다. 이후 '격려차 어깨 정도 두드린 것 가지고'라는 어구는 가해자 남성들이 하는 천편일률적 변명으로 자리 잡게 됩니다. 제 사건 때도 가해자의 형이 찾아와 합의해달라면서 그런 말을 했던 것을 보면, 신 교수 사건이 꽤 인상 깊었던 모양입니다.

그러니까 정 씨 또래 중년 남성들이 한참 미혼 자격으로 연애하며 이성에 대해 알아가던 20여 년 전에도 배움의 기회는 있었던 것입니다. 40대 이상 남성들은 다들 신 교수 사건을 기억하고 있습니다. 알고 있습니다. 그러면 안 된다는 것을. 그것은 성폭력이라는 것을. 그런데도 여전히 하고 있습니다. 왜일까요? 할 수 있는 권력이 있으니까 하는 겁니다. 해도 고소당하지 않는다는 판단이 서 있으니까 하는 것입니다. 고소당해도 많은 이들이 자신의 편을 들어주리라는 확신이 있으니까 하는 겁니다. 이 사회가 남성인 자신에게 유리하다는 것을, 불평등하다는 것을 아니까 하는 겁니다.

정 씨는 A 씨의 성추행 폭로에 대해 7년 전이라 기억나지 않는다고 말했습니다. 왜 정 씨는 기억을 못하고 있을까요. 우리는 일상적이고 반복되는 일은 언제, 어디서, 어떻게 했는지 정확히 기억하지 못합니다. 특별한 사건만을 기억합니다. 아마 정 씨도 그 일을 성추행이 아니라고 생각하고 대수롭잖게 여겼기에 기억 못하는 것이 아닐까요? 반면 왜 A 씨는 생생히 기억하고 있었을까요? 왜 하필 정 씨의 서울시장 출마 선언을 며칠 앞두고 7년 전에 있었던 성추행을 폭로했을까요?

여성들은 일상적으로 성희롱, 성추행을 겪고 살고 있기에 길가다 누군가 가슴이나 엉덩이를 만지고 도망갔다… 이런 정도는 화는 나지만 심한 정신적 충격을 받지는 않습니다. 모르는 사람에게 일회성으로 당한 경우에는 한번 욕하고 털어버릴 수 있습니다. 물론 잊히지는 않습니다. 단지 상대를 나쁜 가해자로 인정하고 욕하기 쉽다는 말입니다.

문제는 오래 알고 지냈거나 좋게 생각하고 있던 사람, 의지하고 존경하던 사람에게 피해를 당할 때입니다. 교수님이나 목사님, 심지어 혈연관계에 있는 사람들. 이럴 경우 피해자는 한 세계가 무너지는 경험을 하게 됩니다. 분명 상대가 잘못하기는 한 것 같은데 그 상황을 객관적으로 인식할 수 없게 됩니다. 자신이 가해자를 좋아하고 의지하고 존경했던 것에 비례해서 충격을 받습니다. 상대 가해자를 욕할 수 없기에 자신을 탓하게 됩니다. '이게 뭐지? 이 사람이 내게 왜 이러지? 이럴 사람이 아닌데, 내가 무슨 잘못을 한 거지? 나에게 문제가 있나? 그동안 내가 잘못 살아왔나?' 이런 식입니다. 이렇게 오랫동안 자기부정, 자기혐오를 하고 나서야 현실이 제대로 보이기 시작합니다. 잘못은 피해자인 내가 아니라 가해자에게 있다는 것을.

피해자마다 다르지만 보통 이 과정이 오래 걸립니다. 이 점이 오랜 시간이 지난 후에 피해자가 미투 고발을 하는 이유입니다. 뒤늦게 다른 속셈이 생겨서가 아닙니다. 또 한번 당한 피해자가 제 발로 가해자를 찾아가 만나 반복적으로 성폭력을 당하기도 하는 이유입니다. 가해자가 주장하는 대로 즐겨서가 아닙니다. 어떤 상황인지 모르겠어서 그냥 평소에 하던 대로 존경하는 분에게 복종하는 것입니다. 아니면 사과를 받고 싶어서일 수도 있습니다. 그러므로 아무리 소소한 성추행일지라도 그 사건은 피해자에게 큰 충격을 줄 수 있습니다. 한 사람이 살아온 인생 전체를 흔들 수 있기에 전혀 소소하지 않습니다. 소소한지, 큰일인지는 피해자 입장에서 봐야 하는 겁니다.

게다가 A 씨의 경우, 존경하고 지지하던 정치인에게 피해를 당했습니다. 그렇다면 한 남성, 한 인간에게 실망한 수준이 아닌 것입니다. 그동안 자신이 옳다고 믿고 추구하던 가치로 이루어진 한 세계가 일시에 무너진 것입니다. 당시 기자 지망생이었던 A 씨는 정치에 관심이 많았습니다. 정 씨를 진보적인 정치인이라고 믿고 지지했는데 그의 젠더 감수성은 전혀 진보가 아니었습니다. 그는 자신을 지지자도, 동등한 인격을 지닌 한 인간도 아닌, 감옥 가기 전 헛헛한 마음을 위로해줄 장난감 정도로 취급했습니다. 정치적 신념을 보고 지지하는 자신에게 군대 가기 전에 성관계 한번 해보려고 여기저기 급하게 들이대던 미숙한 스무 살 남자애들처럼 굴었습니다.

이것은 입술이 닿았느냐, 안 닿았느냐 하는 소소한 접촉 문제 정도가 아닙니다. A 씨가 그동안 추구하던 가치 전체를 정 씨가 깨버린 것입니다. 바로 진보, 민주, 인권, 평등이란 가치. A 씨가 잊지 못할 만큼 큰 충격을 받을 만합니다. 가해자가 조용히나 살면 7년 전 일이니 그냥 지나갈 수도 있었을 것입니다. 그러나 그렇게 표리부동한 사람이 서울시장이란 선출 공직에 도전하겠다고 나선 것을 보니 용서하고 그냥 넘어가면 안 될 일이라고 생각했을 것입니다. 그래서 7년 전에 있었던 성추행을 이제야 폭로한 것이라고 생각합니다.

여기까지 설명해도 이해 안 되시는 분들은, 2014년 서울시 교육감 선거를 떠올려보십시오. 고캔디 씨가 왜 친아버지인 고승덕 후보에 대한 폭로글을 썼는지를. 그것은 사사로운 집안일을 겪으면서 지켜본 바 고 씨가 교육 관련 공직을 맡아서는 안 될 사람이라고 생각했기 때문입니다. 정봉주 전 의원을 미투 고발한 A 씨도 그랬을 것이라고 생각합니다. A 씨는 정 씨가 선출 공직을 맡아서는 안 될 사람이라는 사실을 우리보다 몇 년 앞서 우연히 알게 되어, 그 사실을 사회에 알렸을 뿐입니다. 공익 목적에서 고발했을 뿐입니다.

가해자가 피해 사실을 잊었건 말건, 일단 저지른 추행 사실은 사라지지 않습니다. 피해자의 기억에 남아 있습니다. 기억하고 못하고는 추행의 강도와는 관계없습니다. 그러니까 정 씨 사건을 보고 '그 정도는 아무것도 아니다, 20~30년 전 우리가 젊었던 시절에는 다 그랬다'고 말씀하시는 중년 남성분들에게 말씀드립니다. 그때도 아니고 지금도 아닙니다. 그렇게 생각하는 한, 정 씨와 발언자의 차이는 피해자가 늦게나마 고발하느냐 여전히 참고 있느냐의 차이밖에 없습니다. 그때 한 행동이 괜찮아서 현재 별일 없는 것이 아닙니다. 단지 피해자가 고소를 안 했을 뿐입니다.

"예전엔 다 그랬어", "30년 전에는 그래도 괜찮았어"라고 가해자를 옹호하시는 분들의 말이 저에게는 이렇게 들립니다. '30년 전이나 지금이나 나는 여성 인권에 관심이 없다. 내 주위에는 30년 전이나 지금이나 후진 인간들밖에 없다.' 이런 부끄러운 자기고백이 왜 성폭력 가해자가 죄가 없다는 증거가 된다고 생각할까요?

이 생각을 하면 무섭습니다. 미투 운동이 거세게 일고 있는 지금, 남성들은 언행을 조심하고 있을까요? 다시 20~30년이 지나, 중년의 나이가 된 지금의 젊은 남성들이 여전히 어린 여성들을 성추행하며 이런 변명을 할지도 모릅니다. "옛날에는 그래도 괜찮았다." 이런 역사의 반복을 막기 위해 지금 여성들이 대수롭잖은 '뽀뽀 미수' 건까지 미투 고발해야 한다고 저는 생각합니다. 왜냐하면 이 패턴을 한번 목격했기 때문입니다. 25년 전 신 교수 사건 때 3천만 원 농담하던 젊은 남성들이 세월이 흘러 지금 미투 고발당하고 있는 중년 아재가 된 것을요.

❶ '고작 어깨 정도' 만지는 것은 25년 전에도, 7년 전에도 성폭력이었다.

❷ 피해의 '경중'을 따지는 것은 가해자의 관점이다.

흔한 고딩 악플러의 반성문

SNS 하는 여성분들은 다들 겪어보셨을 것입니다. 단지 남자인 자신의 기분을 상하게 했다고 다짜고짜 악플 공격을 하는 이들이 많습니다. 페미니즘에 대한 글을 쓰는 것은 물론, 관련 기사에 '좋아요'를 누르거나 리트윗을 하기만 해도 공격당합니다. 악플러들은 성기를 지칭하는 욕설로 댓글란을 도배하기도 합니다. 성평등 주장을 하는 여성을 욕설로 공격하는 것은 여성혐오 활동입니다. 공격당하는 여성이 스스로 발언을 검열하게 만들기 때문입니다. 악플 공격은 페미니스트가 되면 안 된다는 프레임을 만들어 여성을 스스로 갇히게 합니다. 이 역시 '여성에 대한 폭력'이니 넓게 보아 '성폭력'입니다. 현행법에서는 모욕죄에 해당됩니다.

저도 페이스북에 글을 쓰다가 여성혐오 악플러를 만나곤 합니다. 2018년 3월에는 제가 쓴 글마다 "××년", "에미 뒈진 ××년" 같은 여성혐오 댓글을 단 악플러를 만났습니다. 해당 악플러의 페이스북 계정을 찾아가보니 경기도 모 고등학교 2학년 남학생이더군요. 계정 프로필 설명에는 "페미 다 죽여버리고 싶다"라는 글이 적혀 있었습니다. 악플러 남학생은 무려 4개월치나 되는 제 게시글의 댓글란을 악플로 도배했습니다.

저는 남학생과 모르는 사이였습니다. 넷상에서 만난 적도, 댓글로 싸운 적도 없었는데 무턱대고 찾아와 욕설을 남긴 것이 이해되지 않았습니다. 학생의 페이스북을 보니 안티 페미니즘 글이 많이 있었습니다. 학생에 대한 정보 조사를 하고 있는 사이, 다른 분들이 제 글에 달린 악플을 발견하고 제보를 해주셨습니다. 다른 분들의 피해 사례도 많았습니다. 알고 보니, 그 학생은 페미니즘적 관점으로 글을 쓰는 페이스북 계정을 찾아다니면서 상습적으로 욕설 댓글을 달고 있었습니다.

저는 그냥 넘어가지 않기로 결심했습니다. 학생의 페이스북에 있는 친구 목록을 통해 친구, 학교 선생님들의 페이스북을 돌아다니며 정보를 모았습니다. 준비가 끝난 후, 제 페이스북에 사과를 요구하는 글을 올리고 학생을 불렀습니다. 학생은 말장난을 치며 저를 조롱했습니다. 저는 감정적으로 대응하지 않고 요구사항만 써놨습니다. 부모님과 함께 찾아와서 사죄하고 자필 사과문과 각서를 쓰라는 요구였습니다. 학생이 응답하지 않자 학교 선생님에게 연락했습니다.

물론 바로 사이버 모욕죄로 고소하면 직접 만나서 사과를 받는 것보다 편합니다. 요건에 맞게 고소장을 접수하고 조사를 받고 나면 알아서 진행과정 문자가 옵니다. 그러나 아직 어린 학생이잖아요. 뚜렷한 신념을 갖고 악성 댓글을 쓴 것이 아닐 가능성이 높습니다. 또 부작용도 있습니다. 오히려 고소당한 것에 대해 원망하고 더 맹렬한 여성혐오 전사로 자라날 수도 있습니다. 저에 대한 복수를 주변의 다른 여성들에게 할 수도 있습니다. 사실 10대들의 경우 자신이 무슨 말을 하고 있는지를 제대로 모르는 경우가 많습니다. 여성비하, 여성혐오 욕설을 하는 것이 남성 청소년들의 또래문화이기 때문이지요. 대부분 심각성을 모릅니다.

현실적으로도, 미성년자를 고소하려고 경찰서에 찾아가면 '어린애 앞날 막고 싶으냐?'며 말리는 경우가 많습니다. 물론 이 경우 강하게 주장하면 받아주긴 합니다. 끝내 안 받아주면 지역 경찰서가 아니라 검찰청에 고소장을 제출하면 됩니다. 그러나 일단 고소 단계에서 힘이 빠지며 벽에 부딪히는 경험을 하게 되지요.

그래서 미성년자 악플러를 만날 경우, 저는 학생과 학부모를 만나 고소 전에 반성할 기회를 주는 방법을 택합니다. 페미니즘을 떠나, 자신의 언행에 책임을 지는 것을 가르치는 것도 어른의 의무입니다. 참교육을 시켜주기로 합니다.

2018년 3월 11일, 저는 악플러 고등학생을 만났습니다. 학생의 어머니와 이모, 제 지인들이 보는 앞에서 학생 본인이 작성한 악플을 낭독시키고 자필 사과문을 쓰게 했습니다. 평생 다시는 이런 짓을 하지 않게 하려면 스스로 일련의 과정을 겪어서 체득(體得)하도록 만들어야 합니다. 체득, 몸 체 자에 얻을 득 자 아닙니까. 고개 숙이고 자필 반성문을 쓰게 해서 잘못을 하면 겪는 과정을 몸이 기억하게 만드는 것이지요. 학생이 미성년자이기 때문에 법적 보호책임이 있는 어머니에게서도 재발 방지 교육을 약속하는 각서를 받았습니다. 이 과정이 실시간 페이스북에서 진행되다보니 많은 분들의 관심을 받았습니다. 응원해주신 여러분들 모두 고맙습니다.

학생은 제 앞에서 고개 숙여 사죄했습니다. 그런데, 연쇄성범죄자를 상대로 싸워봐서 그런가요. 저는 학생이 진심으로 미안해할 거라고 믿지 않습니다. 그 학생은 사전에 보낸 반성문 초고를 통해 "초등학생일 때 알게 된 여성 친구가 페미니즘을 내

세워 남녀 편 가르기를 하고 어른인 선생님께 대드는 것을 보고 분노하여 페미니스트에게 적개심을 가지게 되었다"라고 변명했지만, 안 믿어요. 초등학생이 어른에게 대드는 것을 부정적으로 본 사람이 어떻게 본인은 어른인 저에게 이렇게 군답니까? 남자 어른에게 대드는 여학생은 나쁘고, 여자 어른에게 대드는 남학생인 자신은 정의의 사도랍니까? 제 앞에서 사죄하는 눈빛만 봐도 알겠던데요. 반성은커녕 귀찮아하고 있다는 것을. 그런데 학생 어머니가 "우리 아이는 평소에 말수도 적고 조용한 편이에요. 주변 친구들에게 물어봐도 성격이 차분하고 문제를 일으킨 적이 없는 아이입니다. 그런데 작가 선생님께 이렇게 한 것은 다 제 잘못입니다. 죄송합니다"라고 말씀하며 눈물을 보이자, 순간 학생 눈빛이 흔들렸습니다.

저는 이 순간을 기다리고 있었습니다. 학생이 진심으로 반성하지는 않더라도, 저를 보고는 하나도 안 무서워할지라도, 이렇게 자기 잘못으로 부모가 가슴 아파하고 수모를 감수하는 모습을 보는 것 자체에 교육적 효과가 있을 것이라고 생각했습니다. 그러면 이후에도 다른 여성들에게 그런 짓을 못하게 될 확률이 높지요. 부모를 봐서라도 안 하게 되겠지요.

요즘 10대 남성 청소년들 사이에서는 또래 여성 청소년에게 욕을 하고 폭력을 행사하는 일이 일종의 유희가 됐습니다. 유튜

브에서 찾은 여성혐오 컨텐츠를 즐기고 따라하기도 합니다. 이렇게 성장한 아이들이 그대로 자라면 여성혐오 범죄를 저지를 수도 있습니다. 현재 자기 얼굴을 드러내고 신상 정보를 다 밝히며 '나는 대한민국의 초등학생 남자인데, 페미니스트 ××를 죽이겠다'라는 동영상을 찍어 올리는 아이도 있습니다. 옳은 행동이 아니지만, 보면 측은하고 안타깝기까지 합니다. 이런 영상은 평생 인터넷 세상을 떠돌아다니면서 자기 발목을 잡을 텐데 어쩌자고 생각없이 자기 미래를 망치는 일을 하는 것일까요. 부모님들은 이 사실을 모르고 계시겠죠. 그래서 저는 페이스북 등 SNS에 글 올리다 악플러 학생에게 당한 개인적인 피해에 단호히 행동합니다. 학생은 물론, 부모님과 선생님을 만납니다. 찾아가는 참교육 서비스를 합니다.

물론 참교육 서비스를 제공한다는 것은 피곤한 일이고, 진행과정 자체에서 스트레스를 받기도 합니다. 그래도 막말로 '뭐 같은 짓을 하면 뭐 된다'는 것을 뼛속 깊이 깨우치게 해줘야 합니다. 속마음이야 어떻든, 악플러들이 겉으로 여성에 대한 적개심을 드러내어 주변의 여성들을 공격하지 않게 막는 것이 중요하니까요. 고소당하거나 학교의 징계를 받고 나면 저 대신 다른 여성들에게 보복할지도 모르기에 저는 악플러가 미성년자인 경우 이 방법을 택합니다. 지금이야 여성혐오 댓글 다는 정도이지만,

나중에 권력을 가진 성인 남성이 되면 더 심한 범죄를 실제로 저지를 수도 있습니다. 귀찮다고 피하지 말고, 장래에 혐오 범죄자로 자라날 싹을 미리 잘라주는 것, 이것이 바로 찾아가는 참교육 서비스의 목적입니다.

아, 물론 이 학생의 경우에는 제가 사는 곳으로 왕복 4시간 걸려 오도록 했지만, 그래도 명칭은 '찾아가는 서비스'로 하겠습니다. 친절하면 다 찾아가는 서비스입니다. 화내고 지나치는 것이 아니라 친절하게 교육시키는 것, 여성혐오 사회를 살아가는 여성 어른으로서 제가 다음 세대를 위해 할 수 있는 작은 실천이라고 생각합니다.

❶ 여혐 악플러들이 원하는 것은 여성들의 침묵과 자기검열이다.

❷ 혐오의 싹은 더 심각한 범죄로 발전하기 전에 미리미리 잘라주어야 한다.

“다 늙은 여자 만져주면 고마운 줄 알아야지”

2018년은 우리나라 반성폭력 운동 역사에 길이 남을 한 해가 될 것입니다. 한국여성인권진흥원에 따르면 여성긴급전화 1366의 성폭력 상담 건수가 51%나 증가했다고 합니다(전년 1분기 대비). 해바라기센터와 여성가족부 성희롱·성폭력 특별신고센터, 고용노동부, 교육부 등에서 운영하는 신고센터에 접수된 건수를 다 포함하면 1분기 석 달 동안 12,000건이 넘는 신고와 상담이 이뤄졌습니다. 각종 매체를 통해 유명인들의 성폭력이 고발되었고 수사로 이어지기도 했습니다. 여성들이 갑자기 빨간 약을 먹은 것일까요? 저는 하루아침의 변화가 아니라고 생각합니다. 촛불 시위 이후 시대적 과제가 된 '적폐 청산' 요구가 드디어 적폐 중의 적폐, 반만년 동안이나 쌓인 성차별 성폭력 쪽으로 표출된 결과라고 생각합니다.

그런데 미투 고발 뉴스를 접하다보면 이런 의문이 듭니다. 왜 중·노년 여성들의 고발은 적을까요? 고발자들은 대개 20~30대 젊은 여성들입니다. 그 이유는 무엇일까요? 젊은 여성의 육체가 시각적 흥분을 일으켜 가해 남성을 자극하기 때문일까요? 아닙니다. 성폭력은 성욕 때문이 아니라 권력 차이로 발생합니다. 모든 폭력은 할 수 있으니까, 해도 되는 권력을 가지고 있으니까 하는 겁니다. 성폭력 역시 다른 폭력과 마찬가지로 자신이 우월하다는 증명을 하고 싶어서 약한 상대를 골라서 합니다. 자신이 상대방을 지배할 수 있는 권력을 가졌다는 느낌을 즐기기에 알고 하는 폭력입니다. 이따금 노인 요양 시설에서 젊은 남성 병원 관계자가 노년 여성 환자를 성희롱, 성폭행했다는 뉴스가 나옵니다. 이로 보아, 성폭력이 여성의 외모나 나이, 성욕 유발과 아무 상관없다는 것을 알 수 있습니다. 그러기에 사회적 약자인 여성은 평생 성폭력을 당할 입장에 있습니다.

현재 미투 고발자들이 대부분 젊은 여성들인 이유는 젊은 여성들이 중·노년 여성들보다 상대적으로 성폭력을 고발하기가 용이하기 때문입니다. 성폭력이라는 사건이 갖는 특수한 성격에 이유가 있습니다. 뺑소니 교통사고를 당했다면 남녀노소 구분할 것 없이 모든 피해자는 당연히 신고를 합니다. 그러나 성폭력 사건을 당했다면 다릅니다. 성폭력은 피해 여성이 속한 집단의 명예를 공격하는 성격을 가졌습니다. 교통사고와 달리 피해자가 죄인이 되고 손가락질을 받습니다. 재판 과정에서 피해 여성의 모든 과거 행적이 폭로되는 일이 많습니다. 피해 여성뿐만 아니라 그 여성의 아버지나 남편, 자녀 등 주변 사람들까지 공격당합니다. 전통적으로 여성은 가부장 남성의 재산으로 여겨지기 때문에 그렇습니다. 그러기에 성폭력 피해 여성이 고소를 결심하면 가족이 말리는 경우가 많습니다. 피해 여성이 앞으로 겪을 재판 과정에서의 고난을 염려하기도 하지만, 집안 망신이라며 말리는 아버지, 내 명예 실추라고 입 닥치고 조용히 살라는 남편이 꽤 많은 것이 현실입니다.

그렇기에 예전에는 여성들이 성폭력 고발에 소극적이었습니다. 그러나 21세기, 요즘은 다릅니다. 교육 등의 영향으로 여성들이 변한 것도 있습니다. 또, 예전과 달리 요새는 젊은 여성들이 비혼 상태인 경우가 대부분이며 결혼하지 않아도 본가에서 나와 독립 생활하는 경우가 많은 것도 중요한 이유라고 생각합니다. 어느 집 가부장에게도 소속되지 않았기에 고소를 앞두고 훼손당할 친근한 남성의 명예를 고려할 필요가 없습니다. 중요한 것은 피해 여성 본인의 의사뿐입니다. 이들은 아빠나 남편 눈치를 볼 필요가 없습니다.

반면 현재 중·노년 여성 집단은 대부분 기혼 상태입니다. 성폭력 피해를 당해도 본인의 아픔과 분노를 충분히 표현하지 못하고 가족이 알까봐 전전긍긍합니다. 피해를 입은 아내를 이해하고 지지하는 남편보다 아내의 품행 탓부터 하는 남편들이 많기 때문입니다. 전통적인 가부장적 남편들은 자신의 소유물인 아내에게 흠집이 나면 자신의 남성성이 훼손되었다고 생각하기 때문이지요. 이상하죠? 남성들은 문제 있는 여성과 결혼하거나 결혼 상태를 유지하면 남성들 사회에서 서열이 떨어지는 수컷으로 평가받는다고 생각해 수치스럽게 여긴다네요. 이 글을 쓰는 저도 참 이해가 안 되는 부분인데, 뭐 그렇다고 합니다. 피해자인 기혼 여성도 남편의 이런 평소 성향을 안다면 고소를 포기하기도 합니다. 가정 파탄을 막으려는 마음 때문이지요. 자식 보기에 부끄러워서이기도 합니다.

또 하나 요인은 우리나라 노동 시장 특성에 있습니다. 여기에서, 성폭력 고발인데 왜 노동 시장 이야기를 하는지 의아하신 분도 있으실 것입니다. 그러나 성폭력은 모르는 사람이 밤길에 모르는 장소로 끌고 가서 성욕을 채우는 방식으로만 일어나지 않습니다. 경찰이나 검찰 등 국가 기관을 통하지 않고 SNS나 방송을 통해 미투 고발을 하는 이유가 여기 있습니다. 피해 여성이 당한 성폭력이 앞서 예로 든 경우가 아니기 때문입니다. 직장 등 사회 활동을 하다가 아는 사이였는데 권력을 이용해서 마치 동의한 것처럼 상급자가 행하는 경우가 많기에 경찰 신고가 아니라 미투 고발을 하는 겁니다. 직장 내 성폭력은 여성 노동자가 일터에서 노동할 권리를 침해합니다. 이때 피해 여성은 직장 내에서 불이익을 받게 될 것을 각오하고 정식 고소든 미투 고발이든 하게 됩니다. 그러나 20~30대 젊은 여성과 중·노년 여성이 직장에서 받는 불이익은 매우 다릅니다. 그래서 우리나라 노동시장의 특성을 말하려 합니다.

그래프를 볼까요. 76쪽 그래프는 성별, 연령별로 고용률을 보여줍니다. 가로축은 연령대, 세로축은 고용률입니다. 남성의 고용률은 완만한 곡선을 보이고 있습니다. 그러나 여성의 고용률은 다릅니다. 한국의 여성 고용률은 M자 곡선을 보이고 있습니다. 그 이유는 한창 직장생활을 할 나이의 젊은 여성들이 결혼과 출산으로 직장을 그만두기 때문입니다. 출산휴가나 육아휴직을 사용하기가 어렵기도 하고, 계약직이나 파견직에 있는 여직원의 경우 임신하면 직장에서 재계약을 안 해주기 때문이기도 합니다. 임신한 여직원이나 어린 자녀를 둔 직원을 배려하는 시스템이 잘되어 있다고 해도 직장을 다니는 것과 집에서 육

성별 연령별 고용률

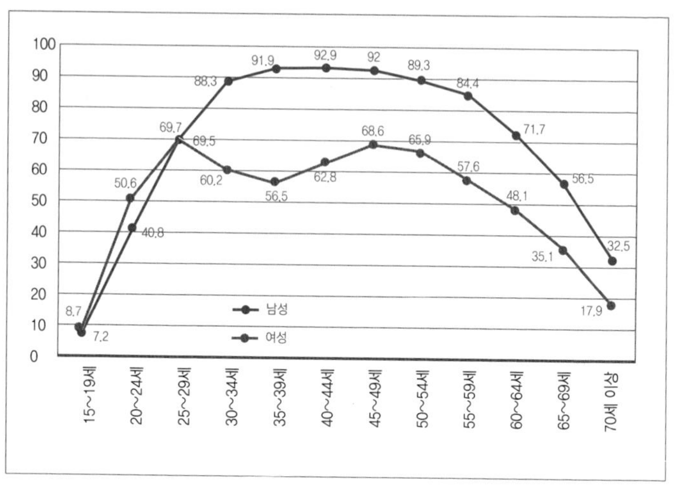

자료: 통계청 경제활동인구조사(2016년)
단위: 퍼센트

아하는 것 사이의 기회비용을 따져보고 스스로 그만두기도 합니다. 임금이 낮고 승진 기회가 없는 직종에서 일하는 경우에는 더욱 그렇습니다. 그러다 40대가 되면 다시 여성들이 일자리를 구하러 나서게 됩니다. 이때 그래프가 다시 올라가는 것이 보입니다. 자녀가 성장하여 손이 덜 가기도 하고 남편 외벌이 수입만으로는 교육비 등 생활비가 부족해지기 때문이지요. 그러나 그동안 임신과 출산, 육아 때문에 한창 일하고 경력 쌓을 나이에 경력이 단절된 여성 대다수는 임금이 낮은 비정규직 일자리에 취업하게 됩니다.

이번에는 78~79쪽의 남녀 고용형태별 연령계층별 분포 그래프를 볼까요. 여성 노동자는 20대 후반을 기점으로 정규직과 비정규직의 비율이 급격하게 달라집니다. 정규직 노동자는 20대 이후 계속 줄어드는 반면 비정규직 노동자는 30대 초반을 지나 50대 후반까지 늘어나고 있습니다. 출산 후 다시 취직하려면 대부분 비정규직으로 취업할 수밖에 없기 때문입니다. 그러나 남성은 60대부터 비정규직 노동자가 정규직보다 많아집니다. 정년을 채우고 은퇴한 후에야 하향 취업을 하기 때문입니다. 그러나 현재 여성은 10명 중 4명이 비정규직입니다.

80쪽 그래프는 성별 임금격차 그래프입니다. 현재 여성 노동자는 남성 임금의 64%를 받고 있습니다. 여성 비정규직은 그보다 낮아서 남성 임금의 36%를 받습니다. 남자는 가족을 먹여 살리고 여자는 집에서 가족을 돌봐야 한다는 사회 통념 때문에 여성 노동자에게는 동일노동 동일임금 원칙이 적용되지 않습니다. 같은 일을 해도 여성은 가족을 부양할 충분한 임금을 받지 못합니다. 비정규직으로 고용해서 임금도 적게 주고 똑같은 일을 시킵니다. 그런데 모든 기혼 여성 노동자들이 남편을 보조하며 아이 학원비, 반찬값 정도나 벌면 살 만한 것은 아니지요. 이혼이나 사별 후 가계를 책임지고 일하는 여성들도 많습니다. 그

남녀 고용형태별 연령계층별 분포(남성)

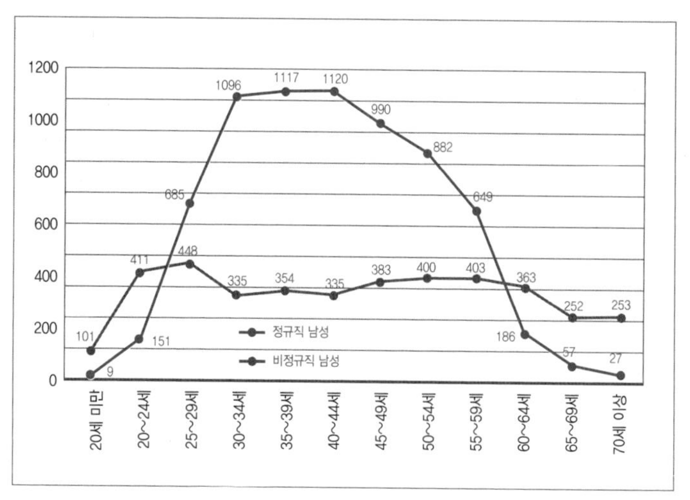

자료: 통계청 경제활동인구조사 부가조사(2016년)
단위: 천 명

들 10명 중 7명은 최저생계비에도 못 미치는 임금을 받고 있습니다. 2013년 전체 우리나라 가구 중 빈곤가구의 비율은 13.7%인데 여성이 가구주인 가구의 빈곤율은 무려 32.5%입니다(2014년 심상정 의원실에서 발표한 자료 참고).

출산과 육아 후 재취업한 여성, 이혼이나 사별로 가장이 된 중·노년 여성이 취업하기 쉬운 분야는 저임금 비정규직입니다. 전통적으로 여성의 역할이라 여겨진 가사노동, 돌봄노동을 저임금으로 착취하는 직종이지요. 주로 식당 이모나 청소 아줌마,

남녀 고용형태별 연령계층별 분포(여성)

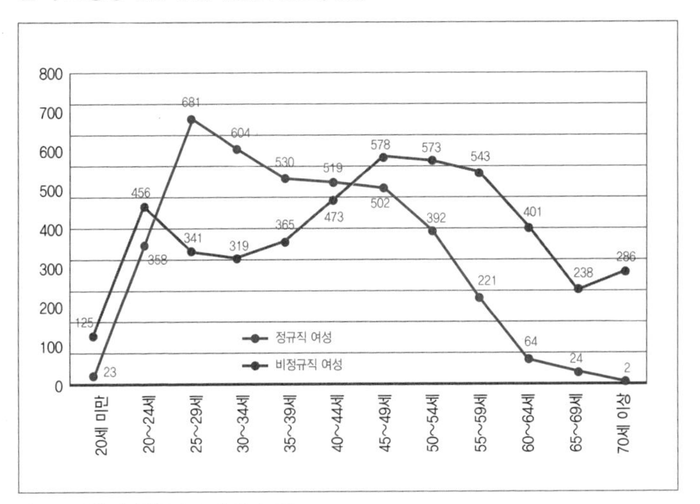

자료: 통계청 경제활동인구조사 부가조사(2016년)
단위: 천 명

마트 점원, 콜센터 직원, 판매직 등등입니다. 직장 내 성폭력 교육이 정기적으로 시행되고 구제 센터가 있는 정규직 일자리보다 열악한 환경에 있는 이들은 성희롱·성폭력 무방비 지대에서 일하고 있습니다. 배운 것 없고 나이 많은 아줌마라고 무시당하면서요. 이들 중·노년 여성 노동자들이 성폭력에 시달리는 것은 그들이 더 만만하고 부려먹기 쉬운 상대이기 때문입니다. 그러나 이들은 대개 참습니다. 나이가 많아 취업이 어렵기에, 한참 자녀들 교육비로 돈 부족할 때이기에, 이혼이나 사별로 가족의

성별 임금격차

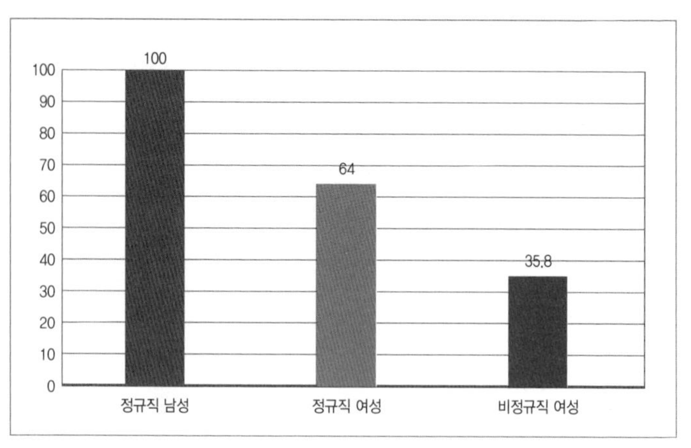

자료: 2016년 한국노동사회연구소 '비정규직 규모와 실태'
단위: 퍼센트

생계를 혼자서 책임지고 있기에 참습니다.

서비스 판매직에서 일하는 중·노년 여성 노동자들은 관리직에 있는 상급자 남성뿐만 아니라 고객에게도 일상적으로 성폭력을 당합니다. 그러나 고객이 항의하면 관리자에게 질책당하고 직장을 잃을 것이 무서워 피해 사실을 제대로 드러내지도 못합니다. 성폭력 피해를 호소하면 오히려 나이나 외모, 성적 매력을 들먹이며 '그럴 리 없다', '만져주면 고마워하라'고 조롱하기도 합니다.

이런 맥락은 이주 여성 노동자들의 경우를 봐도 알 수 있습니다. 동남아 출신 이주 여성 노동자들, 중국 교포 여성들, 탈북 여성들이 직장 내 성폭력을 고발했다는 뉴스는 많이 등장하지 않습니다. 그것은 이들이 성폭력을 당하지 않아서가 아니라 그만큼 더 열악한 조건에 있기 때문입니다. 가족 내 성폭력 피해자인 어린 여성들, 시설에서 사는 청소년 여성들, 장애 여성들도 마찬가지입니다.

성폭력에 대해 고발을 안 하는 여성들이 모두 안전한 상태에 있는 것은 아닙니다. 미투 고발을 안 당한 직종의 남성들이 도덕적으로 우월한 것도 아닙니다. 폭력을 당하면서도 그 폭력을 고발하지도 못하는 입장에 있는 여성들이 많습니다. 이들의 삶의 조건까지 살펴서 근본 원인을 없애는 것이 진정한 적폐 청산이 아닐까요.

참고로, 'M자 곡선'은 경제 교과서에서 후진국의 예로 등장합니다.

❶ 성폭력은 피해자의 나이, 외모와 아무런 상관이 없다. 가해자는 대상을 지배하고 폭력적으로 이용하는 데서 쾌감을 느낀다.

❷ 남녀 임금격차, 결혼과 육아로 인한 여성의 경력단절, 열악한 일자리와 이로 인한 낮은 권한은 직장 내 성폭력, 가정폭력에 대한 침묵을 강요한다.

"너 하나만 희생하면 다 편해지는데"

2018년 4월, 연극 연출가 이윤택 전 연희단거리패 예술감독이 구속 기소되었습니다. 극단 단원들에게 상습적으로 성폭력을 행한 혐의입니다. 이 씨는 안마를 받겠다는 핑계로 여성 단원들을 혼자만 있는 방으로 불렀습니다. 불려간 여성 단원들은 '성기 마사지'를 강요당했습니다. 극단 선배들은 그 사실을 알면서도 가기 싫어하는 후배 단원들을 이윤택의 방으로 밀어넣었다죠. 이 씨의 성폭행으로 임신하여 낙태를 한 단원도 있다고 합니다. 오랜 세월 쉬쉬하던 조직 우두머리의 성폭력 사실이 극단 밖으로 알려지면서 이 사건은 직장 내 성폭력에 대한 경각심을 크게 일으켰습니다.

뉴스를 접한 사람들은 범죄자 이윤택에게뿐만 아니라 '안마인데 뭐 어떠냐, 지도하느라 고생하시는 선생님께 안마 정도 못 해드리냐, 선생님은 안마받지 않으면 못 주무신다'며 여성 단원들의 등을 떠민 선배들에게도 분노하고 있습니다. 다들 안마가 일반적으로 생각하는 '안마'가 아니라 '성기 마사지'이고 '성폭력'이었다는 부분에서 흥분하고 계신 듯합니다.

그런데, 애초에 '안마'도 시키면 안 됩니다. 효도나 미풍양속으로 좋게 생각하는 안마도 직장 내 성희롱에 속합니다. 현행법은 안마도 성희롱으로 규정한 지 오래입니다. 성기 결합 등 중한 성폭력뿐만이 아니라 성희롱도 범죄라는 사회적 인식은 1998년 '서울대 신정휴 교수 성희롱 사건' 판결 때부터 자리 잡았습니다.

신 교수 성희롱 사건을 계기로 1999년 남녀고용평등법이 개정(3차)될 때 '직장 내 성희롱 예방과 처벌 조항'이 신설되었는데요. 남녀고용평등법에서는 '직장 내 성희롱을 판단하기 위한 기준의 예시(제2조 관련)'를 들면서 육체적·언어적·시각적 행위로 각각 나눠 설명하고 있습니다. 이 중 '육체적 행위'에 대한 예시는 다음과 같습니다.

(1) 입맞춤, 포옹 또는 뒤에서 껴안는 등의 신체적 접촉행위

(2) 가슴·엉덩이 등 특정 신체부위를 만지는 행위

(3) 안마나 애무를 강요하는 행위

가해자가 만지는 행위뿐만 아니라 피해자에게 '안마나 애무를 강요하는 행위'도 성희롱으로 규정하고 있습니다. 그러니까 안마도 명백히 성희롱입니다. 어른에게 아랫사람이 해드릴 수도 있는 미풍양속 중 하나가 아닙니다.

더 나아가 생각해봅시다. 왜 높으신 선생님은 어린 여성에게 안마를 요구할까요? 몸이 아파서요? 본인 몸이 쑤셔서 잠도 안 올 정도면 스스로 알아서 요가 매트 깔아놓고 스트레칭을 하거나 안마 의자를 사거나 본인 비용으로 월급을 지급하고 전속 안마사를 고용해야 하는 것입니다. 아픈 건 본인 사정인데 왜 다른 사람의 시간과 노동을 착취하려 드는 것입니까? 정당한 비용 지불도 없이 말입니다. 자신은 조직의 우두머리니까 그 정도는 아랫사람, 특히 어린 여자에게 요구해도 된다는 사고방식 자체가 애초에 틀렸습니다. 조직의 우두머리를 위해 그 정도는 해줘도 무방하다는 아랫사람들의 생각 역시 아무리 어르신 공경하는 선의에서라도 옳지 않습니다. 가정 내에서 가사나 돌봄노동을 가장 어리고 약자인 사람, 주로 가장 어린 여성에게 떠넘기고 가

정의 평화를 찾는 현실과 너무도 같습니다. 후배가 안마를 거부하자 여자 선배가 방으로 들어가라고 종용하면서 이렇게 말했다지요. '어쩌면 이렇게 이기적이냐. 너 하나 희생하면 다 편해지는데 왜 너만 생각하냐'라고요. 이건 시댁의 횡포에 항의하는 며느리가 늘상 듣는 말 아닙니까?

여기서 우리 사회에 물어보아야 합니다. 어떤 조직이 잘 운영되기 위해서는 왜 여성의 돌봄노동이 희생, 봉사란 미명 아래 무급으로 강제로 착취되어야만 하는지요? 왜 모든 조직은 가족 같아야 하는지요? 그건 혈연가족에서 강요받아 수행되는 여성의 희생과 공짜 노동을 공적으로도 당당히 요구하고 자신은 앉아서 받아먹는 남성 연장자 어르신의 역할을 맡겠다는 말이 아닌가요? 정말 가'족 같은' 생각입니다.

직장 내에서뿐만 아니라 가정에서도 문제입니다. 손녀에게 안마 좀 하라고 명령하는 조부모들이 많습니다. 딸에게 조부모를 안마해드리라고 강요하여 대리 효도하는 부모들도 많습니다. 거부할 경우 할아버지 안마도 안 하려드는 나쁜 손녀딸이라고 비난하지요. 이것도 잘못된 사고방식입니다. 효도하고 싶으면 자신이 직접 안마를 해드리면 됩니다. 내키지 않아 하는 딸에게 하라고 시킬 것이 아니라요. 그런데 왜 자신이 직접 하지 않고 딸을 시킬까요? 어르신에게 어린 여성의 손길을 받게 하는 것이 접대이고 효도라는 생각이 무의식중에 깔려 있는 것은 아닐까요? 어차피 그 시간에 공부도 안 하면서 왜 안마를 안 하냐고 야단치지 마십시오. 어린 여성인 본인의 몸을 상납하여 효도하려는 속셈을 본능적으로 느끼기에 안마 강요당한 딸이 싫어하는 겁니다. 아무리 내 딸이고, 내 손녀라도 싫다 하는 여성에게 남성의 몸에 손을 대는 안마를 하라고 강요하는 것은 범죄입니다.

성폭력 이전에, 안마도 직장 내 성희롱으로 규정한 법이 있다는 것 이전에, 애초에 안마를 받겠다는 발상도, 안마 정도는 요구해도 괜찮다는 생각도 다 잘못되었습니다. 이상한 일입니다. 우리 사회에는 자신이 모시는 연장자에게 젊고 어린 여성이 서비스를 해드릴 것을 강요하는 후진 문화가 있습니다. 성상납이나 성접대는 물론, 직장이나 조직 내의 우두머리에게 자기보다 어리고 낮은 직급에 있는 여성을 이용할 권리를 선사합니다. 이윤택 같은 사람도, 그 극단의 선배 같은 사람들도 많이 있습니다. 마치 상품권이나 놀이동산 이용권을 양도하거나 선물하는 것 같습니다. 변 사또에게 수청을 들라고 춘향에게 강요하는 이방이 도처에 널려 있지요.

수청 들라고 강요하는 이방이라… 여기서 옛날이야기를 하겠습니다. 조선시대 여성의 공적 직업이라면 궁녀와 의녀가 대표적이지요. 그런데 궁녀는 왕의 잠재적 섹스 파트너로 취급받았습니다. 의녀는 의술과 약초 공부를 마친 엘리트인데도 약방기생으로 천하게 여겨졌습니다. 잔치에 불려나가 춤춰야 했기 때문이지요. 이상하죠. 전문직 국가 공무원인데 성적 서비스 기능이 추가됩니다. 국가 공무원인데 성적 서비스를 강요받은 여성으로 관기(官妓)가 또 있죠. 관기는 관청 잔치, 그러니까 국가 이벤트에서 춤과 음악을 선보이는 여성입니다. 관기가 사또를 수청(守廳) 든다고 할 때의 한자를 보십시오. 지킬 수에 관청 청 자입니다. 원래는 관청 일을 하는 공무원인 것입니다. 그런데 수청 들라, 하면 높은 벼슬아치 밑에 있으면서 그가 시키는 대로 뒷바라지를 하는 일을 가리킵니다. 객지에 단신 부임한 사또의 음식, 의복 시중을 드는 기본 업무에 잠자리 상대까지 하는 것이 추가된 것이지요. 기생들도 그렇습니다. 시, 서, 화, 가무에 능한 예술인 집단인데 잔치에서 공연만 하지는 않았죠. 그러니까 조선시대에는 집 밖에 나와 일하는 전문직 여성들을 전부 성적으로 소비했다는 것이죠. 본래 맡은 임무나 갖고 있는 전문분야와 상관없이. 이런 조선시대의 인식이 21세기 현재까지 대다수 남성들에게 이어지고 있는 것이 참 이상합니다. 왜 일 관계로 만나는 직장 여성들을 성적으로 이용하려 하는 걸까요? 왜 같은 인간을 상품권처럼 주고받고 선물하려 할까요? 왜 여성의 인권은 생각하지도 못할까요?

고 장자연 씨를 생각해보십시오. 촉망받는 신인 탤런트였던 고인은 성상납 강요와 폭력에 시달리다 2009년 스스로 목숨을 끊었습니다. 성상납 리스트를 자필로 남겼죠. 소속사에서는 고인을 언론방송계 로비할 때 이용했습니다. 『삼국지』에서 자신이 훈련시킨 가기(歌妓)를 권력자에게 접대하여 자기 이익을 꾀하는 것과 같습니다. 현재 직장인 여성이 성폭력에 시달리는 현실을 단적으로 보여주는 사건입니다. 성차별 문제 제기하면 요즘 세상에 무슨 성차별이냐, 지금이 조선시대냐, 라며 불끈 화를 내는 남성들이 많습니다. 하지만 정작 화내는 남성 자신들의 정신 상태야말로 조선시대에 있습니다. 아직도 전문직에서 열심히 일하는 직장 여성들을 전부 '관기'로 여기고 있기 때문이죠. 기본 업무 외에 성적 서비스를 추가해서 말이죠.

직접적 성접대 강요가 아니라도 다른 방식의 성접대 강요는 지금도 흔합니다. 2017년 11월 보도된 간호사 장기자랑 강요 사건을 보십시오. 한림대학교성심병원에 이어 대구가톨릭대학교병원도 고발이 되었죠. 이해가 안 됩니다. 사람의 생명을 책임지고 있는 의료인이 왜 무대 앞줄에 앉은 높으신 재단 관계자 남성들을 위해 선정적 춤을 추고 섹시한 표정을 지을 것을 강요받아야 합니까? 아직도 의녀가 약방기생인 줄 압니까? 2018년

2월에 보도된 금호아시아나그룹 박삼구 이벤트 사건도 마찬가지 맥락입니다. 아시아나항공의 여승무원들은 거의 한 달에 한 번씩 여승무원들의 기를 받으려고 찾아오는 박 회장을 위해 반가워하고 춤을 추고 노래를 불러야만 했습니다. 보고 싶었다고 말하고, 팔짱끼고, 달려가 안기고, 심지어 감동해서 울어야 하는 배역까지 교관이 지정해주었다고 합니다. 이건 뭐 왕이나 사또가 방문하면 그 고을의 관기를 다 동원해서 환영하는 춤을 추게 하는 겁니까? 이런 장기자랑, 이벤트 강요 역시 크게 봐서 성상납입니다. 이윤택 극단의 선배들이 후배를 이 씨 방으로 떠밀어 넣은 것과 같습니다.

같은 직장 동료가 여성 동료를 상사 접대에 사용하는 경우도 비일비재합니다. 직장 여성들이라면 이런 경험 해보신 분들이 많습니다. 회식 끝나고 2차로 노래방 갔는데 남자 직원이 "부장님, 먼저 추세요" 이렇게 권하면서 신입 여직원이던 자신을 상사 품에 떠밀던 경험 말입니다. 당사자 의사는 물어보지도 않고 서로 권하고 양보하면서 지들끼리 우애를 다지고 있습니다. 형님 먼저 아우 먼저, 무슨 라면 광고 찍습니까? 왜 같은 인간인 직장 동료를 상사의 호감을 사고 성접대하는 데 사용하는지 모를 일입니다.

심지어 이런 짓 하는 사람들을 잡아야 할 직종에 있는 남자들도 그렇습니다. 2018년 1월, 우리나라 미투 운동에 불을 붙인 서지현 검사의 예를 보십시오. 서 검사는 2010년 장례식장에서 안태근 당시 법무부 정책기획단장에게 성추행을 당했습니다. 서 검사는 2018년 7월 〈여성동아〉와의 인터뷰에서 당시 상황을 이렇게 설명합니다. "장례식에 참석한 검사들 중 제가 낮은 기수였어요. 서열을 중시하는 검찰의 조직 문화상 원래는 말석에 앉았어야 했는데, 누군가 저를 밀어 그 옆에 앉게 됐어요. 당시 안 단장 옆에 법무부 장관이 있었는데, 대체로 높은 분 옆자리에는 여성을 앉히는 일종의 관례(?) 때문에 저를 그쪽으로 밀었던 것 같아요. 당시 그 테이블에 여검사는 저 혼자였어요." 이어서 안 씨는 서 검사의 허리를 감싸고 엉덩이를 쓰다듬었다고 합니다. 그런데 그 자리에 있는 동료 남성들은 다 못 본 체했다고 합니다. 여기에 서 검사는 큰 충격을 받게 됩니다.

평소 관행은 그렇지 않은데 굳이 상급자 남성 옆에 앉힌 이유가 뭘까요? 같은 검사끼리 동료 여검사를 상급자 남성 수청 들라고 떠밀어주다니, 이해가 되지 않습니다. 그나마 법을 잘 알고, 사회정의를 바로세우기 위해 범죄를 수사하고 기소하는 입장에 있는 남성들도 이렇다면, 대부분의 일반적인 남성들은 어떨까요? 대부분의 일반 남성을 직장에서, 사회에서 상대하는 여성들은 어떤 일을 겪고 있을까요?

대부분의 남성들은 선량합니다. 성범죄자가 아니며 성범죄자가 되려는 의도도 없습니다. 그러나, 자신이 태어나고 자란 문화에 젖어 생각 없이 관행대로 움직이다보니 성범죄의 조력자가 되게 됩니다. 어머니, 아내나 딸 등 가족 관계에 있어 자신이 책임져야 하는 여성을 제외하고는 다른 여성들이 겪는 불행에 둔감합니다. 아직도 사고방식이 조선시대에 있다보니 여성은 집에서 살림하는 것이 주 역할이고 남성만이 진짜 사회생활을 한다고 생각합니다. 그러기에 그녀들의 직장생활을 진지하게 생각하지 않습니다. 언제라도 그만둘 여성이고, 대체할 어린 여성들이 흔하니, 내 사회생활을 위해 여성들을 좀 이용해도 된다고 생각합니다. 같은 인격을 지니고 인권을 지닌 인간으로 보지 않고 '사무실의 꽃' 정도로 여기기에 동료 여성을 윗사람에게 상납하면서도 아무 죄책감이 없습니다. 사무실 화병에 꽂혀 있던 꽃 한 송이를 뽑아 상사에게 바치는데 무슨 양심의 가책을 느끼겠습니까. 이들은 회식에서 상사 옆자리에 앉히고 술 따르고 애교 떨라고 시키는 것도 성상납 강요라는 것을 모릅니다. 이들은 자신들이 동료 여성을 상품권처럼, 이용권처럼 다른 남성들에게 선사하며 환심을 사려 하고 있다는 것을 자각하지 못합니다. 동료 여성을 관기 정도로 여기고 수청 들라 강요하면서도 상납당한 여성이 분노하고 모욕감을 느끼는 것을 이해하지 못합니다. 아니, 이해할 생각이 없습니다.

이렇게 여성들을 선사하고 주고받으면서 남성연대 카르텔은 견고해지기 때문입니다. 형님 먼저 아우 먼저, 우애가 돈독해지니까요.

직장, 조직 내에서 어리고 젊은 여성을 상품권처럼 주고받는 풍조는 명백히 잘못되었습니다. 블루스를 추라고 떠밀거나 옆자리에서 술시중 들라고 앉히는 것, 안마를 시키는 것은 물론, 장기자랑이나 이벤트 강요도 성상납 강요입니다. 마음에도 없는 애교, 애정 표현 강요 역시 성폭력입니다. 일차적으로 성상납을 받고 즐기는 상급자에게 문제가 있습니다. 직장이건 어느 사회단체이건, 그 집단의 원래 목적대로 일만 잘하면 되는 겁니다. 내가 높은 지위에 있으니 여성들을 성적으로 이용해도 된다는 생각, 어린 여성에게 둘러싸여 대접받아야만 자신의 권력과 남성성이 인정받는다고 생각하는 비뚤어진 남성성에 심각한 문제가 있습니다. 여성의 서비스를 이용하여 자신의 이익을 꾀하는 아랫사람들에게도 문제가 있습니다. 룸살롱 접대이건 동료 여직원이건 여성의 심신은 여성 자신의 것인데 이거 드릴 테니 마음대로 쓰시라는 것은 인간의 기본 인권을 침해하는 것입니다.

이런 관행은 여성의 기본 인권은 물론 노동권도 침해하는 일입니다. 대학이나 기업에서 여성의 지원서도 안 받아주던 시대는 지났습니다. 대학수학능력시험 성적도 여학생이 남학생을 앞서고 있습니다. 그런데 왜 여전히 여성이 학업이나 직장에서의 커리어를 포기하는 일이 빈번히 일어날까요? 출산이나 육아 같은 요인 외에 이런 남성 카르텔의 성상납 풍조에 기반한 그릇된 직장문화도 한 부분을 차지하기 때문입니다. 이윤택 사건 피해 여성들은 연극인으로서의 미래를 포기했습니다. 서 검사는 사직할 각오를 하고 미투 고발을 했습니다. 지금도 많은 여직원들이 직장 내 성희롱에 질려서 사표를 냅니다. 심지어 고 장자연 씨처럼 삶을 포기하기까지 한 피해자들도 많습니다. 이런 모든 일이 반드시 이상한 범죄자 한 사람 때문에 생겼을까요?

위에서 언급한 사건들은 성범죄자 본인뿐만 아니라 동조자, 방관자들이 어떻게 조직적으로 직장 내 성폭력에 기여하고 있는지를 명백히 보여준 예입니다. 변태 같고 악마 같은 한 사람을 조심하고 신고하고 처벌하는 것으로는 큰 진전이 없습니다. 남성 개개인이 권력을 가진 후 괴물이 되지 않기 위해 본인 스스로 인격 수양하는 것도 좋지만 이 사회 전체가 변하지 않는다면 큰 효과 없습니다. 근본 원인은 조직 내 여성을 상품권처럼 이용하며 서로 권하고 묵인하며 이익을 챙기는 성폭력 카르텔, 그 자체에 있기 때문입니다. 이제 이 사회 전체의 문화가 바뀌어야 합니다. 명확히 합시다. 동조자, 방관자도 공범입니다. 물론 이 성폭력 카르텔에는 연장자 여성도 포함됩니다.

❶ 우리 사회에는 지위가 높은 남성에게 젊은 여성이 서비스를 제공하는 것을 강요하는 문화가 있다.

❷ 젊은 여성의 서비스를 받음으로써 자신의 권력을 확인하는 비뚤어진 남성성, 여성을 물건처럼 제공함으로써 이익을 챙기는 성폭력 카르텔에 근본 원인이 있다.

"딸 같아서 그랬다"

중·노년 남성이 어린 여성을 성희롱, 성추행하는 일이 많습니다. 동네 알코올중독자 할아버지처럼 잃을 게 거의 없는 망나니 노인들만 그러는 것이 아닙니다. 정치인이나 기업인, 교수 등 평판 관리가 중요한 직업을 가진 남성들도 대놓고 성추행한다는 점이 이상합니다. 변명으로 '딸처럼 여겨서 그랬다'라는 말을 똑같이 하는 것도 신기합니다. 성범죄자 대사를 가르치는 학원이라도 어딘가에 있는 것 같습니다.

가장 먼저 떠오르는 예는 2014년 박희태 전 국회의장의 성추행 사건이네요. 박 씨는 강원도의 한 골프장에서 캐디의 팔, 가슴, 허벅지, 엉덩이를 만져서 강제추행 혐의로 불구속 기소되었습니다. 1심 재판에서 징역 6개월에 집행유예 1년, 성폭력 치료 강의 40시간 수강을 선고받았습니다. 이후 박 씨는 항소했으나 받아들여지지 않았고 대법원은 1심 판결을 확정했습니다. 당시 박 씨는 "딸처럼 귀엽고 손녀처럼 정답고 해서" "손가락 끝으로 가슴 한번 툭 찔렀"을 뿐이라고 해명했었죠. 관련 기사에는 "너는 친손녀 귀여우면 가슴 만지냐?"라는 분노의 댓글들이 달렸습니다.

워낙 이런 사건에 이런 변명이 많아서 예를 다 들 수 없네요. 2018년 5월 31일, SBS가 보도한 비슷한 사건도 있습니다. 한 의류업체 회장인 70대 조 씨가 40대 여성 가맹점주에게 6개월간 수십 차례 음란 동영상과 메시지를 보낸 사건입니다. 전직 직원의 증언에 따르면 조 회장은 3~4년 전부터 해당 점주의 몸을 '터치'하는 식으로 접근했다고 합니다. 이에 조 씨는 성추행은 없었다며 '친딸같이 돌봐줬고 딸 같으니까 장난을 친 것'이라고 변명했습니다. 이 뉴스 기사에도 "너는 친딸에게 음란 메시지 보내냐?"라는 비난 댓글들이 주르르 달렸습니다.

2018년 8월 1일, 광주의 한 여고에서 벌어진 성희롱, 성추행 사건이 보도되었습니다. 한 재학생 어머님의 문제 제기로 광주시 교육청이 전교생 830여 명을 일 대 일로 만나 면담해보니

180여 명이 성추행, 성희롱, 언어폭력을 당했다고 하네요. 결국 이 여고의 남교사 38명 가운데 18명이 검찰에 송치되었습니다(47%). 이미 다른 여고로 전근 간 교사 1명도 졸업생들의 고소로 검찰에 송치되었습니다. 졸업생의 진술에 따르면 학생들이 항의하자 가해 교사는 '딸 같아서, 예뻐 보여서 그런 것이다. 오해다'라고 해명했었다고 합니다. 짚이는 것이 있어 가해 교사들의 연령대를 검색해보니 거의 대부분 50대 중후반 남성이라고 합니다. 역시 그렇군요.

왜 이들 중·노년 성범죄자 남성들은 한결같이 '딸 같아서 그랬다'라는 말을 할까요? 언뜻 보기에는 나이 차가 부녀간만큼 나니까 생각없이 하는 말 같습니다. 그러나 더 무서운 의미가 깔려 있습니다. 아마, 이 말을 쓰는 추행범들도 모르고 쓰고 있고, 비난하는 사람들도 모르고 있을 것 같군요. 이런 변명을 하는 경우를 더 자세히 관찰해볼까요.

취한 할배가 버스나 지하철에서 처음 본 어린 여성을 추행할 때에는 그런 말을 하지 않습니다. 나이 차이가 일반적인 부녀간만큼 나더라도요. 여성이 화를 낼 경우 "너는 아비도 없냐? 니 아비에게도 그렇게 말대꾸하냐?"라며 태도나 예의를 문제 삼는 정도이지 "딸처럼 여겨서 만졌다"라고 변명하지는 않습니다. 그러니까 이건 나이 차이가 많이 나니까 아버지뻘 어른으로 대접

해서 나쁘게 보지 말아달라는 의미가 아닌 것입니다. 가해자가 교수나 교사처럼 피해 여성을 우월한 위치에서 지도하는 입장에 있거나, 가맹점주를 추행한 조 씨처럼 거래관계가 있거나 자기 회사 직원일 경우에 합니다. 즉 피해 여성이 지속적으로 자기 영향력 아래에 있는 경우에 하는 변명입니다. 혹은 캐디를 추행한 박 씨 경우처럼 처음 보았더라도 자신이 지불한 요금에 대한 서비스를 해주어야 하는 입장에 있는, 그러니까 자신의 돈을 피해 여성이 받는 입장에 있을 때에만 그런 변명을 합니다. 아버지와 딸 정도로 나이 차가 나는 가해 남성이 피해 여성에게 일반적인 가정에서 아버지가 딸에게 하는 역할을 지속적 혹은 잠시라도 할 때에 합니다. 돈을 주거나 지도를 해주거나.

범죄자는 변명을 할 때 불리한 말을 하지 않습니다. 자신의 무죄를 주장하는 뒷받침 증거가 될 수 있는 말을 하기 마련입니다. '딸 같아서 그랬다'라고 말하는 이유도 마찬가지입니다. 그렇게 말하면 용서받는다고 생각하기에 그렇게 말하는 겁니다. '딸인 줄 알고 했다'고 하면 사람들이 용서해준다고 믿고 있는 겁니다. 한두 명도 아니고 단체로 같은 말을 할 때에는 오랜 역사적·문화적 DNA가 작용합니다. 굳건한 사회 통념에 기반해서 말합니다.

자, 이제 무서운 사실을 말씀드리겠습니다. 역사적으로 아버지가 딸을 강간하는 경우에는 다른 여성을 강간했을 때보다 가벼운 벌을 받았습니다. 한 남성이 먹여 살리고 보호하고 있는 미혼의 딸은 그 남성의 사유재산이기 때문이지요.

성폭력이나 여성혐오 범죄 뉴스를 접하다보면 도저히 이해가 안 되죠? 사람이 왜 같은 사람을 이렇게 대할까? 이러고 싶을까? 하고요. 21세기 대한민국은 현재 워낙 교묘하게 이미 성평등이 다 이루어진 듯 포장되어 있어서 이유를 알기 어렵습니다. 이럴 때는 근대 이전 역사를 살펴보면 쉽게 답이 나옵니다. 고대 문명 발생지 중 중동 쪽으로 가봅시다. 고대로부터 여성은 가축이나 노예처럼 가부장의 재산이었습니다. 이를 명확히 보여주는 증거가 기독교의 십계명에도 있습니다. 십계 중 '간음하지 말라'는 부부 사이의 정절 등 도덕률을 지키라는 말이 아닙니다. 여성의 인권을 존중해서 성폭력하지 말라는 말도 아닙니다. 성경의 「출애굽기」에 풀이된 부분을 보면, '네 이웃의 아내나 남종이나 여종이나 소나 나귀 할 것 없이 네 이웃의 소유는 무엇이든지 탐내지 못 한다'라고 되어 있습니다. 즉, '간음하지 말라'는 말은 '이웃의 재산인 여자를 탐내어 이웃에게 손해를 끼치지 말라'는 말입니다. 그래서 강간은 남성이 다른 남성에게 저지르는 재산상의 범죄입니다.

이웃 남자의 재산에 손해를 입혔기에, 강간한 남자는 사형당합니다. 강간당한 기혼 여성도 사건 경위와 무관하게 죄 없어도 사형당합니다. 메소포타미아 지역에서는 강에 던져 죽이고, 성경의 무대가 되는 지역에서는 큰 강이 없으니까 돌을 던져 죽입니다. 그렇다면 자신의 딸을 강간한 아버지는 어떻게 될까요? 강간범은 사형이라지만, 딸 강간범은 사형당하지 않습니다. 함무라비 법에 의하면, 도시 성벽 바깥으로 추방하는 벌을 받습니다. 고대·중세사회에서 '추방형'은 중벌에 속합니다. 그래도 생명을 빼앗지는 않습니다. 왜 이렇게 상대적으로 약한 벌을 받을까요? 자신의 재산인 딸을 범했으니까요. 다른 가부장의 재산에 손해를 입힌 것이 아니니까 남의 아내를 범한 것보다 훨씬 가벼운 벌을 받습니다. 즉, 친딸은 자신의 재산이니 마음대로 해도 됩니다. 강간해도 처벌이 약합니다. 그래서 성추행범들이 딸 또래 나이 여성들을 상대로 성희롱이나 추행 등 성폭력을 행한 것이 발각나면 변명이라고 하는 말이 '딸처럼 여겨서 그랬다'인 것입니다. 벌을 가볍게 받고자 하는 말입니다. 아마 본인들도 모르고, DNA가 시키는 대로 말했을 겁니다.

고대 가부장은 가족 구성원을 돌보는 대신 마음대로 할 권리가 있었습니다. 가족 구성원인 여성을 강간할 권리도 있었죠. 물론 친딸 강간이 흔한 일은 아닙니다. 그러나 지금도 꽤 일어나고 있는 일입니다. 한국성폭력상담소에서는 지난 25년 동안 매년 성폭력 상담 통계를 내왔는데 평균적으로 친족에 의한 성폭력이 16%에 달한다고 합니다. 여기서 친족이란 부모, 형제를 말합니다. 친인척이 저지른 성폭력은 여기에 포함이 안 되어 있다는 말이지요. 2017년에는 강간 피해 상담의 15.6%가 친족에 의한 강간 피해 상담이었다고 합니다. 근친강간이 금기라는 건 금기여서 안 벌어지고 있다는 말이 아닙니다. 피해 여성이 말하고 고발할 때나 금기시되고 있을 뿐입니다.

딸 같은 조건에 있는 여성을 강간하는 것은 더 흔한 일입니다. 1960~70년대에 사회 문제였던 사건을 예로 들어볼까요. 그 시절에는 입주해서 일하는 가정부를 강간하는 사건이 많았죠. 입주 가정교사 여대생도요. 이 역시 딸을 강간할 권리에서 발생하는 사건이죠. 내 집에 살고 내 돈과 보호를 받는, 딸의 위치에 있는 여성을 강간하는 거니까요. 그래서 직장이나 종교단체, 학교에는 성폭력을 일삼는 중·노년 남성들이 많습니다. 어느 단체이든 연장자 남성이 갖는 기본적인 가부장 권위에 신과 스승, 지위의 권위가 더해지니까요. 이게 어린 여성들이 좋은 의도에서 말했는데도 어떤 단체를 가족같이 여기라는 말을 하면 치를 떨면서 싫어하는 이유입니다. 상급자가 신입 여직원을, 사장이 알바 여대생을 만지면서 하는 가'족 같은' 말이니까요. 이 노인네가 하는 말에 내심 '가족 내 자신이 돌보는 어린 여성은 맘대로 대해도 된다. 강간까지 해도 된다'는 생각이 깔려 있음을 여성들은 본능적으로 압니다.

여성차별이나 혐오 범죄 관련하여 근대 이전 역사를 살펴보면 이유를 알 수 있다는 말을 앞서 했습니다. 또 다른 방법도 있습니다. 근대 이전 사고방식을 그대로 가지고 몸만 21세기에 있는 남자가 하는 말을 들어보면 됩니다. 아래에, 제 페이스북 친구인 황선호 님이 쓰신 글을 허락받고 전문 인용합니다. '딸을 강간하면 죄가 아니거나 가벼운 벌을 받는다'는 고대 사고방식 그대로 법정에서 진술한 아버지를 목격하고 쓰신 글입니다.

> 얼마 전 집안 사정 때문에 생긴 소송으로 북부지방법원 재판을 참석하러 갔었다. 그러나 그 전에 시작했던 재판의 지연으로 인해 본 재판이 40분 정도 지연됐었는데 할 일이 없던 터라 같은 법원 형사재판 방청으로 심심함을 달래고자 했다. 들어갔을 때는 법관이 피고인에 대한 심문을 시작하고 있었는데 그 내용이 정말 가관이었다. 법관은 피고인에게 왜 아들의 친구를 강간했냐고 물었고, 그에 피고인은 '딸인 줄 알았다'라고 변명했다. 순식간에 법관 검사 변호사 할 것 없이 좌중이 조용해졌다. 몇 초의 침묵 이후 법관이 "피고인은 딸이 있습니까?"라고 묻자 피고인은 그렇다라고 대답했고, 피고인은 딸에게도 아들의 친구에게 했던 행위를 한 적이 있냐라고

물었을 때는 정말 듣기 싫었던 대답이 나와 귀를 막았다. 피고인의 대답에 법관은 한숨을 땅이 꺼져라 내쉬었고 그의 변호사와 검사조차도 황당한 표정으로 피고인을 바라봤다. 8명 남짓 됐던 방청객들도 피고인의 증언에 육성으로 고함을 치며 욕을 하거나 기분이 나빠졌다며 퇴장하는 사람도 있었다. 법관은 피고인의 증언을 듣고 얼마 뒤 검사에게 해당 사건에 대한 여죄를 수사하고 추가 기소할 것을 명령했고 재판을 종결시켰다. 재판 중에 듣기로는 피해자의 나이는 만 15세였고, 피고인의 딸은 13세 미만으로 추정됐다.

'성폭행' 그것은 가족이라는 구색 좋은 터울조차도 우습게 부숴버린다. 이미 알고는 있었지만 새삼 우리나라의 직계존속 및 친족에 의한 성폭력 현실이 얼마나 추악한지 다시 한번 자각하게 됐다.

위의 목격담을 페이스북에서 읽고 저는 깜짝 놀랐습니다. 여성사 읽다보면 고대 쪽에 그런 이야기 나오거든요. 가부장에게 친딸을 강간할 권리가 있었다고. 그런데 친딸 성폭력이 종종 벌어지고는 있어도 딸을 강간할 권리를 범죄자 남성이 직접 법정에서 대놓고 말하는 실례를 그동안 본 적도 읽은 적도 없었습니다. 저는 글 쓰신 분과 메신저로 대화를 나눴습니다. 어떤 상황이었는지 더 들어보았습니다. 위의 범죄자 남성은 법정에서 판사 앞에서 정말 거리낌 없이 당당하게 말했다고 합니다. 그 변명이 통할 것이라고 믿고 있었다는 거지요. 근대 이전 사고방식을 그대로 가진 남자였기에 21세기의 거름망으로 한번 거르지 않고 그대로 말했겠지요. 아버지에게 딸을 강간할 권리가 있다는 것, 다른 남성의 재산에 속한 여성이 아니기에 딸을 강간하면 약한 벌을 받는다는 것, 그래서 범죄자들은 약한 벌을 받으려고 딸 나이 또래 여성에게 성폭력을 행하고도 '딸인 줄 알고 그랬다'라고 변명한다는 것을 단적으로 증명해주는 일화입니다.

읽는 독자분이 어떤 거부감을 가지실지 예상됩니다. 그러나 현실을 제대로 봐야 현실을 바꿀 수 있습니다. '딸을 강간할 권리'라는 말이 너무 무섭고 거부감이 드십니까? 고대시대만의 일이라고만 생각하십니까? 아닙니다. 고대부터 지금까지 사람들의 기본적인 사고방식은 변하지 않았습니다. 가정폭력을 생각해보십시오. 자녀 때리는 아버지를 말리면 뭐라고 합니까? '내 새끼 내 맘대로 못 때리냐?'라고 말합니다. 역사서를 보면, 고대 가부장에게는 가족 구성원에 대한 생살여탈권(生殺與奪權), 즉 마음대로 죽이고 살릴 권리가 있었습니다. 아가멤논이 딸 이피게네이아를, 아브라함이 아들 이삭을, 계백 장군이 가족을 죽여 대의를 추구하는 것이 기록에 남아 지금까지도 숭상받는 것을 보십시오. 가족 구성원의 의향은 묻지도 않습니다. 그래서 21세기인 지금도 어떤 남성은 죽도록 처자식을 때리면서도 자신의 권리라고 생각합니다. 자식이 알바하거나 취직하면 번 돈 다 내놓으라는 아버지도 있죠? 술만 마시고 생활비도 안 벌어오면서 아내가 힘들게 일해서 번 돈을 다 가져가 유흥비로 쓰는 남편도 있죠? 그 주제에 당당하게 돈 달라고 소리치는 게 이상하죠? 왜냐하면 가부장에게는 '처자식을 팔 권리'도 있었거든요. 이 경우는 진짜 내다 파는 것이 아니라 처자식이 나가서 일해서 벌어온 돈을 자신이 쓰는 것을 말합니다. 이들은 자녀 부양의 의무를 이행하지도 않았으면서 늙으면 자기 봉양하라고 자식에게 큰소리칩니다. 다 가부장의 권리라고 생각하기에 불효 운운하며 당당합니다. 고대부터 지금까지 가부장제 사회이기에, 이 기본 인식은 변함이 없습니다.

마찬가지입니다. 지금도 집 안이건 집 밖이건 부지런히 성폭력을 하고 다니는 가부장이 여전히 있습니다. 중·노년 남성 중 일부에게는 나의 집에 살거나, 나의 통제와 지도 아래에 있거나, 내가 먹여 살리고 있는 어리고 신선한 여성의 육체를 내 소유의 성적 대상물로 여기는 그릇된 심리가 있습니다. 안희정 등 권력형 성폭력범들, 흔한 직장 상사들, 여학교의 중·노년 남성 교사들에게서 그런 시대착오적 고대 가부장의 모습이 보입니다.

정리합니다. '딸인 줄 알고 했다'라는 말은 '딸인 줄 알고 했으니까 심한 죄가 아니다, 그러니 용서해달라'는 뜻입니다. 왜냐하면 아버지에게는 딸을 마음대로 할 권리가 있다고 생각하기 때문입니다. 자신은 가부장이니까 자신의 돈을 받는 어린 여성들, 자신의 돌봄과 지도를 받는 종교 단체나 복지 시설에 있는 여성들과 학교의 제자들을 성폭력해도 무죄라고 생각하는 겁니다. 늙은 가해자 남성이 어린 피해자 여성에게 '딸처럼 잘 대해줬는데 감히!'라고 배신감을 느낀다며 당당히 피해 여성에게 분노하는 이유는 '딸이니까 성폭력을 해도 된다. 딸이니까 아버지가 뭔 짓을 해도 거부하지 말고 복종해야 한다. 아버지니까 어떤 잘못을 해도 법에 호소해서는 안 된다. 그런데 감히 고소하다니! 이런 불효녀 같으니!'라고 생각하기 때문입니다.

오해 마십시오. 저는 남성들을 친딸조차 강간하는 악마로 몰아가고자 이 글을 쓰고 있는 것이 아닙니다. 문제의 근원을 보자는 의미에서입니다. 한두 명이 말하는 게 아니라 많은 가해 남성들이 성폭력에 대한 변명으로 '딸인 줄 알고 했다'라고 말하는 것에는 이유가 있습니다. 유구한 역사적 내력이 있습니다. '딸을 강간할 권리'를 주장하는 사람들이 계속해서 등장하는 이 사회의 실상을 똑바로 알아야 합니다. 그래야 '나보다 어리고 내 돈과 돌봄, 지도를 받아 내게 속하는 여성을 내 마음대로 할 권리가 나이 든 남성인 내게 있다'고 믿기에 유지되는, 이 끔찍한 강간 권하는 사회를 바꿀 수 있습니다.

그러니 '너는 진짜 니 딸에게 그러냐? 니 딸 가슴 만지냐?'며 비판할 필요 없습니다. 비판과 분노만으로는 근본적인 문제가 해결되지 않습니다. 가부장적 위치에 있는, 연장자 남성의 권력을 빼앗아야 합니다. 상급자 남성이 하급자 남성에게 인격적 모욕을 가하거나 무보수로 노동착취하면서도 '아들처럼 여기고 대해줬다'라고 변명하는 것도 마찬가지 내력입니다. 아버지니까 해도 되고, 피해자는 아들이니까 문제 제기하면 패륜아라는 뜻입니다.

내 딸이든 남의 딸이든, 남성의 돈을 받든 안 받든, 가족이나 회사, 기타 단체에서 가부장적 위치에 있는 연장자 남성에게 어린 여성을 성폭행할 권리는 없습니다. 어느 여성에게도 연장자 남성에게 성폭력을 당하면서도 돈과 돌봄을 받는다는 이유로 아버지로 여겨 복종할 의무는 없습니다. 성별을 떠나 어떤 연장자에게도 자기보다 나이 어린 사람을 비인격적으로 대하고 폭언이나 폭행을 할 권리는 없습니다.

이런 점에서 미투 운동은 우리 사회 전체의 고질적인 병폐를 고발하고 있습니다. 미투 운동은 연장자의 권위와 권력을 고발하고 저항하는 운동이기도 합니다. 나이는 숨만 쉬고 있으면 저절로 먹는 것, 나이 많다고 상대를 무작정 존경하고 복종할 필요 없습니다. 폭력과 범죄를 저지르고도 어리고 약한 사람에게 복종을 강요하는 이 사회의 문화가 잘못된 것입니다.

❶ '딸 같아서 그랬다'라는 변명은 딸을 사유재산으로 여기던 역사 문화적 DNA를 보여주는 말이다.

❷ 미투는 권력과 자원을 독점한 남성이 자신보다 어리고 약한 사람을 착취하는 것을 고발하고 저항하는 운동이기도 하다.

한국인 2명 중 1명은

성폭력이

노출 심한 옷차림 때문에

일어난다고 생각한다.*

나의 개저씨,
연쇄성폭력범
최씨

* 여성가족부, 「2016년 전국 성폭력 실태조사 결과보고서」

우리 주위의 흔남, 성폭력범

2부는 제가 겪은 성폭력 사건 이야기입니다. 직장 내 성폭력 사건으로 동료 여직원 4명과 함께 직장 상사를 고소해 싸웠던 만 2년을 기록했습니다. 저의 직접 경험에 실용적 정보를 더했습니다.

여기 등장하는 연쇄성폭력범 최 씨는 괴물이 아닙니다. 우리 주변에서 흔히 볼 수 있는 평범한 40대 남성입니다. 저는 사건 발생 9년 전 같은 직장에서 근무하면서 그를 알게 되었습니다. 이후 최 씨도, 저도 직장을 옮겨 멀어졌는데 그는 종종 안부 전화를 걸어왔습니다. 자신이 후에 회사를 차릴 테니까 와서 도와

달라고, 제가 일을 잘해서 모셔가고 싶어서 연락하는 거라고 말했습니다. 회사를 차린 후 축하해달라고 전화하기에 꽃다발을 사들고 찾아가기도 했습니다. 몇 년 후에 그가 차린 회사로 이직했습니다. 괜찮은 직장이었습니다. 동료들도 좋았죠.

그동안 겪어본 바, 그는 아주 멀쩡한 남자였습니다. 오너라고 권위적으로 굴지도 않았습니다. 저는 그를 존경했습니다. 고향이 광주인 최 씨는 대학 입학하자마자 광주학살을 경험하였기에 약자에 대한 차별과 민주적 가치에 관심이 많은 사람이었습니다. 노사모 열성 회원이었습니다. 노무현 대통령이 당선되자 저는 최 씨가 대통령이 된 것도 아닌데 그에게 축하 인사를 건네기도 했습니다. (특정 지역 출신이나 정치인 지지자를 비방할 목적으로 쓴 것은 아닙니다. 우리나라의 보통 남성들은 아무리 정치적으로 진보적이어도 대부분은 그냥 남성연대 조직, '더 브라더스 민주당' 당원이 아닌가 싶습니다.) 최 씨는 또래 아저씨들보다 괜찮은 편이었습니다. 제가 페미니즘 이슈 이야기를 할 때면 동의하며 경청했고 여직원들에게 커피 심부름을 시키지도 않았습니다. '우리 주위의 흔남'이라고 썼지만, 그저 흔남이 아니라 매우 진보적인 입장에 있는 듯 보였습니다. 또래 아재들에 비해 여성혐오에 젖은 언행을 심하게 하지도 않았습니다.

그래서, 그가 저를 성추행했을 때 제대로 현실을 인식할 수 없었습니다. 제가 피해를 겪었음에도 불구하고, 그를 옹호하고 이해해주려고 노력하고 있었습니다. 다른 여직원들 네 명도 연쇄적으로 성추행했으며 심지어 그중에는 강간미수 건도 있었다는 사실을 알았을 때에서야 큰 충격을 받았습니다. 저와 피해 여직원들은 힘을 합쳐 연쇄성폭력범 최 씨를 고소했습니다. 이어 주위 사람들의 반응에 더 큰 충격을 받았습니다. 왜들 가해자 편을 들고 피해자를 욕하는지 이해할 수가 없었습니다. 우리는 피해자이자 당연한 정의실현을 하고 있을 뿐인데 한 남자의 미래를 망치고 한 가정을 파괴한 꽃뱀들이 되어 있었습니다.

그때는 괴로웠지만 돌이켜보니 제 사건의 경우는 운 좋게 술술 풀린 편입니다. 성폭력은 피해자의 진술 외에 증거가 없는 경우가 대부분입니다. 제 사건의 경우에는 피해자가 여럿이고, 여러 사람이 동일한 범행 패턴을 진술해서 수사기관과 법정에서 피해를 인정받기 쉬웠습니다. 게다가 저는 페미니즘 책을 읽고 토론하는 것이 일상인 여대 출신입니다. 대처법을 상식처럼 알고 있었기에 사건이 발생했을 때 초기에 잘 대응하여 증거를 확보해놓았습니다. 큰 이변 없이 재판에서 이길 수 있었습니다. 그러나 대부분의 피해자들은 평소 관련 지식을 갖고 있지 않았거나 충격받고 당황한 나머지 용기를 내어 고소했는데 준비가 미흡하여 기소조차 안 되는 경우가 많습니다. 현재 우리나라 성폭력 범죄의 기소율이 매년 다르기는 하지만 50% 미만인 것이 그 안타까운 증거라고 볼 수 있겠지요. (대검찰청 자료에 따르면 성폭력 범죄 기소율은 2013년 44.0%, 2014년 41.9%, 2015년 35.7%, 2016년 32.8%입니다.)

책을 준비하면서 참고할 만한 관련 서적을 검색해보았습니다. 온라인 서점에 '성희롱 성추행 성폭력'으로 검색해보니 주로 여성을 대상으로 성폭력을 예방하는 방법을 알려주는 책이 대부분이었습니다. 하지만 피해자가 조심한다고 안 당하는 것은 아니잖아요? 원인은 가해자니까요. 운 나쁘게도 당했을 경우에 고소하고 재판하는 방법에 관한 정보를 주는 책도 필요한데 말입니다. 그래서 '성폭력 사건 대응 방법' 등으로 검색해보았습니다. 깜짝 놀랐습니다. 피해자인 고소인을 위한 팁이 아니라 가해자나 가해자로 몰린 사람들에게 팁을 제공하는 책들만 나와 있었습니다. (여성단체에서 만들어 배포한 무가 서적은 꽤 있습니다. 여기서는 시중 서점에서 판매하는 책을 말합니다.) 포털 사이트로 가서 다시 검색해봤습니다. 피해자의 증거 부족을 공략하여 불기소처분을 받거나 형량을 줄일 수 있는 방법을 가르쳐주는, 역시 성폭력 가해자를 위한 카페가 많이 보였습니다. 이 놀라운 현실은 무엇을 말하는 것일까요? 남성들은 범죄를 저지르고 나서도 재판에서 실용적인 정보를 접하기에 여성들보다 유리한 입장에 있다는 현실을 말해주는 것은 아닐까요?

인생에서 제일 좋은 것은 성폭력을 당하지 않는 것입니다. 그러나 여성들은 대부분 인생에서 성폭력을 여러 번 경험합니다. 이게 현실입니다. 그러니 당했으면, 대응을 잘해서 제대로 싸워야 합니다. 힘든 과정입니다. 재판까지 가지 않고 합의해서 사과와 보상을 받아내는 것이 좋습니다. 그러나 고소해서 법적으로 싸우기로 결심했다면 이겨야 합니다. 자신을 보호하며 싸워야 합니다. 2차 피해를 막아야 합니다.

합의금이나 보상금도 제대로 받아내야 한다고 저는 생각합니다. 꽃뱀으로 몰릴까봐 가해자에게 사과만 요구하지 마시길 바랍니다. 어차피 가해자들은 진정으로 사죄하지 않습니다. 그럴 놈이면 애당초 그런 일을 저지르지도 않았겠죠. 가해자들이 무서워하는 것은 돈을 잃는 것이니 돈을 제대로 받아내는 것도 복수입니다. 물론 이 부분도 개인의 선택입니다. 모두들 꼭 형사고소하고 민사 소송도 해서 보상금 받아내야 한다는 것은 아닙니다. 너무 힘든 과정이니 안 하실 권리도 있습니다. 중요한 것은 자신을 보호하는 것입니다. 성폭력 사건 이후에도 인생은 계속되어야 하기 때문입니다. 평생 불행한 피해자는 없어야 합니다.

술술 읽히도록 제 사건을 이야기로 전달하면서 중요한 정보는 박스에 따로 넣었습니다. 처음 사건을 겪는 분들께 도움이 되도록 고소와 재판 과정 관련한 중요 문서를 그대로 인용했습니다. 닥칠 일과 받을 문서를 미리 보고 시뮬레이션을 해보시길 바라는 의도입니다. 특히 가해자 최 씨가 직접 쓴 문서를 보면 일반 상식을 가진 사람은 도저히 이해할 수 없는 가해자의 심리를 파악하고 한발 앞서 대처하는 데 도움을 받을 수 있을 것 같습니다. 성폭력 사건이 벌어지고 고소하여 재판이 시작되면, 멀쩡한 남자로 알고 지낸 사람이 너무나도 엄청난 헛소리를 하는 광경을 목격하고 다들 충격을 받습니다. 가해자 주변 사람들도 인간 이하의 헛소리를 하며 가해자를 옹호합니다. 그러나 충격받고 분석하느라 에너지 낭비할 필요 없습니다. 단적으로 말합니다. 다들 그럽니다. 그런 생각을 평소 마음속으로 품었는데 표현을 안 했을 뿐입니다. 성범죄자는 괴물이 아니라 우리 주위의 흔남입니다. 직접 시도만 안 할 뿐이지 여성을 같은 인격체로 보지 않고 성적 대상으로만 여기고 이용하려는 생각을 하는 남자는 주위에 흔합니다. 우리의 상식과 그들의 상식은 다릅니다.

이런 점을 미리 알고 대처합시다. 일이 앞으로 어떻게 진행될지에 대한 정보가 있다면 유사한 상황에서 초기에 잘 대처하여 고소 이전에 해결할 수 있습니다. 진짜 고소하고 싸울 일이 없더라도 평소에 좀 더 자신 있게 살 수 있습니다. 여성을 지배하는 가장 효과적이고 오랜 역사를 지닌 방법이 성폭력이라는 것을 알면 우리와 우리 아랫세대를 위해, 세상을 바꾸기 위해 무엇을 해야 할지 알 수 있습니다.

이 글을 쓴 방식을 알려드립니다. 함께 싸운 피해자들에게 2차 피해가 가지 않도록 피해자를 추측할 수 있는 정보는 전부 삭제했습니다. 연도는 20××년으로 표시했습니다. 등장인물은 가해자 쪽 사람들은 최 씨, 정 씨 하는 식으로 성만 언급했고 직원들은 A~I까지 알파벳으로 표기했습니다.

등장인물은 아래와 같습니다.

이제 제가 A였던 사건 이야기를 시작하겠습니다.

형사 소송 절차

범죄자를 신고, 고소하여 재판 결과가 나오기까지의 과정은 아래와 같다.

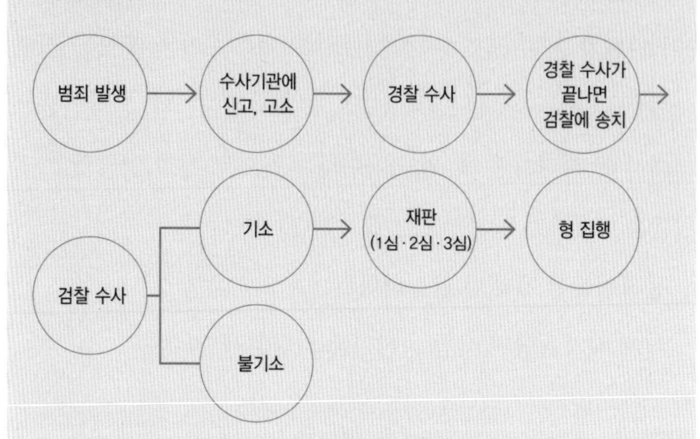

고소 후 첫 재판까지 5~6개월 정도 걸린다.

항소를 하거나, 민사 소송을 같이 진행하면 대개 2년 넘게 걸린다. 3심제에 따라 상대 범죄자가 항소, 상고를 할 경우에는 5~8년까지도 갈 수 있다.

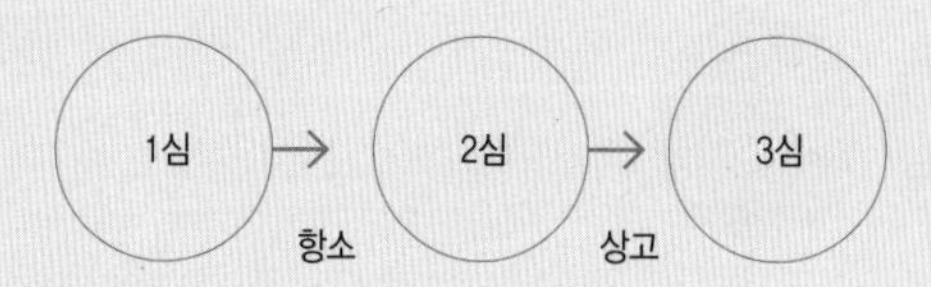

오래가는 싸움이니 마음 단단히 먹고 시작하자. 육체적·정신적 건강을 돌보고 소송비나 생활비 등 경제적 대책을 세워놓고 시작해야 한다.

증거는 빠르게 사라지고 있다

20××년 4월 10일.

휴무인 토요일이었지만 그즈음 일이 많았기에 그날은 각자 알아서 출근하기로 되어 있었습니다. 저는 오전 11시 넘어 느긋하게 출근했죠. 문 열고 들어가보니 최 씨는 2층 사무실에서 혼자 무언가에 몰두해 모니터를 보고 있었습니다. 인사를 했더니 깜짝 놀라더군요. 고개를 들고 인사를 받아주는데 얼굴이 시뻘겋게 달아 있었습니다. 그저 '또 성인 만남 사이트에 들어갔나? 아휴, 얼굴 뻘건 거 보니 야동 봤나보네'라고 생각했습니다. 최 씨는 평소에도 이상한 사이트에 종종 들어가는 눈치였습니다.

그것을 어떻게 아냐고요? 자리 비웠을 때 아래에 깔아놓은 컴퓨터 화면 주소 보고 알았지요. 별 신경 안 쓰고 제 자리에 가방을 놓고 3층 복사실로 올라갔습니다.

복사 중에 등 뒤로 인기척이 느껴졌습니다. 갑자기 누가 뒤에서 끌어안았습니다. 깜짝 놀랐죠. 최 씨였습니다. 제 목덜미에 닿은 그의 볼은 뜨거웠고 엉덩이에 들이댄 그의 성기는 이미 발기된 상태였습니다. 무서웠습니다. 아무도 없는데 발기한 채로 준비하고 구석진 복사실로 찾아왔으니 꼼짝없이 당하겠구나, 하는 생각이 들더군요. 그날 저는 목까지 올라오는 티셔츠와 청바지를 입고 있었습니다. 일단 강간당하지 않으려고 바지 앞 지퍼를 쥐고 복사기 위에 바짝 붙어 엎드렸습니다. "왜? 싫어?" 그가 말했습니다. 싫어도 '그럼 좋겠냐, 개새끼야' 할 수는 없는 상황 아닙니까. "저 좋아하세요? 당황스럽네요"라고 대답했습니다. 도와줄 사람이 없는 상황에서 강하게 저항하다가 폭행당하느니 상대를 안심시킨 후 상황을 봐서 도망갈 생각이었습니다. 이는 여고 시절 성교육 시간에 배운 대처 매뉴얼이었습니다. 그런데 최 씨는 다시 껴안으며 성추행을 계속했습니다. 역겨웠습니다. 덜덜 떨다가 간신히 밀어냈습니다. 그러자 최 씨는 복사실을 나갔는데, 아마도 아래층에서 인기척을 느낀 것 같았습니다. 정신없는 와중에도 시간을 확인해두어야겠다는 생각에 벽시계를 봤습니다. 오전 11시 30분이었습니다. 온몸에서 힘이 빠지고 멍했습니다.

그 후 저는 제일 먼저 무엇을 했을까요? 경찰에 신고 전화를 했을까요? 아닙니다. 놀랍게도 하던 복사를 마저 하게 됩니다. 모르겠어요. 제가 왜 그랬을까요? 나중에 관련 책들 읽고 공부하면서 알게 되었습니다. 보통 이런 사건을 겪고 충격을 받으면 넋이 나간 채로 몸이 알아서 평소에 하던 일을 하게 된다고 합니다. 그러나 사람들은 피해자에게 이런 질문부터 던집니다. '왜 당시에 바로 신고하지 않았나? 왜 바로 다른 사람에게 폭로하고 도움을 요청하지 않았나? 그건 너도 좋아했기 때문 아닌가?' 이 질문들은 제가 고소한 후 수사와 재판과정에서 수없이 받은 질문들입니다. 현재에도 사건 발생 후 시간이 지난 후에 미투 고발을 하는 피해자들이 꽃뱀 아닌 진짜 '순수한 피해자'라는 증거를 대라며 듣는 질문이기도 합니다.

그런데 진짜 그렇습니다. 사건 당시에는 그냥 멍해져서 아무 생각도 들지 않습니다. 피해자가 바로 대응하지 않는 것은 너무 충격을 받아서, 내게 무슨 일이 일어났는지 현실 파악이 되지 않아서입니다. 심지어 피해자가 사건 직후 가해자를 보고 웃기도 하고 다정하고 예의바르게 대화도 하는 것은 그저 관성의 법칙에 지나지 않습니다. 충격받아 정신줄 놓은 상태에서 몸이 평소에 기억된 대로 기계적으로 움직이는 것이죠. 술 취해서 필름 끊겨도 멀쩡히 제 집 잘 찾아가는 것과 같습니다. 그러므로 사건 당시 피해자가 바로 대처하지 않았다거나 평소처럼 가해자를 대했다는 것은 절대로 피해자가 거짓말을 하고 있다는 증거가 될 수 없습니다.

차분하게 복사를 마저 하고 3층 복도로 나왔습니다. 또 최 씨와 마주쳤습니다. 그는 붉게 달아오른 얼굴로 팔을 벌리고 계단을 올라오고 있었습니다. 끔찍했습니다. 그때, 아래층에서 인기척이 확실하게 느껴졌습니다. 게다가 이번에는 아까와 달리 밀실인 복사실이 아니라 사람들 눈에 띄기 좋은 계단이었습니다. 저항해도 폭행당할 우려가 없다는 확신이 섰어요. 그래서 이번에는 복사실에서와 달리 강하게 거부하며 최 씨를 떠밀었습니다. '자꾸 이러면 직장을 그만두겠다'라고 확실히 말했습니다. 그는 머쓱해하며 물러섰습니다.

그날 저녁 퇴근길. 동료 남직원인 F에게 '직장을 옮겨야겠다'고 말했습니다. 이유를 물었지만 있었던 사실을 말할 수는 없었죠. '절이 싫으면 중이 떠나야 한다는 말이 있다. 그런데 나는 절도 좋고 동료 스님들도 좋다. 단지 주지스님이 싫다'라고 돌려 말했습니다. 후에 겪어보니 직장 동료에게 사건 발생 날 바로 이런 말을 해놓은 것은 천만다행이었습니다. 나중에 재판에서 'A

가 사건 발생한 그날 바로 최 씨 때문에 직장을 그만두겠다고 말한 적이 있다'라고 F가 증언해주었기 때문입니다.

성폭력 사건 피해자를 꽃뱀으로 비난하는 남성들은 '여성이 피해자라고 지목만 하면 그 진술로 한 남성의 인생이 망가진다'라는 주장을 하는데 현실은 전혀 그렇지 않습니다. 대한민국 수사기관과 법정, 그렇게 허술하지 않습니다. 검사는 피해 여성의 말만 믿고 기소하지 않습니다. 직접적인 CCTV 녹화 영상이나 가해자가 성폭력을 행하는 현장을 본 증인은 없더라도, 그날 피해자가 무언가 큰일을 겪어서 충격을 받았다, 평소와 다른 모습이었다는 증거가 있어야 합니다. 그 사실을 증언해주는 증인이 있어야 합니다. 그러니, 창피해서 자세한 사건 경위는 말하지 않더라도 그날 충격적인 큰일이 생겼다는 언질 정도는 주위 사람들에게 해두는 것이 좋습니다. 직장 내 성폭력 사건의 경우, 직접적인 증거는 못 되지만 피해자가 사건 당시 피해를 호소했다는 점에서 직장 동료의 진술이 증거 자료로 활용될 수 있습니다. 제 경우는 마침 사건 당일 F와 같이 퇴근하면서 이야기를 나누게 되어 다행이었습니다. 그 당시에는 머릿속이 복잡해서 불쑥 한 말인데 결과적으로 증인을 마련해둔 셈이 되었습니다.

성폭력 사건은 단둘이 있는 곳에서 일어나는 경우가 대부분입니다. 피해자의 증언 외에는 증거가 없는 경우가 많습니다. 고소를 해도 절반이 기소되지 않는 이유가 여기에 있습니다. 기소(起訴)는 피의자가 재판을 받아야 한다고 검사가 판단했을 경우 이를 법원 재판에 회부하는 것을 말합니다. 공소 제기라고도 하죠. 경찰서에 고소장을 낸다고 해서 다 가해자를 재판받게 하는 것은 아닙니다. 수사 기록을 보고 검사가 기소를 해야 가해자를 재판정에 세울 수 있습니다. 증거가 없으면 재판을 해보기도 전에 기소 자체가 되지 않습니다.

그렇다고 없는 증거를 만들어낼 수 없는 노릇이라고 포기하지 마십시오. 성범죄에서 피해자의 진술은 유력한 유죄 증거가 됩니다. 기억이 생생할 때 얼른 사건 경위를 상세히 기록해두고 이후 참고하면 됩니다. CCTV 영상이나 DNA 같은 결정적 증거가 나오지 않는 이상, 가해자는 대부분 우깁니다. 피해자의 진술을 부인합니다. DNA가 나오더라도 합의하에 관계를 가졌다고 주장합니다. 이렇게 피해자와 피의자의 진술이 서로 엇갈릴 때는 정황 증거를 따지게 되어 있습니다. 여기서 중요한 점은 진술의 일관성입니다. 피해자가 허위로 고소하여 무고할 이유가 없다고 보고 수사기관이나 법원에서는 피해자의 일관된 진술을 기초로 유죄를 판단하기 때문입니다. 대개 거짓말을 하면 그때그때 말이 바뀌기 마련이니까요.

또, 큰 충격을 받아서 몸에 이상이 생겼다는 의료 기록이 있으면 수사와 재판 과정에 도움이 됩니다. 저에게는 평소 과민성 대장 증세가 있었습니다. 대학 입시 등 인생의 긴장된 순간마다 저를 고생시킨 평생 지병입니다. 사건 후에도 급성 장염으로 며칠간 병원에 다녔습니다. 후에 진단서를 끊어 증거로 제출했습니다. 다른 여직원의 경우에는 "엄마가 퇴근한 후 아프다고 누워만 있고 저녁밥도 안 해줬다"라고 쓴 아이의 일기가 증거로 채택되기도 했습니다. 아, 물론 아이는 자기 일기장을 복사해가서 여러 어른들이 보는 것을 몹시 싫어했다고 합니다.

사건 발생시 해야 할 일

증거부터 모아야 한다. 고소할지, 말지는 나중에 천천히 생각해도 된다. 증거는 빠르게 사라지고 있으니.

우선 사건이 벌어진 시간과 장소, 일어난 일들을 메모하자. 펜과 종이가 없거나 메모할 상황이 아니라면 핸드폰을 활용하자. 시간이 나와 있는 핸드폰 화면을 캡처해서 사건 발생 시각을 기록하고, 핸드폰 카메라로 사건 현장을 찍어 기록해두자. 시간이 지나면 기억이 흐려지거나 뒤섞일 수 있으니 바로 있었던 일들을 다 혼잣말로 이야기하여 녹음해놓고 후에 글로 풀어도 좋다. 친구에게 카톡이나 문자를 보내서 방금 일어난 일을 알리고 기록으로 남겨두는 방법도 있다. 기억은 시시각각 변하고 왜곡된다.

나중에 수사를 받을 때 진술의 일관성이 피해 경험 진위를 판단하는 중요한 요소가 되기 때문에 초기의 기록은 중요하다.

성폭력 정도가 심하다면 해바라기센터에 전화해서 도움을 받자. 엉덩이를 만졌다면 옷에서 가해자의 지문을 채취할 수 있다. 성폭행을 당했다면 DNA 증거를 채취해놓아야 한다. 아무리 역겨워도 목욕을 하거나 옷을 세탁하면 안 된다. CCTV가 있는 장소였다면 자동으로 지워지기 전에 녹화 영상을 확보해놓자.

직장 내 성폭력은 목격자인 직원들이 증인으로 나서주기를 꺼리는 경우가 많다. 이들 목격자들이 나중에 말을 바꾸지 못하도록 사건이 발생하자마자 바로 문자나 카톡으로 증거 기록을 남겨놓자. '선배님, 어제 회식에서 부장님이 저 억지로 껴안고 블루스 추는 거 봤죠? 저 충격받아서 직장 다니기 싫어요.' 이런 문자를 보내놓자. '어, 나도 봤어. 부장님이 어제는 좀 심했지. 에휴, 고생했어.' 이런 대화가 초반에 오간 기록이 있으면 나중에 아예 그런 일도 없었다며 부장 편을 들어줄 수 없게 된다. 대부분 직장 내 성폭력 사건이 발생하면 직장 동료들은 가해자 편을 든다. 그가 상급자이고 그의 편을 드는 것이 더 이익이기 때문이다. 고소한 후에 내 편이 되어달라고, 그때 현장에서 본 것에 대해서만 증언해달라고 부탁하면 이미 늦은 경우가 대부분이다. 슬프지만, 이게 현실이다. 그러니 사건 발생하자마자 다들 얼떨떨해하고 아직 가해자가 증인 회유에 나서기 전에 선수 쳐서 증거를 모으자. 가장 중요한 증거는 가해자가 해당 행위를 했었다는 점을 스스로 시인하게 하는 것이다! 내게 이러이러한 일을 한 적이 있다는 말을 던지고 그런 일이 있었다는 점을 인정하는 발언을 녹취하거나 문자 기록으로 남겨두도록 한다. 더불어 자신이 그 일로 불쾌했다, 고통받았다는 점도 명확히 밝혀서 기록으로 남겨두시라. 사건 발생 즉시는 변호사 선임 전이라 대개 가해자가 자기 행동을 바로 시인한다. 나중에 일이 중한 것을 깨닫고 말이 바뀌기는 해도 처음에는 사과하는 경우도 많다. 자기 입으로 가해 사실을 인정한 증거를 얻어내면 이후 과정이 쉬워진다. 이때 평소처럼 친한 느낌을 주는 대화를 하거나 이모티콘, ㅋㅋ를 사용하는 문자는 삼가자. '둘이 합의해서 좋은 감정에서 한 일'이라는 가해자 측의 증거로 쓰일 수 있다. 혹시 미안하다며 보상하겠다는 말을 꺼내도 절대 먼저 돈의 액수를 말하지 말자. 나중에 꽃뱀으로 역공당할 수 있다. 이후 가해자와의 대화는 무조건 녹취해두자. 걱정 마시라, 둘이 대화하는 과정을 녹취하는 것은 불법이 아니다.

현장 증거도 좋은 증거다. 대개 한번 성추행한 자는 계속 하게 마련이다. 회식 때 옆자리에 앉은 상사가 한번 엉덩이를 만졌기에 옆으로 비켜 앉았다면 그날은 내내 핸드폰을 켜고 녹음 버튼을 눌러두라. 두 번째 만지면 크게 소리를 질러라. "어머, 부장님, 지금 제 엉덩이 만지셨어요! 두 번째예요!" 여기에 가해자 목소리와 현장에 같이 있는 다른 사람들 목소리까지 녹음되면, 이 현장 녹취는 바로 증거가 된다.

한편, 증거를 주지 않는 일도 중요하다. 최악의 경우 꽃뱀으로 고소당할 것을 염두에 두고 불리한 일을 하지 않는 편이 좋다. 가해자는 '피해자답지 않은 피해자의 모습'을 찾으려 들기 때문이다. 사람이란 충격을 받으면 바로 반응하는 것이 아니라 원래 하던 일을 멍한 상태로 하게 된다고 앞에서 말했다. 그래서 성폭력 가해자에게 평소처럼 나도 몰래 친근한 어투로 안부 문자를 보내거나 카톡 이모티콘을 보내고 ㅋㅋ 등을 찍어 보낼 수 있다. 이거 다 하지 말라. 사건이나 업무 관련 내용만 건조하게 보내라. SNS에 즐거운 일상 사진을 올리는 것도 조심하라. 가해자는 성폭력을 당했다는 사람이 자신의 주장과 모순되거나 상반되는 언행을 하는 증거를 찾으려 한다. 물론 피해자다운 피해자는 없다. 피해자라고 영원히 불행하게 살아야 할 의무도 없다. 성폭력을 겪었다고 영화도 안 보고 외식도 안 하고 예정된 여름휴가까지 취소할 필요는 없다. 다 하시라. 단지 전체 공개로 SNS에 사진 올리는 일 같은 것을 하지 말라. 가해자 측 변호인은 피해자의 페이스북, 문자, 카톡 등에서 성폭력을 당한 사람이라고 생각하기 힘든 명랑한 기록을 찾아 수사나 재판 이전에 미리 캡처해 두라고 지시한다. 가해자가 원하는 증거를 굳이 만들어 바칠 필요는 없으니 주의하자. 물론 피해자다운 피해자를 요구하는 문화 자체가 잘못되었지만, 후진 사회문화에 저항하는 것은 일단 내가 이기고 난 후에.

출근했습니다. 최××에게는 아무 말도 하지 않았죠. 최××는 다른 사람이 없을 때 '다시는 안 그럴 테니 편하게 직장 다니라'며 사과했습니다. 분하기는 하지만 생각해보니 아무 증거도 없었기에 문제 제기하면 저만 해고되고 끝날 것 같았습니다. 현실적으로 서른 살 넘어 새 직장에 들어가기도 어려울 것 같았습니다. 저는 참고 넘기기로 마음먹었습니다. '왜 그런 일을 겪고도 그만두지 않고 가해자와 같은 직장에서 일했나? 가해자에게 좋은 감정이 있었기에 그런 것이 아닌가?' 후에 고소하고 조사받을 때 이런 질문을 수십 번 들었습니다. 잘못한 것은 가해자인 최 씨인데 아무리 그가 오너인 직장이라도 왜 제가 직장을 그만두어야 하죠? 그동안 그 직장에서 쌓은 커리어며 동료들과의 좋은 관계를 왜 제가 포기해야 하지요? 이 생각에는 지금도 변함이 없습니다.

그때 저는 이렇게 생각했습니다. '나는 그날 긴팔 상의에 긴 바지를 입고 있었다. 멀리서 인사만 하고 지나갔기에 가해자에게 아무런 성적 자극을 준 적이 없다. 최 씨가 뭔가 보다가 혼자 발기해서 찾아온 것이었기에 내 잘못은 없다. 그러니 잘못 없는 내가 그만둘 필요 없다'라고. 얼굴이 벌개져서 모니터 화면을 뚫어져라 보고 있던데, 야동 탓에 순간적으로 일어난 성욕을 못 참아서였겠지, 생각하고 그를 용서했습니다.

이때 제 생각은 많이 부족했습니다. 성폭력은 피해자가 가해자를 성적으로 자극해서 생기는 일이 아닙니다. 남성이 성욕을 못 참아서 벌어지는 우발적인 일도 아닙니다. 성폭력의 원인은 오직 하나, 가해자입니다. 해도 되니까 하는 겁니다. 이 당연한 사실을 그때는 몰랐습니다. 게다가 제가 겪은 일은 직장 내 성추행이었습니다. 최 씨가 직장 상사로서의 권력 위계를 사용해 저지른 폭력이었습니다. 그런데 당시 저는 그에게 강력히 항의하거나 고소해야겠다는 생각을 미처 하지 못했습니다. 평소 그를 존경하고 있었기에 오히려 야동 때문일 것이라고 그를 이해하고 용서해주었습니다. 포르노를 자주 보는 남성들은 여성을 같은 인간으로 보지 않고 성적 대상으로 여겨 이용하려 드는 경향이 높다는 것도 그때는 몰랐습니다.

그 결과, 저는 성희롱을 계속 당하게 됩니다. 육체적 접근은 멈추었지만 최 씨는 엔조이할 애인이 되어달라는 둥 말로 괴롭히기 시작했습니다. 부끄럽습니다. 이때까지만 해도 저는 사태의 심각성을 몰랐습니다. 아니, 어쩌면 현실을 외면하고 싶었는지도 모르겠습니다. 그저 '남자는 40대 되면 나날이 늙어가며 자신감을 잃어가기에 젊은 여성과 연애하여 회춘하고 싶어한다더니, 참 큰일이다. 사모님이 불쌍하다. 정신 좀 들어야 할 텐데'라며 쓸데없이 그의 성희롱을 이해해주고 그의 가정을 걱정해주고 있었습니다. 아아, 저는 쓸데없이 착하도록 세뇌당했어요. 제가 언제까지 그랬냐고요? 그 사람이 연쇄성범죄자임을 알아내기 전까지 계속 그랬습니다.

세뇌 교육이 이렇게나 무섭습니다. 저는 남자, 강자, 더 많이 가진 자의 입장을 이해해주고 그의 이익을 더 생각해주도록 만드는 문화에 젖어 있었습니다. 제가 피해자인데도 '그는 원래는 좋은 사람인데 한번 실수했을 뿐이야'라고 생각하고 있었습니다. 그게 아닌 거죠. 한번 잘못했으면 바로 그 잘못 한번 때문에 더 이상 피해자에게 좋은 사람일 수 없는 것이죠. 제가 그걸 모르고 초기에 강한 대응을 하지 않았기에 이후에 다른, 저보다 어린 직원들까지 연달아 최 씨의 폭력에 시달리게 되었을까요? 이 생각을 하면 저는 지금까지도 죄책감을 느끼고 마음이 아픕니다. 통계에 의하면 강간범의 90%는 연쇄강간범이라고 합니다. 그러니 자신이 당했을 때 적극 대처에 나서는 것은 이후의 연쇄범죄를 막는 정의실현도 됩니다. 혼자만의 아픔으로 묻어두지 말아야 할 이유가 여기에 있습니다.

20××년 7월 3일, 동료 여직원인 C가 급히 상의할 일이 있다고 말했습니다. 사무실에서는 할 수 없다기에 퇴근 후 전화하라고 말했습니다. 통화해보니 C는 그날 최 씨에게 성추행을 당했다며 도와달라고 요청했습니다. 듣자마자 소름이 끼쳤습니다. 바로 3일 전인 6월 30일에 최 씨가 '네가 내 애인이 되기 싫다고 하니 다른 사람을 찾아보아야겠다'라고 말했던 것이 떠올랐습니다. 그가 계획적으로 연쇄성폭력을 저지르고 있을지도 모른다는 생각이 들었습니다. 피해자가 더 있을지도 모르니 알아보자고 C와 의견을 모으고 급히 다른 직원들에게 연락해봤습니다. B와 D도 그런 일을 겪었다고 제가 묻자마자 말했습니다. 그동안 너무 괴로워 혼자 고민했다고 합니다. H는 수고했다며 같이 밥 먹자는 말을 종종 듣지만 단둘이 밥을 먹어도 별일이 없었다고 말했습니다.

종합해보니 놀랍게도 당시 재직 여직원 5명 중 4명이 최 씨로부터 성추행, 성희롱을 당하고 고통받고 있었습니다. 날짜를 따져보니 순차적으로 한 사람을 추행하고 나서 상대가 화내고 거절하면 다른 여직원을 추행하는 식이었습니다. 나중에 알았지만, 그중에는 강간미수까지 있었습니다. 그는 연쇄성폭력범이었습니다.

여기서, 피해자들을 보호하기 위해 각각의 성폭력 피해를 사람별, 날짜별로 구체적으로 서술하지는 않겠습니다. 대신 나중에 법원에서 받은 '범죄 일람표'를 옮겨놓겠습니다. 고소하면 기소 가능할지, 재판 결과가 어떻게 나올지를 자신이 겪은 일과 비교해보고 결과를 예상하고 싶어하실 분들을 위해서입니다. 표에는 가해자 최 씨가 행한 범죄가 정리되어 있습니다. 원래 표에는 사건 번호, 일시 및 장소, 범죄 사실, 피해자, 죄명 등이 모두 정리되어 나와 있었지만 이 글에서는 범죄 사실과 죄명만 밝히도록 하겠습니다. 나중에 합류한 퇴직 직원 E까지 포함해서 총 12건입니다.

범죄 일람표

	범죄 사실	죄명
1	퇴근할 때 차로 태워주면서 집 앞에 차를 세우고 강제로 키스하려고 하는 추행을 한 것임	강제 추행
2	퇴근 후 피해자가 피의자와 같이 근처에 있는 곱창 집으로 가서 저녁을 먹고 난 이후 노래방으로 가서 노래를 부르고 있는 피해자의 옆에 앉아 손을 잡고 '잘 지내고 싶다'라고 하면서 '애인이 되고 싶다'라고 하면서 이마에 키스를 하면서 추행한 것임	〃
3	피해자가 사무실에서 근무 중에 피의자가 갑자기 다가와 피해자의 이마에 키스를 하는 방법으로 추행한 것임	〃
4	피의자는 피해자와 다른 여직원과 같이 저녁을 먹고 집으로 가려고 하는 피해자를 집까지 바래다준다고 하면서 피해자의 집 근처까지 오게 되었는데 피의자가 막무가내로 피해자의 자취방으로 들어와 갑자기 피해자의 손을 잡아끌어 키스를 하려고 하고 손을 옷 속으로 집어넣어 가슴을 주무르고 음부를 만지려고 하는 추행을 한 것임	〃
5	피해자의 자취방에 화장지를 들고 찾아와 강제로 방바닥에 눕히고 몸 위로 올라타 강제로 키스를 하고 손으로 가슴과 음부를 만지는 것을 거부하자 피의자가 '승진하려고 자신에게 잘 보이려는 사람도 있고 면접 보러 오면서 개인적으로 전화도 하고 적극적으로 내게 다가오는데 너는 왜 그러느냐?'라고 말을 하면서 자신은 성관계	업무상 위력 등에 의한 추행

	를 하여도 '정관수술을 하였으니 임신은 되지 않는다'라고 하면서 성관계를 요구하는 방법으로 추행한 것임	
6	피해자가 사무실 컴퓨터 앞에 앉아서 작업을 하고 있는데 뒤쪽에서 갑자기 한 손을 옷 속으로 집어넣어 젖가슴을 주물러서 만지며 추행한 것임	강제추행
7	피해자의 자취방에서 강제로 바닥에 눕히고 배 위로 올라가 옷 속으로 손을 넣어 가슴을 주무르고 윗도리와 브래지어를 젖힌 다음 입으로 젖가슴을 핥고 치마 속으로 손을 집어넣어 팬티를 벗기고 음부를 만지며 성기를 삽입하려다 그 뜻을 이루지 못하고 미수에 그친 것임	강간미수
8	피의자가 복사실에서 복사를 하고 있는 피해자를 뒤쪽에서 껴안자 피해자가 "저 좋아하세요? 당황스럽네요" 라고 하며 자리를 벗어나려고 하자 손으로 유방을 만지고 강제로 혀를 입속에 밀어넣으면서 키스를 하며 추행한 것임	강제추행
9	피해자를 강제로 끌어안고 '키스를 해달라. 면접 볼 때부터 좋았다. 너랑 키스하려고 담배도 안 피웠다. 애인이 되어다오'라고 하고 계속하여 도망가는 피해자를 다시 끌어안으면서 추행을 한 것임	〃
10	피해자의 팔목을 잡아끌면서 '참 몸매가 좋다. 평소에 한번 안아보고 싶었다'라고 하며 강제로 키스를 하면서 '따로 만나 술을 한잔 하자. 그리고 우리 애인 하자'라고 하는 방법으로 추행한 것임.	〃

11	피의자가 피해자에게 '난 당신의 애인이 되고 싶다. 나는 당신을 보면 너무 행복하다. 사랑한다. 몇십 년 만에 처음 사랑을 느껴본다'라고 하며 등 뒤에서 강제로 끌어안아 이를 뿌리치고 도망하는 피해자를 더욱 세게 끌어안고 강제로 입속에 혀를 집어넣는 방법으로 키스를 하면서 추행한 것임	〃
12	피해자가 업무를 마치고 귀가하기 위해 가방을 가지고 나가는 것을 피의자가 잡아 사무실 안으로 잡아당기며 '사랑하자. 더 있다 가라'라고 말을 하며 추행한 것임	〃

용어 설명을 하겠습니다. 표에서 말하는 피의자는 가해자인 최 씨를 말합니다. 기소가 되면 피고인으로 불리지만 그 이전에 혐의를 받고 있을 때는 피의자로 불립니다. '강제추행'이란 폭행 또는 협박을 가하여 사람을 추행하는 행위를 말합니다. '업무상 위력 등에 의한 추행'이란 업무, 고용, 기타 관계로 자신의 보호, 감독을 받는 사람을 위계 또는 위력으로 추행하는 행위를 말합니다. '위계'는 상대방을 속이거나 상대방이 알지 못하는 것을 이용하는 것 등을 말하고 '위력'은 '피해자의 자유의사를 제압하기에 충분한 세력'을 말합니다. '폭행이나 협박뿐 아니라 행위자의 사회적·경제적·정치적인 지위나 권세를 이용하는 것'도 해당됩니다.

보통 직장 상사가 직장에서의 권력을 이용하여 사무실이나 회식 자리 등에서 벌인 일은 당연히 다 '업무상 위력 등에 의한 추행'이라고 생각하지요. 그러나 실제로는 5번 사건만 직장 내 성폭력으로 인정받았습니다. 수사기관은 '승진하려고 자신에게 잘 보이려는 사람도 있고 면접 보러 오면서 개인적으로 전화도 하고 적극적으로 내게 다가오는데 너는 왜 그러느냐?'라는 말을 하면서 추행한 것만 인정했습니다. 이 부분은 직장 내 성폭력 피해자들이 일반적으로 하는 생각과 많이 다릅니다. 여기서, 현실적으로 피해자들의 생각과 법, 일선 수사 담당자들의 생각은 다를 수 있다는 것을 알아두고 일을 진행하도록 해야 한다는 것을 알고 갑시다. 갈 길이 멀기에 현실을 냉철히 파악하는 것이 필요합니다.

성범죄 관련 법규

위의 범죄 일람표에서 '~하면서 추행한 것임'은 법원 문체이다. 내 스타일 아니다. 관련 법조항 제목에 '추행'이 들어가기 때문에 그런 것 같다.

관련 법규를 소개한다. 직장 내 성추행뿐만 아니라 대중교통, 공중 화장실, 인터넷 이용 시의 사이버 성폭력이나 불법촬영 등과 관련하여 적용할 수 있는 법들이다.

〈형법〉에서

제297조(강간) 폭행 또는 협박으로 사람을 강간한 자는 3년 이상의 유기징역에 처한다.

제298조(강제추행) 폭행 또는 협박으로 사람에 대하여 추행을 한 자는 10년 이하의 징역 또는 1천500만 원 이하의 벌금에 처한다.

제299조(준강간, 준강제추행) 사람의 심신상실 또는 항거불능의 상태를 이용하여 간음 또는 추행을 한 자는 제297조, 제297조의 2 및 제298조의 예에 의한다.

〈성폭력특별법〉에서

제10조(업무상 위력 등에 의한 추행)

① 업무, 고용이나 그 밖의 관계로 인하여 자기의 보호, 감독을 받는 사람에 대하여 위계 또는 위력으로 추행한 사람은 2년 이하의 징역 또는 500만 원 이하의 벌금에 처한다.

② 법률에 따라 구금된 사람을 감호하는 사람이 그 사람을 추행한 때에는 3년 이하의 징역 또는 1천500만 원 이하의 벌금에 처한다.

제11조(공중 밀집 장소에서의 추행)

대중교통수단, 공연·집회 장소, 그 밖에 공중(公衆)이 밀집하는 장소에서 사람을 추행한 사람은 1년 이하의 징역 또는 300만 원 이하의 벌금에 처한다.

제12조(성적 목적을 위한 다중이용장소 침입행위)

자기의 성적 욕망을 만족시킬 목적으로 화장실, 목욕장·목욕실 또는 발한실(發汗室), 모유수유시설, 탈의실 등 불특정 다수가 이용하는 다중이용장소에 침입하거나 같은 장소에서 퇴거의 요구를 받고 응하지 아니하는 사람은 1년 이하의 징역 또는 300만 원 이하의 벌금에 처한다.

제13조(통신매체를 이용한 음란행위)

자기 또는 다른 사람의 성적 욕망을 유발하거나 만족시킬 목적으로 전화, 우편, 컴퓨터, 그 밖의 통신매체를 통하여 성적 수치심이나 혐오감을 일으키는 말, 음향, 글, 그림, 영상 또는 물건을 상대방에게 도달하게 한 사람은 2년 이하의 징역 또는 500만 원 이하의 벌금에 처한다.

제14조(카메라 등을 이용한 촬영)

① 카메라나 그 밖에 이와 유사한 기능을 갖춘 기계장치를 이용하여 성적 욕망 또는 수치심을 유발할 수 있는 다른 사람의 신체를 그 의사에 반하여 촬영하거나 그 촬영물을 반포·판매·임대·제공 또는 공공연하게 전시·상영한 자는 5년 이하의 징역 또는 1천만 원 이하의 벌금에 처한다.

② 제1항의 촬영이 촬영 당시에는 촬영대상자의 의사에 반하지 아니하는 경우에도 사후에 그 의사에 반하여 촬영물을 반포·판매·임대·제공 또는 공공연하게 전시·상영한 자는 3년 이하의 징역 또는 500만 원 이하의 벌금에 처한다.

③ 영리를 목적으로 제1항의 촬영물을 「정보통신망 이용촉진 및 정보보호 등에 관한 법률」 제2조 제1항 제1호의 정보통신망을 이용하여 유포한 자는 7년 이하의 징역 또는 3천만 원 이하의 벌금에 처한다.

관련 법규를 살펴보면 피해자가 겪는 고통에 비하면 벌금이 생각 외로 적다. 하지만 이는 검사가 피고인을 상대로 진행하는 형사 소송에서 나오는 금액이다. 국가에 내는 벌금일 뿐이다. 위자료는 피해자가 원고가 되어 가해자에게 민사 소송을 걸어 따로 받아내면 된다.

범죄를 시인하는 각서를 받아내자

서로의 피해 사실을 확인한 피해자 4인은 모여서 대처 방법을 의논했습니다. 가해자의 사과와 더 이상 하지 않겠다는 약속을 받아야 한다는 점에 의견이 일치했습니다. 거기에 더하여 저는 범행을 시인하는 문서를 자필로 받아두어야 한다고 말했습니다. 그런 증거 자료가 있어야 부당해고 등을 당하지 않을 수 있으니까요. 다들 동의했습니다.

문서 받을 준비를 하고 역할 분담을 했습니다. 직원들 중 제가 가장 나이가 많았기에 대표가 되어 주도적 역할을 했죠. 저는 책을 찾아보고 인터넷 검색을 했습니다. 최악의 경우, 고소까지 갈 수 있습니다. 그때를 대비해서 법정에서 증거로 채택될 조건을 갖춘 문서를 받아내야 했습니다. 그러려면 각서 한 장만 받아서는 안 되겠더군요. 4인이 겪은 피해 사실을 각각 적고 가해자가 이를 구체적으로 인정하는 각서를 따로따로 받아야 했습니다.

20××년 7월 5일 저녁, 미리 약속한 대로 저희 4인은 퇴근하지 않고 3층 회의실에 모였습니다. 동영상을 찍을 사람, 녹취를 할 사람, 과정을 진행할 사람을 확인했습니다. 자신이 당한 피해를 상세히 서술하는 자필 진술서를 미리 써오기로 했기에 이 문서를 돌려 보며 내용을 검토하고 보완했죠.

준비가 완료되자 저는 2층으로 내려가 최 씨를 데려왔습니다. 그는 회의실 안에 들어오자마자 저희가 모여 있는 것을 보고 "아, 무슨 일인지 알겠다"라고 말했습니다. 그러니까 이때 최 씨는 자신이 저지른 일이 나쁜 짓이었다는 것을 확실히 알고 있었던 것이죠. 나중에는 여직원들이 다 자기를 좋아해서 일어난 일이라고 우겼지만 이때는 잘못을 알고 후회하는 눈치였습니다. 머뭇거리고 있는 그를 종이와 펜, 인주가 놓여진 책상 앞에 앉게 했습니다.

피해자 대표로서 최 씨에게 설명을 했습니다. 당신이 저지른 일에 대해 공식적으로 사과하고 다시는 안 그러겠다는 약속을 문서로 남기면 여기서 용서해주겠다, 당신 가족에게도 알리지 않고 계속 직장을 다니겠다, 하지만 각서 작성을 거부한다면 법적 대응을 하겠다, 어떻게 할 것인지 선택하라고요. 그는 각서를 쓰겠노라고 말했습니다.

저는 시간을 절약하기 위해 각서에 필수적으로 들어갈 내용을 적어둔 샘플 문서를 미리 작성해왔습니다. 이 문서를 옆에 두고 이 형식대로 보고 쓰라고 말했습니다. 이어서 피해자 4인이 각각 써온 진술서에 '위의 내용을 시인한다'고 한 줄 덧붙여 쓴 다음 서명하고 지장을 찍게 시켰습니다. 피해자 중 한 명은 최 씨가 문을 열고 들어올 때부터 이 과정을 동영상으로 찍고 있었습니다. 또 다른 피해자는 녹취를 했습니다. 혹시 모를 일에 대비하기 위해 각서를 쓰는 중간중간 최 씨에게 물었습니다. "지금 최×× 씨는 협박을 받아서 이 각서를 쓰고 계십니까?"라고. 그는 답했습니다. "아닙니다." 저는 또 물었습니다. "제가 지금 칼이나 다른 흉기를 들이대고 있습니까?" 그는 답했습니다. "아닙니다." 훗날 최 씨는 이 각서가 협박에 의해 작성되었으니 무효라고 주장했습니다. 그러나 이렇게 전 과정을 찍은 동영상이 있었고, 자기 입으로 스스로 협박이 없었다고 대답했으므로 경찰 조사 때, 검사 조사 때, 그리고 재판정에서 그의 주장은 간단히 묵살되었습니다.

최 씨가 각서 작성을 마쳤습니다. 검토했습니다. 잠시 기다리라고 일러두고 아래층 사무실로 내려가 동료 남직원 F를 불렀습니다. 그에게는 전날 미리 부탁을 해두었습니다. 아무것도 묻지 말고 다음 날 도장을 갖고 출근해달라, 저녁때 퇴근하지 말고 부를 때까지 기다려달라고요. F는 3층 회의실로 들어왔다가 분위기에 멈칫했습니다. 저는 각서 내용을 종이로 가리고 아래 증인 서명 부분만 남겨둔 후 F에게 서명을 부탁했습니다. 무슨 일이냐고 F가 물었습니다. 최 씨와 저희 사이에 문제가 생겨서 각서를 받았는데, 내용은 모르셔도 된다, 이 과정이 협박 없이 이루어졌다는 사실의 증인이 되어달라고 간단히 설명했습니다. F는 최 씨에게 묻더군요. "괜찮으세요? 도장 찍어도 되요?" 최 씨가 답했습니다. "괜찮으니 어서 도장 찍으세요."

증인 F가 도장을 찍음으로써 모든 일이 끝났습니다. 저희는 최 씨를 남겨두고 퇴근했습니다. 긴장이 풀려서인지 갑자기 웃음이 터지더군요. 저희는 깔깔깔 마녀처럼 소리 내어 웃으며 계단을 내려갔습니다. 사실 저는 최 씨가 폭력을 휘두를까봐 걱정했습니다. 전날 F에게 회의실에서 제가 소리를 지르면 와서 도와달라는 부탁까지 미리 해놓았습니다. 이렇게 순조롭게 일이 진행될 줄은 몰랐습니다. 저희 4인은 근처 호프집에 가서 축배를 들었습니다. 그가 쓴 각서를 돌려보며 안주 삼아 최 씨를 마

최 씨가 쓴 각서

각서

〈각서인〉
주소 : 서울 ××구 ××동 ××-××
성명 : 최××
주민등록번호 : 61××××-1××××××

〈계약 조건〉
1. 상기 본인은 본인이 ××로 있는 서울시 ××구 ××동 소재 ××××의 피고용자인 A, B, C, D 등 4인에게 별첨한 4부의 진술서에 있는 내용대로 성희롱 성추행한 점을 인정한다.
2. 상기 본인은 이 시각 이후 다시는 위의 4인을 포함, 미래의 신입 직원 포함 직장 내의 어떤 직원에게도 위와 같은 행위를 하지 않을 것을 맹세한다.
3. 상기 본인은 이 시각 이후 각서를 요구한 4인에게 직장 근무상 불이이, 부당대우, 부당해고를 하지 않을 것임을 맹세한다.

〈내용〉
상기 본인은 위의 사항에 있어 계약서상의 조건을 성실히 이행할 것이며 만일 각서인의 귀책사유가 발생할 시 그 결과를 전적으로 각서인이 책임지며 어떠한 이의도 제기하지 않을 것임을 이행각서한다.

2×××년 7월 5일
각서인 : 최×× (인)
증인: F (인)

구 씹어댔습니다. 통쾌했죠.

참고하시라고 연쇄성폭력범 최 씨에게 받은 각서를 그대로 옮겨놓습니다. 쓸 일이 생기면 이런 양식으로 쓰면 됩니다. 주민등록번호와 주소는 필수적으로 받아놓아야 합니다. 고소를 하거나 근저당을 잡게 될 수도 있으니 상대의 정보를 알아두는 편이 좋기 때문입니다. 미리 문서 샘플을 출력해와서 옆에 놓고 보고 쓰게 하는 방법을 추천합니다. 좋은 일도 아닌데 머뭇거리거나 고쳐 쓰다보면 시간이 오래 걸립니다. 가해자를 오래 보면서 스트레스받을 필요 없습니다. 게다가 이 과정을 동영상 찍고 녹취해야 하는데 기록 분량이 너무 길어지면 관리하기 귀찮습니다. 나중에 증거로 제출하려면 속기 사무소 가서 말로 풀고 공증을 받아야 하는데, 분량 길면 비용이 더 듭니다.

위의 각서는 4인 전체에 대한 것입니다. 이외에 4인이 각각 자신이 겪은 피해를 상세히 서술한 진술서에 '위에 적혀 있는 내용대로 성희롱 성추행한 점을 인정한다. 최××'라고 시인하는 자필 문장과 서명을 받았습니다. 이 자료는 훗날 고소하고 재판할 때에 결정적 증거가 되었습니다. 사실 저희 사건의 경우, 초기의 대응이 모든 일을 다 한 셈입니다. 만약 이 글을 읽는 독자분에게 유사한 일이 닥친다면, 무조건 초기에 가해자가 사과하거나 범행을 시인하는 내용을 각서든 동영상이든 녹취든 증거

기록으로 받아놓기를 권합니다. 고소 여부는 나중에 고민하고 우선 이 일부터 해놓아야 합니다. 본인이 범행을 시인한 기록이 있으면 나중에 아무리 가해자가 유능한 변호사를 선임해서 작전을 짜도 불기소로 빠져나갈 수는 없게 됩니다.

여기까지 모든 과정이 순조롭게 진행된 것 같았지만 당시에는 아무도 몰랐던 일이 하나 있었습니다. 진술서 한 장에 문제가 있었습니다. 피해자 중 한 명이 부끄러워서 진술서에 자신이 겪은 모든 일을 다 쓰지 않고 비교적 약한 수위의 피해만 쓴 것이었습니다. 그 피해자가 겪은 일은 '강간미수'였습니다. 앞에 나온 범죄 일람표에는 적혀 있지만 이는 나중에 경찰서에서 수사받을 때 말해서 적힌 것입니다. 당시에 해당 피해자는 이 사실을 밝히지 않았으며 진술서에도 쓰지 않았습니다. 모여서 대책 회의를 할 때에도 말해주지 않았습니다. 이 일은 뒤에 쓰라린 결과로 돌아오게 됩니다. 이분의 피해가 가장 큰 편인데 해당 범죄는 증거 부족으로 불기소되었습니다. 그렇다고 이분을 어리석다고 비난하는 것은 아닙니다. 이런 상황에서는 그런 선택을 할 수 있습니다. 충분히 이해할 수 있습니다. 문제는 이분이 아니라 피해자를 손가락질하는 잘못된 사회에 있으니까요.

도움받거나 문서 작성할 때 주의 사항

잘못 행동했다고 비난받을 것을 걱정하지 말고 일단 전문가를 찾아가서 있었던 일을 객관적으로 다 말하자. 창피하다고 숨기거나 피해를 축소해 말하지 말자. 성폭력 상담기관이나 변호사와 상담할 때에도 마찬가지다. 있었던 일은 자신에게 불리한 사항까지 모두 밝히는 게 중요하다. 자신에게 유리한 정보만 말해서 조언자들의 오판을 불러일으키면 안 된다. 아무리 전문가라도 사건을 정확히 파악한 후에라야 정확한 대응 방법을 정할 수 있기 때문이다.

고소를 하게 되면 오랜 시간이 걸린다. 가족, 친구, 지인들에게 자신의 상황을 설명하고 양해를 구해둘 필요가 있다. 직장 상사나 동료에게도 알려둔다. 진술하고 증거 준비하다보면 조퇴하거나 휴가를 낼 일이 자주 생기기 때문이다. 그러나 있었던 모든 일을 자세히 다 말할 필요는 없다. 모든 과정을 세세히 여러 번 반복해 말하다보면 정작 싸움 전에 지치게 된다. 또 그들 중에서 인간적 약점 잡은 듯 구는 사람도 분명 생긴다. 성인지 감수성이 떨어지는 사람은 오히려 피해자를 비난하는 말을 하기도 한다. 그런 자들은 구체적으로 말해놓으면 구체적으로 비난하기 마련이다. 같이 고소 진행할 사람들 아니면 지인들에게는 성범죄 관련 사건을 겪어 싸우고 있다는 핵심만 전달하고 중점적으로 큰 역할을 맡아 도와줄 분들에게만 자세히 말하면 된다.

고소 이전에 사과를 받고 각서나 합의서를 작성할 때도 마찬가지다. 다 쓰고 다 말하자. 합의가 결렬되면 이 증거를 들고 법정에 가야 한다는 사실을 명심하자. 지금 부끄러운 게 문제가 아니다. 중요한 것은 이기는 거다.

'부인이 가장 큰 피해자'라고 하는 이유

이때까지만 해도 저희는 '각서를 받았으니 더 이상 우리를 못 괴롭히겠지. 고소할까봐 무서워하겠지'라고 안심하고 있었습니다. 과연 한동안 최 씨는 반성하는 듯 보였습니다. 표정부터 기가 죽어 있었습니다. 최 씨와 친한 남성 직원인 F에게 들은 바로는 각서를 쓴 그다음 날, F가 출근하자마자 그는 무릎 꿇고 도와달라고 빌었다고 합니다. "뭐가 씌었는지 내가 왜 그랬는지 모르겠다. 너무 후회된다"라고 말하며 벌벌 떨었다고 합니다.

세상에 사건이 알려지면 대개 가해자는 초기에는 풀이 죽어 있습니다. 그제야 자신이 얼마나 큰 죄를 저질렀는지를 알게 되어서 그런 것 같습니다. 그러던 가해자가 곧 뻔뻔해지기 시작합니다. 어느 순간일까요? 부인이 사건을 알게 되거나 남편의 무죄를 주장하며 적극적으로 사건 해결에 나설 때죠. 주변 사람들이 그럴 사람이 아니라며 두둔하고 나설 때죠. 하나같이 그렇습니다. 연쇄성폭력범 최 씨 역시 그랬습니다.

최 씨가 평소와 달라 보이자 부인 정 씨가 이유를 캐물었다고 합니다. 그러자 최 씨는 새로 생명보험에 가입한 후 보란 듯 서류를 펼쳐놓고 가출했다고 합니다. 정 씨가 자정 넘어 울면서 제게 전화해서 알게 되었습니다. 남편 최 씨가 자살하러 집을 나섰는데 사무실에서 무슨 일이 있었냐고 정 씨는 제게 물었습니다. 있었던 일을 대강 말해주었습니다. 정 씨가 충격받을까봐 자세한 이야기는 하지 않았습니다. 아내에게 애정이 없다는 둥 애인 만들고 싶다는 둥 여직원들에게 작업 걸 때 떠들어댄 것들 역시 말하지 않았습니다. 그래도 정 씨는 매우 충격을 받았습니다.

최 씨는 안 죽고 돌아왔습니다. 그 사이 저희는 죄책감으로 괴로워했습니다. 살아서 지옥에 다녀왔습니다. 최 씨의 자살소동 때문에 저희 피해자들은 회사에서 음모를 꾸며 사람 죽이려 한 못된 년들이 되어버렸습니다. 미투 고발에 두려움을 느낀 성폭력범이 자살하면 피해 여성들에게 비난이 쏟아지는 상황을 10여 년 전에 미리 겪은 셈이죠. 이 원고를 쓰면서 나날이 새로 보도되는 미투 관련 기사를 접하다보니 왜 이리 가해자들의 패턴은 한결같을까 싶네요. 가해자의 부인이나 가족이 대처하는 방식도요.

부인 정 씨는 피해 여직원들을 미워하기 시작했습니다. 매일 사무실에 나와서 남편 최 씨와 저희를 감시했습니다. 최 씨가 오너인 직장이기에 가능한 일이었습니다. 부인 정 씨의 보호 하에 놓이게 되자, 최 씨의 태도가 바뀌기 시작했습니다. 정 씨 옆에서 세상없이 달콤하게 굴면서 여직원들을 욕하기 시작했습니다. 수고했다고 어깨 정도 툭툭 쳤는데 모함을 당했다고 말했습니다. 여직원들이 자기를 좋아해서 접촉을 유도했을 뿐 자신은 예나 지금이나 부인밖에 없는 사람이랍니다. 심지어 이 일은 최 씨를 너무나 짝사랑한 제가 최 씨 부부를 이혼시키고 최 씨를 독차지하기 위해 다른 여직원들을 매수해서 벌인 일이라고까지 하더군요. 참 상상력도 빈곤합니다. 나도 눈이 있는데 참 나. 그런데 부인 정 씨는 이 말을 믿었습니다. 자신의 남편을 꼬셔낸 부정한 여자로 몰아가며 저에게 남편의 아기를 가졌냐고 회사 사람들 앞에서 묻기도 했습니다. 당연히 저와 아기 만들 일도 하지 않았으면서 최 씨는 아내 정 씨가 저를 다그치는 것을 말리지 않고 보고만 있더군요.

최 씨는 왜 그럴까요? 아내가 자신을 공격하는 것보다 저를 공격하는 것이 편하기 때문이죠.

정 씨는 왜 그럴까요? 살아남기 위해서죠. 성범죄자의 아내는 남편에게 배신감을 느낍니다. 그 배신감이 너무 크기에 남편의 배신을 인정하고 미워하기보다 피해자인 여성을 미워하는 것이 마음이 더 편합니다. 게다가 지켜야 할 가정과 자녀들이 있습니다. 남편의 잘못이라고 믿으면 이혼을 해야 합니다. 이혼해서 혼자 자녀를 키우며 살 자신은 없습니다. 그렇다면 남편을 무죄로 만들어 결혼생활을 지속해야 합니다. 가해자의 아내는 이런 심리로 피해 여성들을 공격하게 됩니다. 가해자는 아이고 좋아라, 하며 아내에게 모든 일을 맡기고 자신은 아내 등 뒤로 숨습니다. 어릴 적에 사고 치면 엄마가 해결해주고 자신은 엄마 치마폭 사이에 숨던 것과 똑같습니다. 이것도 성범죄자 남성들의 공통된 행동 패턴입니다. 어떤 일이 있어도 남편을 지지해주며 귀찮은 일을 대신 처리해주는 것이 부인의 역할이라는 사회적 통념 때문이기도 합니다. 빌 클린턴의 섹스 스캔들 때 영부인 힐러리가 오히려 남편을 감싸주며 지지 연설을 한 것을 생각해보시면 됩니다.

2018년 현재 미투 고발당한 유명인들이 사죄한다면서 하는 말을 보십시오. 피해자가 아니라 자기 부인과 가족들에게 죄송하다고 합니다. 부인 얼굴과 몸매가 보기 싫어서 섹스리스가 되었다고 부인을 욕하며 젊은 여성들을 성폭행한 그들이, 같은 입으로 자기 부인이 진짜 피해자이며 자신은 부인을 지극히 사랑한다고 말합니다. 왜 그럴까요? 부인과 가족 핑계를 대고 숨어야 하기 때문입니다. 그래서 가해자들은 부인이 충격으로 현실 오판하는 것을 부추깁니다. 자신이 직접 사죄하지 않고 부인을 보내 피해자를 만나 빌게 합니다. 아내에게 '자신도 피해자'라며 '같은 여성으로서 날 불쌍히 여겨달라'며 눈물 흘리는 연기를 하여 피해자의 동정심을 자극해 싼값에 합의서를 받아오게 시킵니다.

최 씨도 그랬습니다. 부인 정 씨 뒤에 숨어서 피해 여직원들을 공격하게 유도했습니다. 최 씨는 정 씨가 저를 가장 미워하는 것을 이용하여 제가 먼저 자신을 껴안았다는 둥 아내를 자살하게 몰아가서 자신과 회사를 차지하려 한다는 둥 허위 사실을 장장 9장이나 써서 사무실에 뿌렸습니다. 이 당시 최 씨의 판단 능력은 정상이 아니었습니다. 도대체 사법고시를 준비한 적이 있다는 사람이 왜 스스로 저를 비방했다는 증거 문서를 만들어 제게 주는지 모르겠더군요. 이 '불온 삐라' 이야기는 다음에 이어서 하겠습니다. 여튼 이 문서에 최 씨 자신이 저를 먼저 안은 사실, 제가 거부하며 직장을 그만두겠다고 말한 사실을 본인 스스로 써놓았기에 이 문서는 결과적으로 저의 피해 사실을 입증하는 증거 자료가 되었습니다.

정 씨는 최 씨 대신 회사 실무를 맡아 운영하면서 저희를 부당대우하기 시작했습니다. 남편을 사랑해서 이혼하지 않을 것이니, 자기 아들들을 봐서라도 부디 용서하고 회사 운영을 도와달라고 눈물로 호소했습니다. 그러다가 돌연 저희들을 손가락질하며 자기 남편을 꼬신 년들이라며 당장 그만두고 나가라고 소리를 질렀습니다. 어느 장단에 맞춰줘야 할지 난감했습니다. 드디어 정 씨는 피해 여직원들을 간통죄(그 당시는 간통죄 폐지 전이었습니다)로 고소한다고 협박하기 시작했습니다. 더 이상 견딜 수가 없었습니다.

정 씨가 당장 나가라고 심하게 삿대질한 날, 저희는 모여서 회의했습니다. 그냥 퇴직하기는 억울했습니다. 그동안 겪은 고통과 갑작스런 퇴직에 대한 보상금을 받고 그만두기로 했습니다. 다음 날 출근하여 이 결정사항을 통보하자 정 씨는 갑자기 부드럽게 말했습니다. "왜들 그만두세요? 제발 더 있어주세요. 저는 그만두라고 말한 적이 한번도 없어요." 저희는 어제까지만 해도 당장 그만두라고 소리 지르던 사람이 그러니 가증스러웠습니다. 한편으로 남편 최 씨 때문에 충격받아서 좀 이상해졌나 싶어 무섭기도 했죠. 그래서 딱 잘라 말했습니다. "아니요, 더 이상 다닐 수 없습니다. 그만두겠습니다." 나중에 알고 보니 정 씨는 이때 녹음을 하고 있었습니다. 정신이 흐려진 것이 아니라 아주 맑았죠. 남편을 사랑하는 척하며 동정을 사고 현실적 이익을 챙기고 있었던 것입니다.

이런 사실도 모른 채, 저희는 각자 책상을 정리하고 짐을 챙겼습니다. 정 씨는 또 급변해서 '고소해라, 니들에게 돈 한 푼도 못 준다. 전 재산을 내 앞으로 돌리겠다. 너희를 간통죄와 업무방해죄로 고소하겠다'고 큰소리쳤습니다. 이때는 녹음기를 끈 상태였는지 아니면 편집했는지, 나중에 받아본 증거 자료에는 없었습니다. 정 씨는 자신에게 유리한 부분만 녹음하거나 편집해서 증거로 제출한 거죠.

20××년 8월 11일, 저희는 이렇게 퇴직금과 보상금은커녕, 그동안의 월급도 못 받고 퇴사했습니다. 이때, 저희처럼 어느 날 갑자기 퇴사했던 다른 여직원 E 생각이 났습니다. 연락해서 저희가 처한 경우를 설명하니 자신도 실은 최 씨의 요구를 거부하다 부당해고를 당했다고 하더군요. 키스하려고 해서 거절하니 바로 그만 나오라고 말했답니다. E는 지금 생각해도 분하다며 저희의 고소에 동참하겠다고 말했습니다. 이렇게 저희는 총 5인이 되었습니다. 5인은 모여서 고소 방법을 의논했습니다.

여기까지, 최 씨가 부인의 개입을 막고 좀 더 영리하게 굴었더라면 고소까지는 가지 않았을 일입니다. 고소한 후에라도 잘못을 인정하고 합의해달라고 했으면 재판 후 실형까지 받지는 않았을 것입니다. 미혼 남성들은 대개 이 방법을 택합니다. 그러나 유부남들은 끝까지 피해 여성이 자신을 좋아해서 합의하에 한 일이라며 우깁니다. 재판 후에도 유죄 판결을 받으면 불복하고 항소합니다. 두 배로 소송비를 들이면서요. 이들은 왜 이럴까요? 정말 피해 여성들이 자신을 너무너무 사랑했다고 착각하고 있는 것일까요? 왕자병에 걸린 것일까요? 거울도 안 보는 것일까요? 각서 받던 당일이나 그다음 날 최 씨의 행동을 떠올려보십시오. 강제로 한 일이며 자기 잘못이라는 것을 분명 알고 있었습니다. 그러니 F에게 "뭐가 씌었는지 내가 왜 그랬는지 모르겠다. 너무 후회된다"라고 말하며 벌벌 떨었겠지요.

성범죄자 유부남들이 초기와 달리 돌변해서 뻔뻔하게 나오는 것은 부인 때문입니다. 부인에게 아이들과 재산 빼앗기고 이혼당하는 것이 무서워서 자신의 결백을 외치는 겁니다. 성추행은 보통 벌금이나 보상금이 500만 원 근처입니다. 끝까지 결백을 주장하다가 재판에서 져서 이 정도 금액 잃는 편이 더 이득입니다. 가정 혹은 아내와 자녀의 평생 신뢰를 잃는 것보다, 이혼 소송으로 전 재산의 절반을 잃는 것보다요. 가해자가 유명인일 경우 아내와 가족뿐만 아니라 추종자와 자신의 경력을 잃는 것을 두려워합니다. 결백하다며 화간을 주장합니다. 아니, 유부남이면 불륜 역시 중대한 도덕적 결함인데 왜들 저럴까요? 현재 우리 사회가 남성의 불륜 정도는 지나가는 바람으로 가볍게 여기기 때문입니다. 사적인 관계에서 생긴 일이라면 법의 처벌을 피해갈 수 있기 때문입니다. 그래서 유부남 가해자들은 성폭력을 한 것이 아니라 불륜이라고 주장합니다. 즉, 더 큰 것을 지키고자 작은 것을 내주는 도박을 하는 것이지요. 남성의 이익을 우선시하는 사회이기에, 이렇게 대처하면 승률도 높다는 것을 그들은 압니다. 그들의 변호사들도 잘 압니다.

'부인이 가장 큰 피해자'라는 말은 사실 웃깁니다. 피해 여성은 가해자가 성폭력을 한 그 순간부터 피해자가 됩니다. 폭력 사실이 세상에 알려지든 묻히든. 그러나 가해자의 부인은 성폭력 사실을 알았을 때부터 괴롭기 시작합니다. 남편의 성폭력 사실을 모르고 살면 아무 피해도 없게 됩니다. 그러니까 '부인이 가장 큰 피해자'라는 말은 남편이 성폭력을 한 것이 문제가 아니라, 그 사실이 부인에게까지 알려지게 된 것이 문제라는 뜻이 됩니다. 남성은 성폭력 정도는 해도 무방하며 이를 고발하는 피해 여성이 문제라는 사회의 편견이 바탕에 있습니다. '부인이 가장 큰 피해자'라면서 부인에게 미안하다고 말하는 가해자에게는 유리하게 여론을 몰고 가려는 속셈이 있습니다.

부인 정 씨는 저희 앞에서 눈물을 흘리며 호소했습니다. 자신이 가장 큰 피해자라고. 최 씨 부부의 친구와 지인들은 가정을 지키려는 정 씨의 갸륵한 마음을 높이 칭찬하며 저희를 가정 파괴범으로 몰아갔습니다. 이렇게 자신에게 유리하게 돌아가는 상황을 보았기에 최 씨도 부인이 불쌍하다고 말하며 저희 피해자들에게 "나는 무죄다. 할 수 있으면 고소해서 감옥에 넣어봐라. 도리어 꽃뱀인 너희들이 감옥에 갈 거다!"라고 당당하게 외친 거죠. 뭐 그래서 원하는 대로 고소해 감옥 가게 해주었더니 그때는 또 저희를 원망하더군요. 도대체 범죄자란 일관성이 없습니다.

이런 유부남 성폭력범과 주변인들의 심리 때문에 피해 여성들은 몰상식한 사람들을 상대하느라 심신이 피폐해집니다. '부인이 가장 큰 피해자'라고 동조하는 사람들에게 2차 피해를 입습니다. 그러니, 사건 초기에 범죄자 아내가 와서 손집고 울거나 전화로 빌 때, 절대 마음 약해질 필요 없습니다. 다 녹음하고 있거든요. 그냥 상대 안 하거나 변호사에게 합의를 위임하는 편이 낫습니다.

당신이 가해자의 지인이나 부인이라면

가해자 입장에서 가장 좋은 해결 방법은 고소 전에 합의하는 것이다. 중재역을 맡은 사람은 이 사실을 명심해야 한다. 만약 가해자 주변인으로서 중재역을 맡았다면 사건 수습 과정에 가해자의 부인은 참여시키지 않는 편이 좋다. 가해자의 부인은 충격으로 이성이 마비된 상태다. 피해자들을 모욕하여 분노를 더 키워놓으면 원만한 합의를 하기가 더 힘들어진다. 가해자로 지목된 지인이 억울하다고 말하는 것을 그대로 믿고 합의 장소에 가서 큰소리치지 마라. 범죄자가 억울하다고 말하는 것은 아예 안 했다는 말이 아니라 재수 없게 들켜서, 혹은 지은 죄에 비해 심한 대우를 받아서 억울하다는 뜻이다.

만약 가해자의 부인이 될 입장에 처한다면 냉정히 계산하라. 남편이 하는 말을 믿고 싶겠지만 절대 믿지 마라. 상식적으로 여성 입장에서 고소까지 할 정도면 없었던 일은 아니다. 지하철에서 가볍게 스친 정도인데 오해받고 있는 것도 아니다. 아내인 당신에게 한 말은 빙산의 일각이다. 남편은 불리한 것은 절대 말하지 않았을 것이니, 그 말 믿고 오판하거나 여기저기 탄원서 보내어 일을 크게 만들지 마라.

냉정히, 이혼을 할 것인지 아닌지를 결정하라. 남편을 일단 재활용해서 데리고 살 것이면 가능한 고소 전에 조용히 합의할 수 있게 하라. 남편과 신체 접촉을 한 피해 여성이 미워지는 건 인지상정이다. 그러나 분노를 엉뚱한 데로 돌려서 일을 망치지 마라. 남편이 진심으로 사과하게 만들어 얼른 사건을 수습하라. 남편은 가족을 잃을까봐 결백을 주장하며 끝까지 간다고 우기고 있을 것이다. 그래서 끝까지 가면 전과 기록만 남고 성범죄자 열람에 오를 뿐이다. 지혜롭게 행동하라. 고소 전에, 늦어도 1심 선고 나기 전에 합의하라. 자녀들 때문에 이혼하지 않는 것인데 아버지를 전과자로 만들 필요는 없지 않은가. 수습한 후에 경제력을 빼앗아라. 그리고 평생 남편을 휘어잡고 복수하다 애들 다 키워 놓고 이혼하고 내쫓든지 하시라.

인생은 실전,
다양하게
고소미를
먹이자

꽃뱀에 간통죄라니! 최 씨, 너는 우리에게 모욕감을 줬어! 저희는 가해자가 전혀 뉘우치거나 죄송해하지 않고 피해자들에게 죄를 덮어씌우는 데에 분노했습니다. 왜 기회를 주었는데도 반성하지 않고 도리어 자기 무덤을 자기가 팔까요? '삽질한다'는 말은 이런 경우에 쓰는 말인가봅니다. 저희는 가해자를 엄벌하고자 고소하기로 뜻을 모았습니다. 기록에 빨간 줄이 남게 해주어 복수해야지요. 인생은 짧고, 빨간 줄은 길지 않습니까.

알아본 바, 저희 앞에는 두 갈래 길이 있었습니다.

첫 번째 길, 고소한 후 합의를 해준다. 이때 저희가 받을 보상은 정신적 보상에 못 받은 월급과 퇴직금을 더한 금액입니다. 정신적 보상 기준은 피해 정도에 비례하지 않습니다. 가해자의 지불 능력에 따라 결정됩니다. 기소되어 재판정에 섰을 경우 잃을 것이 많은 가해자라면 피해자는 판결 전에 합의해주는 것에 대해 더 많이 요구할 수 있습니다. 친고죄가 폐지되었기에 피해자가 합의해준다고 재판에 회부되지 않는 것은 아닙니다. 그러나 피고인이 반성한 증거가 되어 보다 가벼운 판결을 받는 데 유리합니다. 그러기에 친고제 폐지 이후에도 가해자들은 합의를 원합니다. 아, 친고죄란 피해자가 직접 고소해야 수사도 시작되고 처벌도 할 수 있는 죄를 말합니다. 2013년 6월 19일부로, 성범죄에 대한 친고죄 규정은 폐지되었습니다.

두 번째 길, 고소한 후 끝까지 간다. 형사 고소와 동시에 민사 소송도 걸어 보상금을 받아낸다. 형사 재판 판결 자체가 죄를 인정하는 것이니까 민사 재판은 형사 재판 이후 빨리 진행됩니다.

두 갈래 길이 있지만 모두 일단 고소를 해야 합니다. 분노가 머리카락 끝까지 치밀은 저희는 당장 고소하고 싶어서 변호사 선임 전에 저희끼리 고소장을 작성했습니다. 지금 생각해보니 이건 좀 위험했던 일이었습니다. 항상 전문가의 도움을 받는 편이 안전합니다. 증거 자료를 잘 준비하지 않으면 기소조차 안 될 수도 있기 때문입니다.

고소장 쓰는 방법은 생각보다 간단합니다. 경찰 민원포털 사이트(minwon.police.go.kr)의 고객센터 메뉴로 들어가면 경찰청에서 제공하는 민원서식들을 다운로드할 수 있습니다. '수사' 탭을 눌러 고소장 양식을 다운로드받으면 됩니다.

이 고소장 기본 양식에다 최 씨의 각서, 피해자 각각의 진술서, 최 씨가 작성해서 뿌린 '불온 삐라' 협박 문건, 저희가 고소하기까지 이른 과정을 다시 쓴 각각의 진술서를 첨부했습니다. 그동안 한국성폭력상담소(☎ 02-338-5801)와 상담한 사실도 적어 넣었습니다. 부인 정 씨가 개입한 이후 최 씨가 저희에게 전화 걸어 협박한 대화 내용 녹취록도 제출했습니다. 녹취록은 국가공인인증자격을 갖춘 속기사가 작성을 해야 증거로 인정받을 수 있습니다. 저희는 서울서부지방법원 앞인 서울 마포구 공덕동 ××속기 사무소에 녹취록을 의뢰했습니다. 그때 그곳 테이블 위에 쌓여 있던 의뢰 자료 더미를 몰래 들춰보니 최 씨네 것도 있었지요. 그 장면을 들켜서 사무소 소장님에게 혼나기도 했습니다. 당시에는 도대체 최 씨가 무슨 녹취록을 갖고 있을까 궁금했는데 나중에 노동사무소에 부당해고 진정을 넣었을 때 알게 되었습니다.

이렇게 준비하여 20××년 8월 17일, 드디어 저희는 서울서부경찰서 민원실에 고소장을 접수했습니다. 뿐만 아닙니다. 시중에 파는 과자 고소미는 한 가지 맛밖에 없지만 저희는 최 씨에게 수제 제작 고소미를 다양한 맛으로 먹이기로 했습니다.

최 씨와 정 씨가 '고소해라. 이미 재산을 부인 앞으로 돌려놨다'고 말한 것이 걸려서 최 씨가 세 들어 사는 집 주인 앞으로 전세금 가압류 신청을 했습니다. 5명이니까 1인당 1천만 원씩 위자료 청구권을 행사했습니다. 이 건은 9월 12일부로 채권 가압류 결정문을 받았습니다. 법원에서 통지를 받은 날, 최 씨 부부는 아파트 관리소를 찾아가서 행패를 부렸다고 합니다. 이 사실은 어떻게 아냐고요? 저희 중 한 사람이 그 아파트 단지에 살았던 적이 있었기에 친한 아파트 주민들, 경비원 아저씨들을 통해 알았습니다. 드라마라면 우연성의 남발이라고 할 텐데, 실제로 이런 경우가 생겨서 일이 술술 풀린 것이 신기합니다.

이어서 마포구 공덕동 소재 서울서부지방노동사무소 민원실에 부당해고에 대한 진정서를 접수했습니다. 꼼꼼히 증거 자료를 첨부해서 제출했습니다. 9월 29일이었습니다. 감독관은 임금 미지급 사실을 인정하고 정 씨에게 임금 지급 명령을 내렸습니다. 최 씨 부부는 재산을 지키기 위해 회사 대표를 정 씨로 바꿔놓았기에 최 씨가 아니라 정 씨에게 지급 명령이 내려진 것입니다.

저희는 정 씨가 회사 대표인 점에 착안하여 '남녀고용평등법 제14조 2항 사업주는 직장 내 성희롱과 관련하여 피해 주장이 제기되었을 때에는 그 주장을 제기한 근로자가 근무여건상 불이익을 받지 않도록 노력하여야 한다'와 '3항 사업주는 직장 내 성희롱과 관련하여 그 피해 근로자에게 해고 그 밖의 불이익한 조치를 위해서는 아니 된다'에 의거, 정 씨가 처벌받기를 원한다고 진정서에 썼지만, 이 부분은 노동사무소에서 아무 소득도 얻지 못했습니다.

부당해고도 인정받지 못해서 해고예고수당을 받지 못했습니다. 정 씨가 앞에서 말한 녹취록을 증거로 제출했기 때문이죠. 녹취록에 의하면 정 씨는 부디 있어달라고 붙잡았는데 저희가 스스로 나가겠다고 먼저 말했다더군요. 정 씨가 마구 욕하다가 갑자기 부드러워졌기에 의아하게 생각했는데 바로 그 부분만 녹취하고 편집해서 증거로 제출한 것입니다. 당시 감독관은 사정은 이해하지만 증거가 이렇게 있으니 법적으로 어쩔 수 없다고 하더군요. 할 수 없이 저희는 못 받은 임금만 받고 고소 취하서를 쓰고 끝냈습니다. 돈 절약한 최 씨는 의기양양해서 저희를 '돈벌레'라고 부르며 좋아했습니다. 10월 19일이었습니다. 이때, 저희는 무조건 녹취할 것, 상대의 페이스에 휘말리지 말 것을 배웠습니다.

한편 최 씨가 서울서부경찰서에 아는 경찰이 많으니 고소해도 접수조차 안 될 것이라고 큰소리쳤던 사실이 떠올랐습니다. 그래서 경찰서 민원도 미리 넣었습니다. 담당 수사관 전화를 받고 신신당부를 드렸습니다. 담당 수사관은 심정은 이해하지만 지금 당장 해드릴 수 있는 것이 없다, 부당한 경우를 당하면 그때 다시 민원 넣으라고 말해주었습니다. 이 건은 저희가 좀 오버를 한 거였습니다. 아무 문제없이 고소장 접수되고 담당 수사관 배정도 받았거든요.

저는 너무나 억울하여 가능한 방법을 다 써서 최 씨에게 복수를 하고 싶었습니다. 그리고 거의 성공한 셈입니다. 관련 정보를 알아서 미리미리 대처한 덕분입니다. 역시 아는 게 힘일까요. 평소 읽어둔 페미니즘 관련 책들 덕을 많이 보았습니다. 저는 행동했습니다. 최 씨가 연쇄성폭력범이라는 사실을 안 이상, 제 차례에서 그의 범행을 막고 싶거든요. 제 남은 인생을 그때 제대로 복수하지 못한 것을 후회하면서 평생 이불킥하며 보내고 싶지 않았거든요.

다양하게 고소미 먹이기에는 성공했지만 10년이 지난 지금까지 남은 후유증이 있습니다. 저는 전화 통화를 거의 하지 않습니다. 나중에 증거로 삼을 것에 대비하여 무조건 문자, 카톡, 메신저, 메일로 대화합니다. 저를 보호하기 위해서죠. 일 관계는 물론, 친구들과 약속을 잡을 때도 그렇습니다. 제 사적인 고민을 털어놓고 이야기하다가도 나중에 이 사람이 이 사실로 약점 잡아서 나를 협박하지나 않을까, 와락 무서워집니다. 사람을 믿지 못하고 항상 알리바이를 준비하게 된 것, 이게 아마 최 씨 사건이 제게 남긴 가장 큰 피해가 아닐까 싶습니다.

긍정적으로 보면 나쁜 인간들에게 속지 않고 자신을 보호하며 싸우는 방법을 비싸게 배운 셈이기도 합니다. 성폭력범이 앞으로 어떻게 나올지, 이 경우에 이런 말을 하는데 이 속셈은 무엇인지 한눈에 파악하는 신통력도 생긴 것 같습니다. 덕분에 이 책까지 쓰고 있으니 말이죠. 사실 각종 진술서를 순식간에 으다다다 쓰면서 글쓰기 훈련도 이때 많이 한 셈입니다. 양적인 면에서만요. 쩝.

진술서 쓸 때 주의할 점

고소를 결심하고 나면 뜻밖에 글 쓸 일이 많이 생긴다. 변호사를 선임해도 개인적으로 진술서 쓸 일은 많다. 또 재판 과정마다 가해자가 어떤 주장을 하면 그 부분을 반박하는 내용을 써내야 한다. 변호사도 어떤 내용을 증언해야 하니 써오라고 숙제를 내주기도 한다.

우리는 학교 다니던 시절 글짓기를 배우기는 했어도 실용적인 글을 쓰는 법은 제대로 배우지 못했다. 그러나 그때 배운 사실 한 가지만 기억해내자. '모든 글에는 쓰는 목적이 있다.' 고소 관련 진술서를 쓰는 목적은 상대를 엄벌하기 위해서이다. 그러니 중요한 점은 피해자인 내가 당한 피해를 구체적으로 정확히 강조하는 것! 피해 정도가 미미하면 아예 고소 접수도 안 되고, 기소도 안 되기 때문이다.

예시를 든다. 우리 중 한 사람이 진술서 마지막에 쓴 문장이다.

"직장 내에서의 대표 최××의 이러한 성희롱으로 인해 진술인은 출근 등 단둘이 있는 상황에 항상 공포감에 질려 있었으며 최씨 얼굴만 보아도 가슴이 두근거리는 등 정신적인 피해가 막대하여 이에 최××를 법으로 엄벌하고자 이 진술서를 씁니다."

아래와 비교해보자. 대표 고소인인 내가 진술서 마지막에 쓴 문장이다. 지금 보니 부족함이 보인다. 분노만 늘어놓기에 바빴다.

막상 중요한 피해 사실이 빠져 있다.

"진술인과 그 외 4명은 이 사건을 겪으며 인간적으로 심한 수치심과 모욕감을 느꼈으며 가해자가 전혀 뉘우치거나 미안해하지도 않고 피해자들에게 죄를 뒤집어씌우며 재산 보호에만 급급해하는 사실에 분노하여 가해자를 법에 의해 엄벌하고자 고소하기로 하였습니다."

최 씨,
합의해달라고
협박하다

20××년 8월 17일. 저희가 고소한 날짜입니다. 다음 해 1월 25일에 형사 재판 초심(1심) 결과가 나왔습니다. 불복한 최 씨가 항소하여 한번 더 재판정에 섰습니다. 3월 30일 항소심(2심) 결과가 나왔습니다. 최 씨가 상고를 포기하여 결과가 확정되었습니다. 사실 포기도 아닌 셈입니다. 보통 형이 징역 10년 이상은 나와야 대법원에서 상고를 받아줍니다. 최 씨는 그냥 알아서 안 한 셈이죠. 여하튼, 고소 후 8개월에 걸친 싸움이었죠. 여기서 끝이 아닙니다. 국가가 공식적으로 가해자를 벌주는 형사 재판 결과가 나온 후에는 피해자가 사적으로 피해보상금을 받아내는

민사 재판이 시작되거든요.

성폭력당하는 순간과 직후를 제외하면, 형사 재판 결과가 나오기까지 조사받고 재판받는 이 시기가 제일 괴롭고 힘들었던 것 같습니다. 가해자가 정말 악랄하게 나오거든요. 고소당하고 나면 대부분의 가해자들은 사과하고 용서를 빌기는커녕, 악질적으로 2차 가해를 합니다. 법에 걸리지 않는 선에서 교묘하게 폭력적 방법을 동원하여 괴롭힙니다. 왜들 이럴까요?

피해자는 얼떨결에 이미 피해를 당한 상태입니다. 바닥을 치고 한 걸음씩 올라가며 싸우지만 가해자는 앞으로 예상되는 추락과 억울한(?) 손해를 줄이려고 싸웁니다. 지나간 피해에 대해 싸우는 입장과 앞으로 당할 피해를 막으려고 싸우는 입장, 어느 쪽이 더 절실할까요? 고소 후에는 가해자 쪽이 더 절박한 입장입니다. 피해자는 전과가 남지 않지만 가해자에게는 남거든요. 그러니 상식이 통하지 않습니다. 별짓을 다 합니다. 어떻게 죄인 주제에 이렇게 적반하장으로 나오나! 하고 충격받을 필요 없습니다. 악마가 움직이는 각 단계에 효율적으로 대처하는 법에만 집중해야 합니다. 인간에 대한 상식 차원에서 고민하면 마음만 더 힘들어집니다. 애당초 상식이 있는 자라면 그런 일을 하지도 않았다는 것을 명심합시다.

고소장을 접수하면 현장에서 간단한 조사를 받습니다. 저희도 8월 17일 당일, 서울서부경찰서에 고소장을 접수하자마자 조사를 받았습니다. 성폭력 사건이어서 여성 경찰관에게 받았지요. 이후 담당 수사관이 배정된 후 한 사람씩 소환되어 4~5시간씩 조사를 받았습니다. 민원실에 고소장 접수하고 당일 받는 조사는 진짜 조사가 아닙니다. 접수했다는 의미 정도밖에 없어요. 집에 돌아간 후 호출을 기다려야 합니다. 홧김에 별 준비 없이 고소부터 했다면 정식 조사 시작되기 전에 더 증거를 모으고 제대로 준비를 해야 합니다.

사건이 발생했다고 경찰이 다 본격적인 수사를 하는 것은 아닙니다. 현행범으로 체포되거나 신고, 고소가 들어가야 합니다. 신고, 고소를 해도 모든 사건을 다 수사하지도 않습니다. 경찰이 보기에 어느 정도 혐의가 있어야 합니다. 그래야 고소한 사건에 대한 조사가 시작됩니다. 피해자 조사가 끝나면 수사관은 혐의를 받고 있는 사람, 즉 피의자에게 출석을 요청하는 전화를 합니다. 수사관은 피해자의 진술서에 기반한 질문을 던지며 피의자 신문을 합니다.

수사관이 보기에 범죄 혐의가 있으면 조사를 마친 후 해당 사건을 검찰로 보냅니다. 이를 '검찰 송치'라고 합니다. 검찰 측에서는 피해자 진술조서, 피의자 신문조서 등을 받고 해당 사건 관련자들을 불러 더 조사합니다. 검사는 피의자를 피고인으로서 법정에 세울 것인지 아니면 여기서 사건을 끝낼 것인지를 판단합니다. 법원으로 보내어 법정에 세우는 것을 '기소'라고 합니다. 기소되면 검사가 원고가 되어 형사 재판이 시작됩니다. 이제 거의 다 왔습니다. 유죄 아니면 무죄입니다. 피해자인 저희는 증인으로 법정에 나가게 됩니다.

여기까지 오는 과정은 심히 괴롭습니다. 왜냐하면 경찰서, 검사 사무실, 이렇게 두 군데에서 조사받으면서 성폭력을 겪던 당시 순간들을 계속 증언해야 하기 때문이지요. 잊고 싶은데 괴로운 기억을 자꾸 떠올려야 합니다. 말이 두 군데이지, 조사하면서 양쪽의 말이 안 맞거나 추가 조사할 건이 생기면 그때마다 호출하기 때문에 보통 대여섯 번 이상 조사받으러 가게 됩니다. 그때마다 대질신문하면서 꼴 보기 싫은 가해자를 대면하게 됩니다. 궁지에 몰린 가해자는 나날이 인상이 변하고 못생겨집니다. 얼굴 보는 것 자체가 고역입니다.

가만히 있기만 해도 보기 싫은 가해자는 조사 단계에서 사건을 끝내어 법정에 서지 않으려고 다양한 방법으로 발악합니다. 고소 전에는 고소할 의지를 꺾으려 하고, 일단 고소한 후에는 합의를 해서 법정에서 받을 처벌을 최소화하려 듭니다. 합의(合意)란 사전적 의미로는 '뜻을 모은다'이지만 '고소를 취하하기로 한다'는 뜻으로도 쓰입니다. 법률적으로는 '상대의 피해 회복을 돕는 것'을 말합니다. 가해자 입장에서 합의는 빠를수록 좋습니다. 고소당해 경찰 수사가 시작되기 전 합의하는 것이 최선이고, 수사가 시작되면 검찰 기소 이전에 합의하는 것이 차선입니다. 합의하면 기소유예나 불기소처분을 받을 확률이 높아지기 때문입니다. 기소유예는 전과가 되지 않습니다. 수사상 불기소처분은 수사경력 자료일 뿐 전과는 아닙니다. 가해자는 전과 기록이 남아서 각종 불이익을 감수하는 것, 즉 취업제한이나 신상정보등록 등을 피할 수 있습니다. 이렇게나 합의가 중요합니다. 그러면 솔직히 잘못을 인정하고 용서를 빌면 될 일입니다. 그러나 가해자들은 이런 상식적인 방법을 사용하지 않습니다. 폭력과 협박으로 고소를 포기하게 만드는 전술을 씁니다. 제가 이 책을 쓰려고 성범죄자 카페에 가입하여 알아보니 이를 '불이익 최소화 전술'이라고 하더군요.

연쇄성폭력범 최 씨 역시 그랬습니다. 대질신문을 받을 때도 최 씨는 피해자인 저희들에게 쌍욕을 퍼부어댔습니다. 경찰관들이 나서서 저지할 정도였습니다. 피해자인 저희들에게 합의해달라고 여러 번 전화하면서도, 합의해달라고 비는 주제에 곱게 나오지 않았습니다. 맞고소를 하겠다, 친한 조폭 형님 보내겠다, 앞으로 너의 인생을 망가뜨려주겠다, 라고 협박을 했습니다. 그러다가 갑자기 태도를 바꿔서 얼마 주면 합의해주겠냐며 부드럽게 묻기도 했습니다. 분명 이때는 녹취를 하고 있었을 것입니다. 돈을 요구하는 꽃뱀이라는 증거가 필요했겠죠. 상대가 '얼마를', '어떻게 해줄까' 등 의문사를 사용해서 말할 때는 주의해야 합니다. 원하는 답을 증거로 따려고 묻는 겁니다.

몰상식한 남자는 최 씨뿐만이 아니었습니다. 같은 사무실 남자 직원이었던 G는 경찰서에 따라다니며 최 씨 수발을 들었습니다. 그는 직장 동료로서 저희 편을 드는 척하면서 합의를 유도했습니다. 그런데 고작 하는 말이 이랬습니다. '최 씨는 아는 조폭이 많다. 직장과 대학원을 병행하는 ×××의 교수님을 찾아가 학위 못 따게 할 거다. 너희들이 새로 들어간 직장에 찾아가서 너희가 꽃뱀인 것을 알리겠다. 결혼한 여직원은 시댁에 찾아가 몸이 더럽혀진 것을 폭로해서 이혼당하게 해주겠다' 등등. 화만 돋우더군요. 왜 G는 같은 피고용인인 을의 입장이면서 갑인 최 씨 편을 들까요? 여러 사례 찾아보니 이런 동료 남직원들이 꽤 많더군요. 가해자 상사의 뒷바라지를 해주면서 이익을 챙기는 남직원들을 칭하는 '무마조(撫摩組)'라는 말도 있었습니다. 이들은 '피해 여성이 평소 문란하게 굴었으니 자처한 일이다'라는 식의 소문을 퍼트려 적극적으로 2차 가해를 합니다. G는 평소 제가 쌀쌀맞고 무섭다고 여자도 아니라고 농담하던 남자였습니다. 대개 이런 종류의 농담은 소극적 공격이죠. 정색을 하고 화내면 저만 이상해지는. 그러던 남자가 사건이 터지자 최 씨의 편을 들어 제가 평소에 남자들에게 꼬리치고 다니는 여자였다고 증언하고 다니며 가해자를 두둔하는 탄원서까지 쓰더군요. 같이 고소한 다른 여직원들은 이런 G의 행동을 보고 금전적 보상을 약속받았기에 저러는 것 아니냐는 추측을 했습니다만, 제가 보기에 그는 정말 최 씨가 옳다고 믿고 있는 것 같았습니다. 남성에게는 본능적으로 남성 편에서 생각하고 남성 편을 들게 되는 프로그램이 깔려 있는 것 같았습니다. 2018년 안희정 성폭력 사건 기사에 달린 댓글들을 읽으면서 그런 생각은 더욱 확고해졌습니다. 직장 내 성폭력은 갑질의 연장선이고 노동권의 문제인데, 남성의 이익이란 잣대로만 세상을 보는 사람들이 왜 이리 많을까요.

이렇듯 성폭력 고소를 한번 해보면 페미니즘 책에서만 보던 '호모 소셜(남성연대)'이 이런 것임을 백독불여일견(百讀不如一見)으로 알게 됩니다. 제가 겪은 레알 '체험, 삶의 현장'이었습니다. 물론, 모든 남자가 다 그런 것은 아니겠지만, 그건 겪어봐야 드러나는 것입니다. 이런 상황에 처해보지 않아서 그런 성향이 안 드러나는 것일 수도 있습니다. 성폭력 관련 기사에 달린 댓글들을 보면 그런 남자가 상당히 많은 것이 현실이니까요.

저희는 지쳐서 나중에는 아예 그들의 전화를 받지 않았습니다. 송치되고 재판 회부되면 불리하니까 합의해달라고 이러는 거 아니겠습니까. 아쉬운 건 그쪽인데 저희가 응할 필요가 없죠. 최 씨 본인의 전화도, 남성 직원 G의 전화도 받지 않자 가해자 최 씨 쪽에서는 똥줄이 탔습니다. 최 씨의 큰형이 나섰습니다. 동생을 대신해서 용서를 빌겠다고 정중하게 전화하기에 저희는 만나기로 했습니다. 사실 여기까지 오면서 너무 지쳤기에 상식만 통하면 합의해주고 일상으로 어서 돌아가고 싶었습니다. 그런데 정작 만나보니 최 씨의 큰형은 "그 정도 일 가지고 여자들이 한 남자의 인생을 망치려 드냐? 얼른 합의해라"라고 호통을 치더군요. 동생 최 씨가 하는 말만 믿고 "겨우 어깨 좀 두드린 것 가지고 고소까지 하느냐? 꽃뱀이냐? 도대체 얼마를 원하냐?"는데 할 말이 없었습니다. 협상은 결렬되었습니다. 한심했습니다. 그냥, 뭐랄까요? 남성들은 여자 앞에서 고개 숙이며 용서를 비는 일 자체를 못하는 것 같습니다. 사랑하는 막내 동생을 위해서도요.

가해자 측이 합의를 종용하는 이 단계에서 주의할 일이 있습니다. 저희야 20대 후반부터 30대까지의 성인들이니 가해자 측에서는 저희들에게 직접 연락을 취해왔습니다. 그러나 10대나 20대 초반 어린 나이의 피해자일 경우에는 가해자가 합의해달라고 피해자의 아버지 등 남성 보호자에게 접근합니다. 이 경우 보호자가 쉽게 합의해주는 경우가 종종 있습니다. 피해자 본인의 의사와 상관없이 말이죠. 친아버지도 기존 통념에 영향받은 남성인지라 '이왕 몸은 버렸고 소문 나봤자 좋은 일 없으니 돈 받고 빨리 끝내자'는 생각에 합의를 해주게 되는 것입니다. 피해자인 딸의 분노를 이해 못합니다. 한편 어릴 적 헤어진 아버지나 의붓아버지 등 피해자와 정이나 친분이 없는 보호자들이 합의금을 챙겨서 사라지기도 합니다. 결국 피해 여성은 가해자를 벌주지도 못하고 병원비도 못 받게 됩니다. 조손 가정인 경우 연세 드셔서 판단력이 떨어지신 조부모님이 협박에 못 이겨 헐값에 합의해주기도 합니다.

상상 외로 이 단계에서 안타까운 일이 많이 일어납니다. 솔직히 말해서, 피해자인 내 쪽의 가족과 친지들도 너무 믿어서는 안 됩니다. 괴로운 일이 한두 가지가 아니어서 정신없겠지만, 강해지셔야 합니다. 자신의 사건은 자신이 끝까지 챙기십시오. 친아버지도 피해 여성인 본인의 분노를 완전히 이해하지 못합니다. 감히 '내' 딸을 건드렸어, 하는 소유권 주장 식의 반응을 보이는 분들이 많습니다. 이런 고소 사건 끝난 후에 가족과 절연하는 피해 여성들이 많은 이유가 여기에 있습니다.

반면, 혹시나 지인이 성폭력 가해자가 되어 중재역을 맡게 되면 이 사실을 명심하십시오. 나의 지인이 하는 말을 다 믿어서는 안 됩니다. 피해 여성이 고소를 결심할 정도라면 심각한 일이 발생하기는 한 것입니다. 지인은 불리한 것은 말하지 않고 있을 확률이 높습니다. 겨우 여성의 어깨 두드린 정도라면 경찰에서 사건 접수조차 안 해줍니다. 또, 자신이 잘못한 일도 아닌데 지인을 대신해서 어린 여자 앞에서 고개 숙이고 비는 것이 자존심 상한다면 중재역을 맡아서는 안 됩니다. 지인을 위해서 손금이 닳도록 빌 각오를 하고 합의 장소에 나가야 합니다. 그거 못해서 피해자들에게 큰소리치면 일을 망칩니다. 제 사건의 경우, 애초에 최 씨가 잘못하기는 했지만 합의가 불가능할 정도로 사건을 크게 만든 것은 부인 정 씨와 직원 G, 최 씨의 큰형이었거든요.

아, 일을 망친 최 씨 지인이 더 있습니다. 최 씨의 고향 선배가 9월 23일 오전 9시에 협박 전화를 걸었더군요. 건들거리는 말투로 잘 살고 있냐, 며 제 안부를 묻고는 가족 안부를 돌아가며 다 묻더군요. 예의바른 저도 그의 가족 안부를 물어봐주고 싶었는데, 그는 "착하게 살아라, 그렇지 않으면 내 사무실에 끌려와 당하는 수가 있다"고 말하고 일방적으로 전화를 끊었습니다. 이어서 몇 분 간격으로 다른 네 명도 똑같은 전화를 받았습니다. 발신지는 개인 전화가 아니라 공중전화 02-356-9036번이었습니다. 추적을 피하기 위해 공중전화로 협박한 것입니다. 아마 그 고향 형님, 조폭 영화 좀 봤나봅니다.

부인에 직원 G에 큰형, 친한 고향 선배까지, 최 씨 쪽에는 어쩌면 이리도 현실을 냉정히 보지 못하는 한심한 인간들만 모여 있었는지요. 자신의 무덤을 판 것은 최 씨 본인이었지만, 그 무덤에 흙 한 삽씩 더해서 최 씨를 완전히 매장해준 사람들은 최 씨 가족과 지인들이었습니다. 저희는 고소 후 최 씨 측이 협박할 때마다 녹취해서 계속 제출했는데, 이 증거들은 판사의 실형 선고에 큰 역할을 했거든요. 혹시 이 글을 읽는 중년 남성분들이 있으시다면 여기서 교훈을 하나 얻어가시기 바랍니다. 주변에 페미니즘에 관심 많고 의식이 깨인 지인이 한 분 정도는 있어야 그동안 살면서 영향받은 폭력적 남성문화에서 벗어나 평탄한 후반기 인생을 보낼 수 있습니다. 사건 예방이든 사후 수습 단계에서든.

합의를 한다면 주의할 점

성폭력으로 고소당하면 가해자는 무죄를 주장한다. 성폭력은 사건의 성격상, 둘만 있는 공간에서 목격자 없이 발생하기 때문이다. 그러나 무죄를 주장할 수 없는 경우가 있다. 현행범으로 체포되거나 녹취, 영상, DNA 등의 확실한 증거가 있는 경우다. 혹은 우리처럼 가해자가 죄를 인정한 문서나 녹취, 영상이 있는 경우도 그렇다. 이 경우 가해자는 합의를 해서 보다 가벼운 벌을 받으려 하는 전략을 택한다. 처벌 수위를 결정할 때 과거에 비슷한 전과가 있었는가, 범행의 경위가 어떠했는가, 피해를 얼마나 입혔는가, 가해자는 지금 어떤 상황에 처해 있는가 등과 함께 합의를 했는가를 중요하게 보기 때문이다.

검사에게는 기소를 하지 않을 권한이 있다. 불기소처분과 기소유예다. 기소유예란 죄는 인정되지만 양형의 조건을 참작해 피의자를 재판에 넘기지 않고 사건을 종결시키는 것을 말한다.

제51조(양형의 조건) 형을 정함에 있어서는 다음 사항을 참작하여야 한다.

1. 범인의 연령, 성행, 지능과 환경
2. 피해자에 대한 관계
3. 범행의 동기, 수단과 결과
4. 범행 후의 정황

위를 자세히 풀어보면, 가해자의 나이가 어리거나 고령이거나 초범이면, 우발적 사건이거나 범행이 경미하면, 초기에 자백하거나 깊이 반성한다면, 기소될 경우 가해자 측에 생계나 경력상 문제가 발생한다면 봐준다는 뜻이다. 또 피해자와 합의해서 피해 회복이 되었다면 봐준다. 그래서 가해자 쪽에서는 피해자의 합의를 원하며 '처벌을 원치 않는다'는 내용을 담은 합의서를 작성하도록 피해자를 협박한다. 합의는 검사의 기소유예 처분에 중요한 판단 요소가 될 뿐만 아니라 기소되어 재판정에 선 후에 판사가 처벌 수위를 결정하는 데 있어서도 중요한 판단 요소이기 때문이다.

이런 이유로 가해자 쪽에서는 기소나 벌을 피하기 위해 발악을 하니 미리 알고 대처해야 한다. 동정심을 사기 위해 노모나 부인을 시켜 사과하기도 한다. 마음 약해질 필요 없다. 피해자의 학교나 직장으로 찾아와 협박하기도 하니 절대 연락처와 신상정보를 주지 말도록 하자. 연락이 오더라도 돈 관련한 말은 먼저 꺼내지 말아야 한다. 얼마를 원하느냐는 말에 금액을 불러서도 안 된다. 녹취 될 것을 예상하고 늘 조심하자. 학교나 직장 등 가해자와 공통으로 아는 지인이 많을 경우 무마조가 숨어 있을지도 모른다. 가해자가 없는 자리에서도 말조심하자.

가해자와 피해자가 한자리에서 얼굴을 맞대고 무난히 합의하는 것은 불가능하다. 대리인끼리 만나는 것이 좋지만 대리인으로 나선 가족이나 지인들이 감정적으로 대해서 일을 더 크게 만드는 경우가 많다. 변호사를 통해 연락과 협상을 하는 것이 가장 좋다. 이미 받은 피해만도 끔찍하다. 어떤 방식이든 피해자가 받을 2차 피해를 막는 방법으로 가야 한다.

꽃뱀 운운하는 것이 듣기 싫어서 진정한 사과만을 원하고 돈을 안 받을 필요는 없다. 어차피 피해 회복은 돈으로 될 수밖에 없다. 현실적으로 시간을 되돌려 피해를 아예 없는 것으로 만들 수도 없지 않은가. 그럼 여기서 합의금 산정 기준을 알아보자. 합의금 액수는 피해자가 부르는 대로가 아니다. 합의가 되어 가해자에게 돌아갈 이익을 따져서 결정된다. 가벼운 성추행의 경우 보통 500만 원 근처다. 성기 결합까지 행한 위중한 성폭력은 500~2000만 원 정도이다. 피해자 측의 협상력에 따라 조금씩 다르지만 대개 5000만 원을 넘기는 힘들다.

합의한 후 돌변하여 협박하고 2차 가해에 나서는 경우도 있다. 그러면 합의하고도 고소할 수 있다. 이 경우까지 예상해서 고소 이전에 합의서를 작성할 경우 꼼꼼하게 검토하자. '합의 후 피해자가 형사 고소를 하는 경우에는 지급한 합의금을 무효화하고 반환한다'라는 조항을 넣는 가해자도 있다. 그런 구절을 합의서에서 발견하면 '합의 후 2차 가해를 할 경우 합의를 무효로 돌리고 고소할 수 있다'라는 조항을 넣어버려라. 할 수 있는 것은 다 하자.

수사관의 추궁에 과민하게 반응할 필요 없다

8월 17일 경찰서 민원실 고소 접수 당시 간단한 조사를 받았지만 그건 이 고소장을 접수할까 말까를 알아보는 정도입니다. 본격적인 조사는 후에 시작합니다. 고소 들어왔다고 경찰이 당장 가해자를 잡아 조사하지는 않습니다. 경찰은 피해자를 먼저 불러 진술조사를 합니다. 어떤 피해를, 누구에게, 어느 정도로, 어디에서 입었는지 등등을 질문하여 수사에 필요한 정보를 얻어냅니다. 저희 역시 정해진 날에 서부경찰서 강력1팀 사무실로 가서 피해자 조사를 받았습니다. 제가 대표 고소인이어서 제일 먼저 조사받았습니다. 기존 정보가 없는 상태에서 1번으로 조사를 받았기에 조금 긴장했었죠. 저에 이어 다른 분들도 차례차례 조사를 받았습니다.

조사는 호출 전화를 받고 지정 날짜에 경찰서에 방문하여 받게 됩니다. 조사 일정이 맞지 않으면 통화할 때 수사관에게 말해 조정하면 됩니다. 단, 일정을 늦추면 송치, 기소, 재판까지 일련의 일정이 다 늦춰지기 마련입니다. 담당 수사관은 여러 사건들을 동시에 조사하고 있어서 특정 사건 하나에만 수사 일정을 맞출 수 없기 때문입니다. 하루 늦춰달라고 부탁했는데 다른 사건 조사 일정에 밀려 일주일 뒤로 조사 날짜가 잡힐 수 있습니다. 저희는 어서 재판 끝내고 일상으로 돌아가고 싶어서 최대한 빨리 진행했습니다. 그래도 고소인이 5인이었기에 피해자 조사에만 거의 2개월 정도 걸렸습니다.

이 단계의 조사를 한번 끝내고 나면 경찰은 가해자, 아니 이제 고소를 당했으니 피의자를 불러서 심문조사를 합니다. 앞서 조사한 고소인의 진술에 의거하여 담당 수사관은 이런 고소가 들어왔는데 범행을 인정하는지, 범행 경위는 어땠는지 등등을 피의자에게 묻습니다. 이 부분은 최 씨가 받은 조사라 제가 자세히 아는 바가 없습니다. 나중에 수사관에게 들은 바로는 억울하다고 박박 우겼다고 합니다. 이어서 제3자 조사를 합니다. 앞의 조사 결과를 바탕으로 목격자나 참고인을 불러 사실관계 진위

여부를 조사하는 것입니다. 제 사건의 경우 최 씨 각서에 증인 날인을 해주었던 F가 참고인으로 불려가 조사를 받았습니다.

그러고 나면 피해자와 피의자 대질신문을 합니다. 저희는 10월 13일에 최 씨와 함께 첫 대질신문을 받았습니다. 5명이 1명을 고소한 사건입니다. 저희 5명은 최 씨를 교대로 상대하며 조사를 받지만 최 씨는 하루 종일 새롭게 분노한 새로운 상대 5명을 혼자서 대하는 거죠. 그는 시간이 흘러갈수록 지친 티가 역력하더군요. 갈수록 늙고 못생겨졌습니다. 저런 저질 체력으로 뭘 믿고 한참 연하인 젊은 여성들을 꼬셔보겠다고 덤벼댔는지, 원.

저희는 자기 조사가 끝나더라도 곧바로 귀가하지 않았습니다. 휴게 공간이 있는 경찰서 마당에서 종일 함께 대기하며 마지막 사람의 조사가 끝날 때까지 응원했습니다. 쉬는 시간에는 정보를 공유하고 서로 격려했습니다. 자매애를 배운 뜨거운 연대의 시간들이었죠. 한편, 최 씨 수발드는 남성들도 한쪽에 모여 연대하고 있었습니다. 그룹 이름을 지어준다면 '연쇄성폭력범 앤드 개저씨즈'라고나 할까요. 이들은 이따금 한 명씩 저희 쪽으로 와서 협박을 했습니다. 그때마다 저희는 "새로운 증거를 주셔서 감사합니다"라며 핸드폰을 들이대고 티 나게 녹취했습니다. 그래도 멈추지 않더군요. 본인들 말 그대로 '남자가 이 정도 성폭력 저지르는 것은 죄도 아니다. 경찰도, 법도 남자들 편이며 우리들이 정의다'라고 진실로 믿고 있는 것 같았습니다. 게다가 중재역을 맡은 자기도 힘들다는 하소연을 피해자들 앞에서 왜 하는지요? 어떤 상황이든 '여자는 남자인 자신을 위로해줘야 하는 의무가 있다'라고 생각하는 것 같기도 했습니다. 어쩌면 최 씨 핑계로 젊은 여성들에게 말 걸고 관심받는 것을 즐기는 것 같기도 했습니다. 다들 어느 왕조의 마지막 왕 같더군요. 묘호는 관종.

대질신문 결과를 취합해보니, 최 씨는 피해자 세 명의 경우는 있었던 일을 인정했지만 두 명과 있었던 일은 전면 부인했습니다. 늦게 참여한 전 직원 E의 피해 건은 당당히 부인했습니다. 능력 부족으로 해고당해 앙심을 품고 있던 차에 대표 고소인인 저에게 매수당해 거짓말을 하는 것이라고 주장했습니다. 각서 받을 때 참여하지 못해 증거가 없는 사실을 노린 것이죠. 5인 중 가장 심한 피해 사례인 강간미수 건은 강력히 부인했습니다. 자취하는 분의 집에 찾아가 강간하려 들었으나 미수로 끝난 사건이었습니다. 이분은 각서 받을 때 참여는 했지만 진술서에 강간미수 건을 써넣지는 않았었죠. 고소하기로 결심하면서야 강간미수 건을 저희에게 말해주었습니다. 결국, 본인의 말 이외에는 아무 증거가 없는 셈이었습니다. 이를 간파한 최 씨는 나름 머리를 썼습니다. 본인이 작성한 각서에 기록이 남은 건만, 고소된 건 중 비교적 가벼운 건만 인정했습니다. 아마 그 각서가 없었다면 다른 3인의 피해 건도 부인했겠죠.

각서 증거가 있는 피해자 3인의 경우에도 최 씨는 반은 부인을 했습니다. 신체 접촉이 있었던 것은 사실이지만 강제성이 없었으며 여직원들이 원해서 그랬다고 주장했습니다. 원래 사귀던 사이였으니 자신은 무죄라고 소리쳤습니다. 열린 공간에 테이블이 줄줄이 있는 교무실 같은 경찰서 사무실에서 조사받았기에 그 자리에는 늘 많은 사람들이 있었습니다. 여자들이 모두 내게 반해 있었기에 만져주니 좋아했는데 고소당해서 억울하다고 최 씨가 소리치자 사무실에 있던 사람들이 빵빵 터졌습니다. 모든 것이 다 제가 최 씨를 너무도 사랑한 나머지 부인과 이혼시키고 최 씨를 차지하기 위해 꾸민 일이라고 합니다. 이쯤 되자 사무실 여기저기에서 욕설이 날아왔습니다. 최 씨는 사람들이 무시하는 분위기를 눈치 채고 나중에는 얼굴이 새빨개져서 씩씩대더군요. 아아, 독자 여러분, 남자는 와인이고 미중년이고 나의 아저씨 어쩌고 하는 말들이 이렇게나 위험합니다.

다른 분의 조사 경험을 듣다가 새롭게 안 사실이 있습니다. 최 씨는 자신이 강간할 수조차 없었다는 증거로 비뇨기과 기록을 제출했다네요. 강간미수 사건이 벌어진 즈음에 정관수술과 성기에 보형물(구슬이라네요)을 넣는 수술을 했기에 절대 성관계가 불가능한 상황이라는 진단서를 받아왔답니다. 기가 막혔습니다. 이건 그가 준비된 범죄자란 사실 아닙니까? 이미 다 큰 아들 형제를 둔 사십 대 중반의 남자가 이제 와서 불임수술을 할 일이 뭐가 있겠습니까? 하려면 둘째 아기 낳자마자 했겠지요. 부인 못생겨서 섹스리스가 되었다고 여직원들 앞에서 외롭다고 떠들어대던 사람이 왜 쓸 일도 없는 성기에 돈을 들였답니까? 아주 맘 놓고 성범죄 저지르려고 정관수술을 하고, 젊은 여성들 상대할 자신이 없어서 성기 튜닝까지 했군요. 용 되고 싶은 이무기입니까? 구슬은 왜 모았답니까? 강간미수도 발기가 안 되어서 못한 것이었다니, 구슬 있어도 무용지물. 아아, 법정물이 될 줄 알았던 이 글의 장르는 이렇게 코믹에로물로 변하는군요.

구슬을 가진 자, 준비된 연쇄성폭력범 최 씨는 쉬는 시간에는 담배를 물고 저희가 있는 곳으로 왔습니다. '각자 죄에 따른 벌을 받자. 재판까지 가면 나의 결백이 풀리고 너희는 꽃뱀으로 처벌받을 것이다!'라고 담배 연기와 함께 침을 토하며 웅변했습니다. 말도 침도, 정말 더러웠습니다. 저희는 녹취해서 또 제출했습니다. 겁먹어 합의하게 만들려고 하는 짓입니다만, 저희를 꽃뱀이라며 맞고소하겠다고 협박하는 데에는 합의할 마음이 사라졌습니다. 이거 너무 이상하지 않습니까? 교통사고를 냈다면 가해자가 피해자에게 고개 숙여 빕니다. 모든 범죄가 거의 다 그렇지 않습니까? 그렇습니다. 가해자가 피해자에게 큰소리칠 수 있는 범죄, 그래도 세상이 가해자인 자신을 지지해줄 것이라고 믿는 범죄, 여기에 성폭력 범죄의 큰 특징이 있습니다. 성폭력 범죄는 현실의 젠더 권력 관계를 반영하는 범죄이니까요.

조사는 피해자가 제출한 고소장과 진술서, 증거 자료 등을 보고 형사가 구성한 질문지에 답하는 식으로 진행됩니다. 대질신문은 상대가 주장한 바에 반박하는 방식입니다. 담당 수사관인 형사 앞에 앉아서 각각 서로의 주장에 반박하는 발언을 하는 것이지요. 형사는 이 답변을 조서에 입력한 후 출력해서 확인하게 합니다. 읽고 정정할 부분이 있으면 수정을 요구합니다. 두 조사 모두 기록된 내용을 인정하는 서명을 하고 날인을 하면 끝납니다. 이때, 생각나는 대로 그때그때 답변하지 마십시오. 이 기록은 영원히 남아서 검사 사무실까지, 재판정까지 갑니다. 조사는 한 차례로 끝나는 것이 아닙니다. 피해자와 피의자의 주장이 너무 다르면 추가 조사가 필요하게 됩니다. 그러면 또 불려가서 조사를 받습니다. 경찰 조사가 끝나 검찰로 송치되면 이번에는 검사 사무실에 불려가서 또 처음부터 조사를 받습니다. 그런데 그때그때 조사할 때마다 다르게 답하면 불리해집니다. 검사의 기소 여부 판단과 판사의 판결에 영향을 미치는 것은 물론, 그때그때

조서에 다 기록이 남아 상대 변호사에게 허점을 공격당하게 됩니다. 재판정까지 일관되게 진술하는 것이 매우 중요합니다.

이때 조사받는 과정에서 수사관과 검사의 추궁에 과민하게 반응할 필요 없습니다. 원래 담당 수사관인 형사는 양쪽 모두 거짓말을 할 수 있다는 전제를 깔고 조사를 진행합니다. 피해자 진술조사 때에는 가해자, 즉 피의자가 말한 내용을 질문으로 던지며 조서를 작성합니다. 이것은 서로 주장이 다르니 상대의 주장을 물어보는 것뿐입니다. 피의자도 이런 방식으로 일방적으로 피해자가 한 주장에 답하는 조사를 받습니다. 왜 가해자 편들어 가해자의 입장에서만 물어보냐고, 편파수사 아니냐고 걱정하지 않아도 됩니다. 저는 이 사실을 모르고 수사받다가 형사에게 무진장 화를 냈습니다. 왜 남자 편드냐고, 같은 남자라고 남자의 입장에서만 생각하냐고요. 그러자 먼 산 바라보고 한숨 쉰 후, 말해주더군요. 그게 아니라 단지 그쪽 주장을 확인하는 것이라고요. 더해서 좋은 팁까지 주었습니다. 검사 앞에 가서도 이런 식의 질문을 똑같이 받게 되니 그때에 대비해서 지금 유리하게 정확하게 말하는 방법을 한번 연습해 간다고 생각하라고요.

그렇습니다. 솔직히 남자 경찰, 남자 검사, 남자 판사… 모두들 젠더 감수성이 많이 부족합니다. 기본적으로는 정의롭고 선량해도, 무지해서 피해 여성들에게 상처 주는 말을 하기도 합니다. 그러나 '왜 거기 갔나? 왜 더 강하게 저항 안 했나? 왜 다음 날 출근했나?' 등등 '왜?'로 시작하는 말은 단지 조서를 작성하기 위해 가해자 쪽 주장을 물어보는 것뿐입니다. 너무 민감하게 반응해서 에너지를 낭비하지 마십시오. 반박 잘해서 유리한 기록을 조서에 남기면 됩니다. 아하, 검사 사무실과 재판정에서도 이런 질문을 받겠구나, 하고 일관성 있게 잘 답변하면 됩니다. 결코 경찰과 검찰이 가해자 남성 편을 들고 있는 것이 아닙니다. 물론 같은 말이라도 "그러게, 왜 술은 마셨어요? 그러니까 당했죠" 이따위로 피해자 탓하는 말을 하면 정식으로 항의하고 민원 넣어서 담당 수사관 교체를 요구해야 합니다. 변호사와 상의해서 공동대응해야 합니다. 그 외에는 너무 과민하게 반응하지 마시고 에너지를 아끼십시오. 갈 길이 멉니다.

저는 대질신문 받는 내내 최 씨와 싸우고 화내며 폭포처럼, 화산처럼 말을 쏟아냈습니다. 그러나 허무하게도, 막상 출력된 조서를 읽어보니 몇 장 안 되더군요. 그럴 줄 알았으면 제 에너지를 아껴서 필요한 말만 할걸 그랬습니다. 최 씨가 도발하는 말은 다 무시하고 수사관이 묻는 말에만 짧게 정확히 할걸 그랬습니다. 그날 대질신문 마친 후 몸살로 앓아눕기까지 했거든요. 그때는 자신을 보호하며 싸우는 기술이 부족했습니다. 연쇄성폭력마는 이미 완성되어 제 눈앞에 있었지만 저는 아직 연쇄싸움마로 진화하지 못한 상황이었죠. 그러나 점점 저는 달라지게 됩니다. 포켓몬만 진화하는 것이 아니거든요.

앞서 썼듯 저희는 다양한 경로로 고소미를 먹였습니다. 그러다보니 다양한 곳에 불려가 조사를 받고 여러 번이나 최 씨와 한자리에서 얼굴을 보며 조사를 받아야 하더군요. 복수를 위해서였지만 저희들도 괴로운 상황이 자꾸 생겼습니다. 서부경찰서에서 대질신문 받고 겨우 일주일 지난 10월 19일에는 노동위 대질조사를 받았습니다. 전에 부당해고 건을 고발하고 못 받은 임금을 요청한 적이 있었죠. 문제의 녹취록 때문에 부당해고는 인정받지 못했지만 밀린 임금은 받아냈습니다. 사무관의 지시에 최 씨는 마지못해 지불하겠다는 문서에 서명했습니다. 돈 주기가 아까웠던지 그는 소리를 질렀습니다. "야, 니네는 돈 벌기 쉽구나. 이 돈벌레들아!" 이때 뜻밖에, 제가 맞받아 더 크게 소리를 지르더군요. "야, 이 발정 난 수캐야!" 사무실 모든 사람들의 시선이 최 씨에게 꽂혔습니다. 그는 빨개져서 고개를 숙였습니다. 아아, 이렇게 저는 저의 숨겨진 재능을 발견하게 됩니다. 저에게는 쌈닭 기질이 있었습니다. 이때부터 포텐 터진 저는 여러 번 대질신문을 받을 때마다 신나게 최 씨를 제압합니다. 구경하는 형사들은 매우 즐거워하며 제가 조사받으러 가면 의자를 빼주고 믹스 커피를 타주었습니다. 이 지면을 빌어 당시 서울서부경찰서 강력1팀 형사님들께 감사드립니다.

고소할 때에 이미 고소장과 함께 증거를 제출합니다. 그러나 진술서 작성이나 증거 확보 작업이 그 단계에서 끝나는 것은 아닙니다. 조사받으면서 상대방이 새로운 거짓 주장을 하고 증거를 내면 거기에 반박하는 진술서를 새롭게 쓰고 증거를 또 모아서 내야 합니다. 변호사도 그때그때 새로 준비해올 것을 숙제처럼 내줍니다. 예를 하나 들까요. 최 씨는 제가 자기를 너무도 좋아해서 선물까지 주었다고 주장하더군요. 최 씨에게 선물을 준 것은 사실입니다. 그런데 개인적인 선물이 아니라 휴가 때 해외여행 다녀와서 돌린 기념품이었습니다. 최 씨는 그것을 사적인 남녀 사이의 선물이라 주장하더군요. 참 나, 여직원이든 남직원이든 모두 면세점에서 사온 같은 립스틱 돌렸는데 그게 왜 남성에 대한 애정 표현이 될까요? 부인 안 주고 자기가 발랐나요? 최 씨의 주장을 반박하기 위해 여권의 출입국 기록 복사본, 몇 년 동안 직장에 돌린 선물 목록, 각 직장에서 의례적인 해외여행 기념 선물을 받은 직원들의 자필 진술서를 제출했습니다. 그 반박 증거를 모으느라 이전 직장을 다 방문하여 전 직원분들에게 굳이 알리고 싶지 않은 성폭력 경험을 털어놓고 협조를 구해야 했습니다.

점점 지쳐갑니다. 일이 끝이 없습니다. 문제는 그쪽도 부지런히 일을 한다는 거죠. 최 씨는 자신이 성폭력을 했을 리가 없다고 주장하는 다른 사람들의 진술서, 탄원서를 모아서 계속 제출했습니다. 이때 최 씨를 옹호하고 피해 여직원들을 비방하는 허위 진술서를 써주는 사람들이 많았습니다. 여기에 언급된 사실도 다 반박하고 증거를 모아 제출했습니다.

그러니까, 일단 고소를 하고 나면 계속 이런 일을 처리하며 버티는 겁니다. 재판받고 결과 나올 때까지요. 저도 인간입니다. 계속 자신을 비방하는 말을 듣고 그 사실을 문서로 접하며 반박하느라 곱씹어보는 일을 되풀이하면 심신이 피폐해집니다. 그냥 살기가 싫어집니다. 혼자 집에 있으면 벽에서 저를 비난하는 말이 마구 쏟아지더라고요. 화장실 문 잠그고 나서 못 열고 나오는 일이 자꾸 생겼습니다. 혼자 있기가 무서워 피해자들을 만나 밥 먹고 술 마시고 일부러 자꾸 웃고 떠들었습니다. 아마, 저희의 이런 모습을 최 씨 일당들이 봤으면 피해자답지 못한 모습이라며 동영상 찍어서 꽃뱀이란 증거로 제출했겠지요. 2018년 미투 운동이 진행되면서, 이렇게 살아보려고 노력하는 모습을 보고 피해자답지 못하다고 비방하는 댓글이 많이 달린 것을 보고 마음이 아팠습니다. 그때 기억이 다시 살아나서 이 원고를 쓰면서 좀 힘들더군요.

자, 다시 조사받는 이야기입니다. 고소 후 조사는 '피해자, 피의자, 참고인, 대질신문' 이 순서 한 차례로 끝나는 것이 아닙니다. 피해자와 피의자의 주장이 너무 다르면 추가 조사가 필요하게 됩니다. 그러면 또 불려가서 조사를 받습니다. 경찰 조사가 끝나 검찰로 송치되면 이번에는 검사 사무실에 불려가서 또 처음부터 조사를 받습니다. 그러니, 1심 재판 날이 잡힐 때까지 반년 정도는 모든 스케줄을 여기에 맞추어야 합니다. 스트레스도 이만저만 받는 것이 아닙니다. 너무 힘들어서 몇 번이나 합의해 주고 빨리 끝내고 싶었습니다. 그러나, 그때마다 '연쇄성폭력범 앤드 개저씨즈'의 협박 때문에 다시금 전의를 불사르게 되더라고요.

이렇게 버티며 저희는 오직 한 가지를 소망했습니다. 아무 일 없이 기소되어 송치되기를. 최 씨를 재판정에 세워 법의 심판을 받게 하기를.

진술 정확히 유리하게 하는 법

성폭력 사건은 피해자 진술의 일관성이 중요하다. 경찰, 검찰은 진술하는 말이 상식이나 일반적인 경험에 어긋나거나 당시의 상황을 객관적으로 설명하여 피해자의 주장을 뒷받침할 수 없을 경우 일관성이 없다고 본다.

경찰 조사를 받을 때는 있었던 사건을 객관적으로 정리하여 세부 내용을 자세히 진술하는 것이 진술의 신빙성을 높인다. 거짓말하는 사람은 대개 자신에게 불리한 것은 빼고 진술하기 마련이다. 가해자가 진술하지 않은 내용인데 피해자인 내가 조사 때 가서 자세히 신빙성 있게 진술하면 수사관이 다음번 조사 때 가해자에게 그 부분을 물어본다. 이때 허를 찔린 가해자는 당황해서 얼버무리거나 일관성 없는 진술을 하게 된다. 이게 기록에 남게 만들면 피해자인 내게 유리해진다.

진술의 일관성은 매우 중요하다. 특히 조사할 때마다 진술 내용이 달라지면 거의 기소가 되지 않는다고 봐야 한다. 그런데 경찰에 이어 검찰에서도 여러 번 조사를 받기에 같은 질문에 대한 답인데도 답변이 조금씩 달라질 수 있다. 아무리 내가 직접 겪은 충격적 사건이라도 시간이 흐르면 디테일은 잊힐 수도 있고 어떤 사항은 헷갈릴 수도 있다. 이럴 경우를 대비하자. 조사받으러 갈 때 가방에 메모지와 필기구를 넣어가라. 조사 중 쉬는 시간에, 그리고 조사 마치자마자 기억이 생생할 때 바로 메모를 해놓자. 무슨 질문을 들었는데 뭐라고 답했는지를. 메모할 여건이 안 되면 핸드폰에 녹음해놓고 나중에 상황을 정리해놓자. 형사는 다음 조사 때도 같은 질문을 한다. 말이 바뀌는지 확인하기 위해서다. 이때 말이 다르면 허위진술이라 판단 내린다. 추가 조사받으러 가면 처음 고소장과 진술서도 다시 보고 그전 조사 때 받은 질문과 진술한 답변을 기록해놓은 것도 확인하라. 중고교 시절 암기과목 공부하는 셈 쳐라. 같은 과목을 같은 시험 범위로 반년 동안 5~6번 구술 고사 본다고 생각하라.

우리처럼 피해자가 여러 명인 경우 더 조심해야 한다. 공통으로 겪은 사건에 대한 진술이 서로 다르면 안 된다. 조사받기 전에 미리 모여서 상황을 시간별로 정리한 표를 만들어 공유하자. 한 사람씩 조사받을 때마다 새로운 사항을 추가하자. 여러 명이 모였으니 당연히 조금씩 말이 다를 수 있다. 미리 디테일을 다듬어 입을 맞추어놓자.

특히 진술할 때 강조해야 할 것은 피해가 분명 있었고 그 피해가 막심하다는 것, 저항을 했다는 사실이다. 예를 들어 "피의자가 엉덩이를 만졌을 때 어떤 기분이 들었나요?"라고 물을 때 "그 정도는 혼잡한 지하철에서 있을 수 있는 일이니 참으려 했어요"와 같은 말은 할 필요가 없다. 이미 고소를 했다면 화가 나서 처벌하는 것이 목적이니 평소 자신의 인성대로 착하게 말할 필요 없다. 너무 기분 나쁘고 화가 났다는 점을 강조하라. "왜 처음 본 남자와 합석해서 술을 마셨어요?"라고 물을 때 "그게 뭐 어때요? 저는 자주 그래요"와 같은 답을 할 필요도 없다. 아무리 사실이라도, 보수적인 한국 남성들의 기준에 맞지 않는 말은 굳이 해서 기록에 남길 필요가 없다. 상대 변호사가 귀신같이 잡아서 공격한다.

조사 마치면 작성한 조서를 출력해서 검토하고 서명할 것을 요구받는다. 오래 조사받느라 피곤하겠지만 지쳐서 대강 보고 넘기지 말자. 꼼꼼히 검토해서 내가 한 말과 다른 부분을 체크하고 불리할 것 같은 부분이 타이핑되어 있으면 삭제하거나 수정할 것을 요구하자.

기억하자, 상대에게 유리한 정보를 절대로 기록으로 남겨주지 말아야 한다.

관객을 의식하며 싸워라

반가운 소식이 들렸습니다. 드디어 사건이 검찰로 송치되고 연쇄성추행범 최 씨는 구속되었답니다. 아호! 이때가 11월 18일경이었습니다. 정확한 날짜는 모릅니다. 최 씨의 사무실에서 근무하고 있던 동료들이 전해준 바로는, 최 씨가 11월 18일부터 출근하지 않았다고 합니다. 체포의 유형에는 3가지가 있습니다. 현행범으로 범행 현장에서 체포되는 것, 긴급 체포, 영장에 의한 체포입니다. 영장에 의한 체포는 피의자 조사를 마친 뒤 검사가 영장을 청구하고 판사가 발부하는 과정을 거칩니다. 아직 검찰 조사 시작 전이니, 최 씨는 긴급체포에 해당합니다.

조사 과정을 거치며 얻게 된 결과를 토대로 경찰은 피의자의 혐의 여부를 판단하여 검찰에 사건을 송치합니다. 이때 담당 수사관이 첨부한 의견에 따라 구속 여부가 결정되는 경우가 있는데, 저희 사건이 이런 경우였습니다. 경찰서에 와서 형사들 앞에서까지 피해자들을 협박하는 장면을 다 목격했으니 분명 저희 쪽에 유리한 의견을 덧붙여주었을 것입니다. 그러니 최 씨가 구속되었겠지요.

모든 사건의 기소 여부는 검사가 결정합니다. 검사 측에서는 고소인의 자료와 조서, 피의자 조서, 대질신문 조서, 증거 자료를 받아 검토합니다. 해당 사건 관련자들을 불러 추가적으로 더 조사합니다. 저희는 서울 마포구 공덕동에 위치한 서울서부지방검찰청으로 가서 또 조사를 받았습니다. 겨울날이었죠. 공덕역에서 내려 걸어서 서부지검으로 가는데 많이 추웠습니다. 그래서 기뻤습니다. 감옥에 갇힌 최 씨는 저희보다 더 추울 테니까요. 검사 사무실에서 새로 조사받았지만 대개 경찰 조사 단계의 질문과 같아서 전보다 노련하게 답했습니다. 저희는 계속 조사받고 서로 정보를 공유하며 대처했습니다.

검찰 수사도 끝났습니다. 이제 검사가 피의자를 재판에 회부하는 '기소' 결정을 내리거나, 아니면 피의자를 재판에 회부하지 않는 '불기소' 결정을 내릴 차례였습니다. 기소되면 검사가 원고가 되고 피해자는 증인이 되어 형사 재판이 시작됩니다. 저희는 피의자가 구속까지 된 중한 사건이니 당연히 아무 문제없을 줄 알았습니다. 그러나 기소는 절반의 성공이었습니다. 12월 7일, 저희는 2인 불기소처분 통지를 받았습니다. 나중에 합류한 E와 가장 큰 피해를 당한 분이 제외되었습니다. 충격이었습니다. 이유가 뭘까요? E는 물론 각서 증거가 없기 때문이었습니다. 다른 한 분의 경우는 강간미수라는 가장 큰 피해를 입었는데 왜 불기소처분이 내려진 걸까요? 자세히 알아보기 위해 '불기소 이유 통지문' 전문을 인용합니다. 개인정보는 전부 삭제했습니다.

(상략)

2. 성폭력범죄의처벌및피해자보호등에관한법률위반(업무상위력등에의한추행)의 점은

0 피의자는 위 고소인과 서로 좋아하는 감정으로 키스를 하고 가슴 등을 만지게 된 것일 뿐이지 업무상 위력으로써 추행한 것은 아니라고 주장하면서 피의 사실을 극구 부인

0 이에 반하여 위 고소인은 피의자가 업무상 위력으로써 추행하였다는 것이나 위 고소인의 진술에 의하더라도 위와 같이 추행당한 뒤 피의자와 함께 친구를 만나 고깃집에 가 술을 마셨고 공원에 가서 2시간 정도 이야기를 한 사실, 그전에도 피의자로부터 수 회에 걸쳐 강제추행 등을 당했다고 하면서도 아무런 조치를 취

하지 아니하였고 그 뒤 자취방에 다시 찾아온 피의자로 하여금 방 안으로 들어오게 한 사실 등이 인정되어 위 고소인의 진술만으로는 피의자가 업무상 위력으로써 위 고소인을 강제로 추행하였다고 단정하기 어려움

0 달리 이를 인정할 자료 없음

0 혐의 없음

3. 범죄사실 별지 6항 기재 강제추행의 점은

0 피의자는 위 일시는 추석 전날이어서 고향인 광주에 있었기 때문에 위 고소인을 추행한 사실이 없다고 주장하면서 피의 사실을 극구 부인

0 이에 반하는 위 고소인의 진술은 피의자가 가슴을 만지는 등 추행하였다는 것이나 위 제2항 등에서 보는 바와 같이 위 고소인의 진술을 그대로 믿기 어려운 점 등에 비추어 위 고소인의 진술만으로는 피의 사실을 인정하기 부족

0 달리 이를 인정할 자료 없음

0 혐의 없음

4. 강간미수의 점은

0 피의자는 위 고소인과 서로 좋아서 성관계를 맺으려고 하다가 그만둔 적이 있을 뿐이지 강제로 강간하려고 한 사실이 없다는 취지로 주장하면서 피의 사실을 극구 부인

0 이에 반하여 위 고소인은 피의자가 강제로 강간을 하려고 하였다는 것이나 위 고소인의 진술에 의하더라도 그 전에도 피의자로부터 수회에 걸쳐 강제추행 등을 당하였다고 하면서도 아무런 조치를 취하지 아니한 채 자취방으로 찾아온 피의자를 다시 안으로 들어오게 한 사실, 위와 같이 강간을 당할 뻔하였다고 하면서

도 곧바로 피의자와 함께 위 사무실에 출근을 한 사실, 피의자가 육체적으로 폭행, 협박을 하지는 않은 사실 등이 인정되어 위 고소인의 진술만으로는 피의자가 위 고소인에게 폭행 또는 협박하여 동녀의 반항을 현저히 곤란하게 할 정도에 이른 것이라고 보기 어려움

0 달리 이를 인정할 자료 없음

0 혐의 없음

이에 주문과 같이 결정함.

무고 판단 : 본건 고소는 사실오인으로 인한 것으로 그 무고 혐의 인정하기 어려움

불기소는 죄가 없다는 의미가 아닙니다. 법률에서 말하는 무죄는 범죄 사실을 증명할 수 없다(형사 소송법 제325조)는 의미입니다. 법률적으로는 '범죄를 구성하지 않는다'라고 말합니다. 범죄 구성요건에 해당하지 않거나 증거가 없어 증명이 되지 않을 때에는 불기소처분을 내립니다. 위의 통지문에서도 '위 고소인의 진술만으로는 피의 사실을 인정하기 부족', '달리 이를 인정할 자료 없음', 그래서 '혐의 없음'이라 서술하고 있습니다. 즉 혐의를 입증할 증거가 불충분하다는 뜻입니다.

이분의 경우 앞서 각서 받을 때 강간미수 건을 써넣지 않았기에 증거가 없는 셈입니다. 그렇다면 피해자 진술이 중요한데,

검찰은 진술에 일관성이 없다고 판단한 것입니다. '피의자로부터 수회에 걸쳐 강제추행 등을 당하였다고 하면서도 아무런 조치를 취하지 아니'했으며 '추행당한 뒤 피의자와 함께 친구를 만나 고깃집에 가 술을 마셨고 공원에 가서 2시간 정도 이야기를 한 사실', '피의자가 육체적으로 폭행, 협박을 하지는 않은 사실', '고소인의 진술을 그대로 믿기 어려운 점 등에 비추어 위 고소인의 진술만으로는 피의 사실을 인정하기 부족'하다는 판단을 내려 불기소처분을 내린 것입니다. 한마디로 '피해자답지 않은 피해자의 행실'을 보였다는 것이 이유였습니다.

현행법은 가해자의 폭행과 협박이 있어야 성폭행으로 인정합니다. 제297조 강간과 298조 강제추행 조항에는 '폭행 또는 협박으로'라는 대목이 들어갑니다. 이렇게 되면 구체적인 폭행, 협박 등 강제력을 동원했다는 입증을 피해자가 해야 하고 피해자는 저항을 해서 상해를 당해야만 합니다. 피해 후 가해자를 멀리하지 않거나 여전히 직장을 잘 다니거나 심신에 문제없이 남들이 보기에 멀쩡하게 일상생활을 해서는 안 됩니다. 이게 말이 됩니까? 피고용인 입장이어서 어쩔 수 없이 저항하지 못하고 예의바르게 행동한 것이 왜 피해자가 아니라는 증거가 됩니까? 왜 가해자에게 가해를 했냐고 묻지 않고 왜 피해자에게 저항을 안 했냐고 묻습니까?

피해망상 남성들이 성폭력 사건 기사에 마치 전통 민요 메들리마냥 꾸준히 되풀이해서 다는 댓글이 있습니다. 꽃뱀 타령과 무고 타령이죠. '여자가 지목만 하면 무조건 처벌받아 무고한 한 남자의 일생이 끝장난다'는 말들, 다 뻥입니다. 일반 범죄 사건의 기소율은 85%인데 성폭력 범죄는 절반 정도밖에 안 됩니다. 이게 현실입니다. 아무리 중한 피해를 입어도 증언에 빈틈이 있으면 그 사건은 기소되지 않습니다. 피해 여성의 지목과 증언만으로 남성이 처벌받아 일생을 망치는 일은 거의 없습니다. 오히려 범죄자가 증거 부족으로 기소되지 않고 무혐의를 받는 사례가 훨씬 많습니다. 그런데도 주위에 무고하게 성범죄자로 몰린 남성들이 많다면, 그것은 단지 성범죄자 남성이 주위 사람들에게 자신이 저지른 범죄를 사실대로 말하지 않았기 때문입니다. 저희에게 와서 자기 동생을 무고했다고 큰소리치며 합의를 강요하던 최 씨의 큰형을 떠올려보십시오.

2인 불기소 통지를 받은 후, 저희는 모였습니다. 술을 마셨습니다. 가장 중한 강간미수죄가 기소되지 않아서 속상했습니다. 피해자다운 피해자를 요구하는 세상에 화가 나서 참을 수 없었습니다. 제외되신 강간미수 피해자분은 분해서 눈물을 흘렸습니다. 저희는 서로 서로 위로하며 다가오는 재판을 준비했습니다.

해가 바뀌었습니다. 1월 ××일, 드디어 1심 재판 날이 되었습니다. 전날부터 흰 눈이 축복처럼 내려서 기분이 좋았습니다. 푸른 죄수복을 입고 밧줄에 묶여 법정에 등장하는 최 씨를 보니 더욱 기분이 좋아졌습니다. 방청석을 둘러보다, 최 씨의 80대 노부모님과 시선이 마주치니 그때는 좀 마음이 안됐더군요. 남부 지방에 폭설주의보가 내려 기차가 연착되었던데, 어떻게 오셨을까 하고 걱정되더라고요. 어머나, 아직도 저는 쓸데없이 착하군요.

재판이 시작되었습니다. 검사가 국가 입장에서 고소하는 형사 재판입니다. 저는 피해자이자 증인 자격으로 법정에 섰습니다. 선서를 하고 법정 증언을 시작했습니다. 최 씨 쪽 변호인이 공격을 했지만 경찰과 검찰 조사 때 여러 번 받았던 질문이었기에 마음의 여유를 가지고 답해주었습니다. 그러다 한번 흥분해버렸습니다. 최 씨의 변호사가 조서 뭉치를 들고 나와서 시비를 걸더군요. 경찰 조사 때에는 포옹하는 최 씨를 '밀었다'라고 진술했는데 왜 검찰 조사 때에는 '세게 밀었다'라고 진술했는가? 왜 말이 다른가? 밀었다고 저항한 것이 거짓 증언 아닌가? 저는 짜증이 나서 "타이핑하다가 '세게'를 빠뜨렸나보지요. 여하튼 밀었다고 쓰여져 있으면 된 거 아닙니까? 말장난하세요?" 하고 세차게 쏘아붙였습니다. 지나고 나서 생각해보니, 그럴 필요 없었습니다. 법정입니다. 판사가 나를 어떻게 보고 있는지를 의식하며 행동해야 합니다. 무대에서는 관객을 의식하여야 합니다. '피해자다운 피해자'는 없지만, 재판에 유리하다면 그들이 원하는 피해자의 모습을 보여줄 필요가 있습니다. 법관들도 사람입니다. '확증편향성'이란 말이 있죠. 사람은 자신의 평소 상식이나 신념에 어긋나는 정보는 잘 받아들이지 않습니다. 그러니 좀 더 불쌍하고 여린 피해자의 모습을 연기할 필요가 있습니다. 왜 저항을 안 했냐며 '피해자다운 피해자'를 따지는 것은 명백히 문제 있습니다. 그 부분은 재판에 이긴 다음에 법 개정 운동을 하든지 관련 기관에 기부금을 내서 바꿔가면 됩니다. 지금은 연기 좀 해줍시다.

이때 방청석에서 재판을 지켜보던 친오빠에 의하면, C의 발언이 인상 깊었다고 하더군요. 왜 고소를 했는가를 묻자 C는 '그냥 지나치면 또 다른 사람이 피해를 볼 것이기에 더 이상의 피해자를 막기 위해 용기를 내었나'라고 답했습니다. 저도 같은 질문을 받았는데 저는 '최 씨가 나와 불륜관계라고 하여 나의 명예를 지키기 위해 고소했다'라고 답했습니다. 지금 써놓고 보니 당시의 저는 참 웃겼네요. 국가에서 세금으로 죄지은 자를 재판하고 처벌하는 법정입니다. 공익을 위한 발언을 하는 편이 훨씬 유리합니다. 오빠의 관찰에 의하면, C의 답변에 방청석은 물론 판사까지 고개를 끄덕이는 분위기였다고 합니다. 필요하신 분은 참고하시기 바랍니다. 개인적 분노를 내세우지 마시고, 법정에서 법관이 좋아할 만한 발언을 차분하게 하세요. 냉정해집시다. 계산을 합시다. 어느 단계에서든 늘 관객을 의식하며 싸웁시다.

이렇게 3인이 차례차례 증인석을 거치고, 재판은 끝났습니다. 저희의 형사 재판 1심 판결문은 다음과 같았습니다. 결과가 어떻게 나왔을까요? 두구두구두구~.

서울서부지방법원

판결

사 건　20×× 고단22×× 강제추행
피고인　최×× (61××××-1××××××), ×××× 운영
주거 서울 ××구 ××동 ×××-× ××× 빌라
×동 ×××호
본적 서울 ××구 ××동 ×××-×
검 사　이××
변호인　변호사 강××
판결선고　20××. 1. 25.

주문

피고인을 징역 6월에 처한다.
이 판결선고 전 구금일수 67일을 위 형에 산입한다.

이유

범죄 사실

피고인은

1. 20××. 4. 10. 11:30경 서울 ××구 ××동 ××의 ×× 소재 피고인 운영의 ×××× 3층 복사실에서 복사를 하고 있는 위 ×× ××인 피해자 A(여, ××세)를 발견하고 순간적으로 욕정을 일으켜 뒤에서 위 피해자를 껴안고 손으로 유방을 만지면서 키스를 하여 위 피해자를 강제로 추행하고,

2. 같은 해 6. 10. 12:30경 위 ×××× 2층 사무실에서 피해자 B(여, ××세)가 혼자 있는 것을 발견하고 순간적으로 욕정을 일으켜 위 피해자를 강제로 끌어안고 "키스를 해달라. 면접 볼 때부터 좋았다, 너랑 키스하려고 담배도 안 피웠다. 애인이 되어다오" 라고 하여 위 피해자를 강제로 추행하고,

3. 같은 달 30. 22:00경 위 ×××× 2층 사무실에서 피해자 C(여, ××세)가 혼자 있는 것을 발견하고 순간적으로 욕정을 일으켜 위 피해자의 팔목을 잡아끌어 "참 몸매가 좋다, 평소에 한번 안아보고 싶었다"고 하면서 키스를 하여 위 피해자를 강제로 추행하고,

4. 같은 해 7. 3. 09:05경 위 ×××× 2층 사무실에서 위 피해자에게 "C의 애인이 되고 싶다, 나는 C를 보면 너무 행복하다, 사랑한다, 몇십 년 만에 처음 사랑을 느껴본다"고 하면서 뒤에서 위 피해자를 끌어안고, 이를 뿌리치고 도망가는 피해자를 붙잡아 키스를 하여 위 피해자를 강제로 추행하고,

5. 같은 달 4. 22:00경 위 ×××× 2층 사무실에서 집으로 귀가하려는 위 피해자를 발견하고 갑자기 성욕을 느껴 동녀의 팔을 잡고 안으로 잡아당기면서 "사랑하자, 더 있다 가라"고 하여 위 피해자를 강제로 추행하였다.

증거의 요지

1. 증인 A, B, C의 각 법정 진술
1. A, B, C에 대한 각 검찰 진술조서

법령의 적용
1. 범죄사실에 대한 해당법조
 형법 제298조
1. 경합범 가중
 형법 제37조 전단, 제38조 제1항 제2호, 제50조
1. 미결구금일수 산입
 형법 제57조
1. 양형의 이유
 피고인이 초범이고, 이 사건 추행의 정도가 그다지 중하지 아니하나, 피고인은 이 사건 재판과정에서 자신의 잘못을 반성하기는 커녕 이 사건 공소 사실 기재 행위는 피해자들이 자신에게 호감을 가지고 있었기 때문에 일어난 남녀 간의 자연스러운 애정행위에도 불구하고 피해자들이 불순한 목적으로 자신을 모함하고 있다고 주장함으로써 강제적으로 혹은 기습적으로 추행을 당한 피해자들로 하여금 다시 한번 심적 고통을 가하고 있으므로 이러한 점을 고려하여 징역형의 실형을 선고한다.

판사 이××

만세! 연쇄성추행범 최 씨는 징역 6개월 실형을 선고받았습니다!

판결 설명을 덧붙입니다. '피고인을 징역 6월에 처한다. 이 판

결선고 전 구금일수 67일을 위 형에 산입한다'라는 말은 최 씨가 징역 6개월 실형을 받았지만 11월 18일경에 구속되어 현재 감옥에 67일째 있기에 그 날짜를 더해서 6개월로 계산한다는 뜻입니다. 여기서 양형 이유를 다시 봐주십시오. '피고인이 초범이고, 이 사건 추행의 정도가 그다지 중하지 아니하나'라는 대목을 보면 마치 집행유예를 선고할 것 같습니다. 그러나 '재판과정에서 자신의 잘못을 반성하기는커녕' '피해자들이 불순한 목적으로 자신을 모함하고 있다고 주장함으로써 강제적으로 혹은 기습적으로 추행을 당한 피해자들로 하여금 다시 한번 심적 고통을 가하고 있으므로 이러한 점을 고려하여 징역형의 실형을 선고한다'를 보면 판사는 저희가 겪은 기본 성폭력 사실에 그동안 최 씨가 수사관 앞에서 저희를 꽃뱀이라고 모욕하고 합의하라고 협박했던 사실까지 더해서 선고했음을 알 수 있습니다. 기뻤습니다. 그동안 꼼꼼히 대처하고 증거 수집해서 제출했던 것이 다 결실을 거두었습니다. 그런데,

자식이 항소를 했더군요. 아아, 연쇄성폭력범이란… 정말 양심도 없습니다.

항소는 두 번째 재판을 청구하는 것을 말합니다. 1심 재판 결과가 나오고 나서 7일 내에 유죄 판결을 받은 그 법원에 가서 항소장을 제출하면 됩니다. 저희는 한번 더 재판정에 섰습니다.

3월 30일 항소심(2심) 결과가 나왔습니다. 1심 판결문과 같은 형식이니 지면 절약을 위해 필요한 부분만 인용하겠습니다.

주문

원심 판결을 파기한다.
피고인을 징역 6월에 처한다.
이 판결선고 전 구금일수 67일을 위 형에 산입한다.
다만, 이 판결 확정일부터 1년간 위 형의 집행을 유예한다.
(생략)

이유

나. 양형 부당 주장에 관한 판단

피고인이 자신이 지휘하던 직원들에 대하여 동시 또는 순차적으로 이 사건과 같은 범행을 저지른 점은 비난받아 마땅하나, 이 사건 각 추행의 정도가 비교적 가볍고, 피해자들에 대하여 일부 피해액이 공탁된 점, 피고인이 지금까지 별다른 전과 없이 살아온 자이고 구금 기간 동안 나름대로 깊이 반성하고 후회하고 있는 점을 비롯하여 이 사건 각 범행의 동기와 경위, 그 내용, 피해의 정도, 범행 후의 정황, 피고인의 연령, 성행, 환경 등 기록에 나타난 여러 가지 양형의 조건들을 참작하여 보면, 원심의 형량은 다소 무거워서 부당하다고 인정된다.

그렇습니다. 최 씨는 항소를 하여 '집행유예' 판결을 받아낸 것입니다. 1년간 집행이 유예된다는 것은 1년간 별다른 범죄를 또 저지르지 않는 한 6개월형을 받았어도 감옥에 갇히지 않는다는 뜻입니다. 그러나 최 씨는 전해 11월 18일경에 구속되어 집행유예로 풀려나는 3월 30일까지 약 130일, 이미 징역 6개월 중 4.5개월을 살았습니다. 추운 겨울을 국가 호텔에서 보내게 했기에 크게 화가 나지는 않았습니다. 화가 난 부분은 '이유' 부분의 '양형 부당 주장에 대한 판단'이었습니다. '각 추행의 정도가 비교적 가볍고'라니요? 가볍고 무거운 정도는 누가 정합니까? 듣는 피해자, 순간 화가 나더군요. 또 '피해자들에 대하여 일부 피해액이 공탁된 점, 피고인이 지금까지 별다른 전과 없이 살아온 자이고 구금 기간 동안 나름대로 깊이 반성하고 후회하고 있는 점'으로 참작해준다는 설명에도 분노가 치솟았습니다. 저희가 합의를 거부하자 최 씨 측 변호사는 피해자의 인적사항, 주소, 주민등록번호를 알아내어 피해자인 저희 동의 없이 세 사람 앞으로 500만 원씩 공탁한 적이 있습니다. 저희를 '돈벌레'라고 부르던 인간이 갑자기 이러는 것이 의아했는데 다 집행유예를 받아내려고 한 짓이었군요. 법적으로 피해자의 회복을 위해 노력했다는 증거를 남기는 겁니다. 가증스럽습니다. 거기에 최 씨는 구속된 후 매일매일 자필 반성문을 써서 제출했다고 합니다. 피해자인 저희가 아니라 판사에게요. 그렇다면 '깊이 반성하고 후회'하고 있는 것이 아니라 집행유예를 받아내려고 한 것이잖아요? 어이가 없습니다. 이런 이유로 형을 경감해주다니요.

최 씨는 상고하지 않았기에 4월 7일, 상고 기간 경과로 형이 확정되었습니다.

정리해볼까요. 8월 17일, 저희가 고소한 날짜입니다. 11월 18일 송치와 구속, 다음 해 1월 25일에 형사 재판 초심, 3월 30일 항소심, 4월 7일 상고 포기로 확정. 고소부터 8개월이 걸린 싸움이 일단락되었습니다. 긴 겨울이 지나고 진짜 봄이 온 것입니다. 그러나 과연? 풀려난 최 씨가 어떤 복수를 꾀하고 있을지 이때 저희는 미처 알지 못했습니다.

어느 정도는 복불복이다

본문에서 '확증편향성'을 말했다. 사람들은 자신의 신념에 반하는 정보는 잘 받아들이지 않고 신념을 뒷받침해주는 정보는 잘 받아들인다고. 법정에서 피해 여성의 심리를 잘 이해하는 법관을 만나느냐, 아니면 '피해자다운 피해자'를 요구하며 '왜 성적 자기결정권을 지켜서 저항하지 않았느냐?'는, 성적 자기결정권과 정조 구분도 못하는 법관을 만나느냐 하는 것은 솔직히 운이다. 복불복이다.

일반 사회의 상식보다는 법이, 일반 남성들의 인식보다는 법관의 인식이 조금 더 앞서가기는 하지만 만약을 대비해 재판정에서 연기를 좀 할 필요가 있다. 너무 씩씩하거나 히스테릭하게 보일 필요 없다. 일부러 등과 가슴이 파인 옷에 그물망 스타킹을 신고 법정에 나올 필요도 없다. 보수적인 남성이 원하는 '피해자다운 피해자'의 가련한 모습을 연출해주시라. 중요한 것은 이기는 것, 가해자가 중한 벌을 제대로 받게 해주는 것이다.

뮤지컬 영화 〈시카고〉를 추천한다. 〈시카고〉에서 변호사가 살인죄로 기소된 주인공에게 재판정에서 취해야 할 태도와 패션을 조언하는 부분을 눈여겨보시라. 본격 법정 드라마나 영화는 오히려 도움이 안 된다. 실제로는 드라마틱하게 법정에서 반박하며 치열한 논쟁을 벌이는 일은 없기 때문이다.

저항을 못하면 화간, 저항을 하면 꽃뱀

이제 민사 소송을 준비합니다. 형사, 민사 동시에 진행했어도 민사 고소 건은 형사 재판 결과가 나온 후에야 재판 날짜가 잡힙니다. 피해보상 여부와 금액을 형사 재판 결과를 보고 나서 결정하기 위해서 그렇습니다. 저희는 별로 걱정하지 않았습니다. 이미 유죄 선고를 받아냈으니 어려움 없이 피해보상 선고를 받아낼 재판이거든요. 집행유예이지만 6개월 실형이 나왔으니 말이죠. 최 씨가 어떻게 나오든, 위자료의 금액 차이만 있겠지요.

제출할 문서도 형사 재판 때 썼던 진술서와 증거를 재활용하면 됩니다. 덜 힘듭니다. 그래서 민사 재판까지 좀 쉬어보려나,

싶었는데 연쇄성폭력범이란 참 부지런도 하더군요. 최 씨는 감옥에서 나오자마자 저희를 고소했습니다. 죄목은 무고죄와 사기미수죄. 아니나 다를까, 그는 반성할 인간이 아닙니다. 혹시 이 책을 읽는 독자분들 중에 판사님들이 있다면, 반성하고 있다고 집행유예 판결 내리는 것에 대해 좀 더 신중하시길 부탁합니다. 판사님에게 매일매일 자필 반성문 써내는 것은 반성의 증거가 아닙니다. 저는 또 서울서부경찰서로 조사받으러 다녀야 했습니다. 감옥에서 삭아서 더 늙고 못생겨진 최 씨의 얼굴을 보며 대질신문을 받아야 했습니다. 눈썹은 왜 밀었는지, 원.

모나리자 최 씨는 저를 보자마자 꽃뱀이라고 욕했습니다. 여직원들이 갑자기 퇴사하고 자신이 구속당해서 회사 피해액이 1억 4천만 원이 넘는다면서 손해배상 청구를 하겠다며 협박했습니다. 담당 수사관은 어이없고 한심하지만 일단 접수되었으니 고소인의 주장을 확인하는 형식을 지킬 수밖에 없다고 저에게 양해를 구했습니다. 역시 기존 자료들을 재활용해서 제출했습니다. 제가 돈 내놓으라고 핸드폰으로 협박 전화를 여러 번 했다고 최 씨가 주장하여 통화내역 6개월치를 받아 제출한 것만 새로운 활동이었네요. 제가 최 씨에게 먼저 전화한 적이 한번도 없기에 협박 건은 쉽게 증명되었습니다. 그런데도 금방 탄로 날 거짓말을 하는 이유는 단지 한번 더 괴롭히기 위해서죠. 통신사

대리점에 통화내역 증명 떼러 가야 하고, 직원에게 이유 설명하려면 귀찮잖아요. 또다시 감정이 북받치잖아요. 이렇게 가해자는 자꾸 시간과 에너지가 필요한 일거리를 만들어 꼼꼼하게 괴롭히려 듭니다.

이 사건, '서울서부지검 20××년 형제264××호'는 9월 19일에 불기소처분을 받았습니다. 불기소 이유 통지문을 보니 "고소인이 여러 번 피의자들을 강제추행한 것을 인정하고 각서를 써준 점 및 달리 범죄 혐의를 입증할 자료가 없으므로 혐의 없어 불기소함이 옳다고 생각됨"이라고 적혀 있었습니다. 저희도 무고죄로 최 씨를 고소할까, 하다가 힘들고 지쳐서 포기했습니다. 그저 정든 서부경찰서를 오가며 정든 수사관님들이 저를 위로하며 타주는 믹스 커피만 잔뜩 마셨습니다. 이렇게 저는 꽃다운 한 시절을 아랫배에 차곡차곡 설탕을 저장하며 보냅니다.

설탕의 힘에도 불구하고, 저는 너무도 지쳤습니다. 최 씨는 목적을 달성했습니다. 피해자를 괴롭히고 지치게 만드는 것, 바로 그게 무고죄로 고소하는 가해자의 목적이지요. 사실 가해자들도 다 압니다. 무고죄로 고소해봤자 무혐의 나오고 기소도 안 된다는 것을. 그냥 피해 여성을 괴롭히려고 맞고소하는 겁니다. 저희가 고소당한 사건은 쉽게 끝났습니다. 이미 형사 재판 유죄 판결을 받아놓았기 때문이지요. 가해자 최 씨는 구속되는 바람에 저희가 고소한 사건과 자신의 무고 건을 동시에 진행하지 못했지요. 그러나 대부분의 뻔뻔한 가해자는 피해자가 고소하자마자 무고죄나 명예훼손 등으로 맞고소를 해서 동시에 조사와 재판을 진행시킵니다. 피해자를 두 배 세 배 힘들게 하려는 목적이죠. 성인들 간의 사건에서는 물론, 심지어 학교 측이 스쿨 미투 고발한 어린 학생들을 상대로 명예훼손 고소를 한다며 협박하기도 합니다. 심하죠.

그런데 이런 무고죄 맞고소는 굉장히 한국적인 현상이라고 합니다. 2018년 3월 12일 루스 핼퍼린-카다리 유엔 여성차별철폐위원회(CEDAW) 부의장이 〈국민일보〉와의 인터뷰에서 한 말입니다. 카다리 부의장은 "미투 운동 이후 무고나 명예훼손으로 고소하는 움직임이 늘어나는 모습은 한국의 독특한 현상"이라고 지적하고 있습니다. "이런 사례를 본 적이 없고 이게 얼마나 강력한 전략인지 정부가 인식하고 대응 방안을 마련해야 한다"며 한국 정부가 성폭력 실태 개선을 위한 의지를 갖고 있지 않다고 비판하고 있습니다. 미투 운동이 일어난 후 현재는 형사 조사와 재판이 끝날 때까지 성폭력 사건에 대한 피의자의 무고죄 접수를 안 받아주도록 정부가 조취를 취했습니다. 다행입니다.

저는 이렇게 팔자에 없는 꽃뱀 체험까지 하게 됩니다. 이미 유죄 판결을 받아낸 상태에서 편하게 조사받은 편이지만 역시 힘들고 괴롭더군요. 앞서 썼듯이, 이런 조사는 상대방이 하는 주장을 반박하는 방식으로 이루어집니다. 연쇄성폭력범 최 씨는 구슬을 가진 자답게 어찌나 주옥같은 말을 늘어놓던지, 일일이 듣고 반박하는 것이 고통스러웠습니다. 최 씨가 무고죄로 고소하면서 제가 꽃뱀인 증거라며 어떤 주옥같은 말을 했냐면요, 크게 두 가지였는데요.

첫째는 평소에 제가 야근을 많이 했다는 점이었습니다. 제가 가해자 최 씨를 좋아해서 호감을 사려고 열심히 일했다고 합니다. 사무실에 오래 같이 있고 싶어서 야근까지 마다 않고 열심히 했으니 저는 품행이 나쁜 여자라고 합니다. 오래 같은 공간에 있으면서 저를 만지게 유도했으니 성추행 원인 제공을 제가 했다고 합니다. 주옥같죠.

둘째는 사건이 일어난 후 제가 주도해서 각서를 받아내는 등 너무 대처를 잘했다는 점이었습니다. 보통 일반적인 여자라면 당황해서 제대로 대처를 못하거나 그냥 직장을 그만두기 마련인데 저는 너무도 침착하게 대처했으니 이건 준비된 꽃뱀, 상습 꽃뱀이라는 증거랍니다. 정말 주옥같죠. 그러면서 제가 스스로 제 자신을 '전과 3범 꽃뱀'이라고 소개했다고 말합니다. 아, 놀랍습니다. 말하기는커녕 저도 모르는 저의 전과를 최 씨는 어떻게 알았을까요? 이렇게 사건은 구슬을 가진 남자와 별을 가진 여자의 대결이 되어버립니다.

첫 번째 이유에 대해서는 할 말이 많으니 다음 장에서 이야기하겠습니다. 여기서는 두 번째 이유를 파고들게요. '너무 대처를 잘해서 꽃뱀'이라. 주옥같군요. 성폭력 피해 여성들이 고소를 해도 기소율이 50% 정도밖에 안 되고, 재판까지 가도 상대 가해자가 무죄 판결을 받는 가장 큰 이유는 '피해자다운 피해자'의 모습을 보이지 않았다는 것입니다. 그래서 저희 사건 때에도 가장 큰 피해를 입으신 분의 사건은 기소되지 않았지요. 2018년 8월 안희정 1심 재판 무죄 판결의 이유도 피해자인 김지은 비서가 '피해자다운 피해자'의 모습을 보이지 않았다는 것이었습니다. 왜 배울 만큼 배우고 멀쩡한 지적 능력을 가진 성인 여성이 제대로 거부의사를 밝히지 않았냐는 것이었습니다. 판사는 왜 직장을 그만두지도 않고 여전히 가해자를 존경으로 대했느냐라고 피해자에게 물었지요. 안희정 측은 이런 점을 근거로 '성폭행이 아니라 화간'이라고 주장했지요. 여기에 많은 남성들이 고개를 끄덕였습니다. 그렇다면, 반대로 했다면 김지은 비서는 피해자다운 피해자로 인정받았을까요?

2015년 메갈리아가 등장하고 2016년 강남역 살인 사건이 발생하기 전까지 한국 페미니즘은 없었다는 말이 많은데, 전혀 안 그랬습니다. 1987년 6월 항쟁 이후 노동운동과 통일운동이 불붙은 것은 한국사 교과서만 봐도 다들 아실 것입니다. 그 시절 여러 분야에서 민주화, 탈권위주의 운동이 일었습니다. 페미니즘 운동도 그중 하나입니다. 1990년대에 반성폭력 운동이 활발하게 일어나 성폭력특별법을 제정해냈지요. 대학가에서도 페미니즘 서클을 만들어 독서 토론을 하곤 했습니다. 특히 여자대학교에서는 따로 서클에 가입하지 않아도 평소 자연스레 페미니즘 서적을 읽고 토론하곤 했지요.

저는 여대 출신입니다. 김명순, 나혜석 등 여성 작가들의 작품을 읽고 페미니즘 비평을 배우던 국문과 출신입니다. 졸업 후에도 관심을 두고 페미니즘 책을 찾아 읽고 신문에서 반성폭력 운동 이슈를 확인했었죠. 덕분에 성폭력 사건 매뉴얼 같은 것이 제 머릿속에 있었습니다. 직장 성폭력 사건이 발생했을 때 피해자들을 모아 침착하게 대처할 수 있었습니다. 이렇게까지 할 필요는 없지 않느냐는 다른 분을 설득해서 최 씨로부터 범행을 시인하는 각서를 받아내고 동영상을 찍어두었습니다. 게다가 저는 최 씨가 성추행했을 때 바로 거부 의사와 퇴직 의사를 밝혔지요. 최 씨에게도, 다른 직원에게도. 이후 사무실에서 최 씨와 정 씨가 여직원들을 부당대우할 때에 여러 사람 보는 데에서 '너는 여직원이 다 너의 섹스 토이인 줄 아느냐!'라고 호통을 치기도 했습니다. 싸움닭 재능을 발견한 후에는 최 씨에게 '발정 난 수캐'라고 소리치기도 했죠. 즉, 김지은 비서의 언행을 반대로 한 것이 저입니다. 그래서 저는 피해자다운 피해자로 인정받았을까요? 아닙니다. 그랬더니 꽃뱀으로 고소당했지 않았습니까?

무고죄로 고소당하기 전에도 저는 가해자 최 씨와 부인 정 씨, 최 씨의 큰형, 최 씨 편들어주는 남직원과 온갖 개저씨들에게 '어떻게 피해당한 여자가 이렇게 침착하고 당차게 대응할 수 있냐, 보통 피해 여성들은 무기력하게 아무 대응 못하기 마련인데, 이렇게 노련한 것을 보니 상습적 꽃뱀이다' 이런 말을 듣곤 했습니다. 주옥 중의 주옥같죠. 그러니까, 피해 여성이 어떻게 반응하든 남자들이 말하는 '피해자다운 피해 여성' 따위는 될 수 없습니다. 사건 후 피해 여성이 어떻게 대처하든, 남성연대는 무조건 피해 여성에게서 꼬투리를 잡아 남성 가해자를 무죄로 만들어주니까 말입니다. 제대로 저항을 못하면 화간이 되고, 저항을 하면 꽃뱀이 됩니다.

저는 이 사회가 여성을 남성과 동등한 인간으로 보고 있지 않다고 생각합니다. 남성들은 여성을 같은 인간으로 보지 않습니다. 인간과 노예 사이, 인간과 가축 사이의 존재 정도로 보고 있습니다. 평소에는 티가 나지 않기에 저의 이런 말이 과격하고 삐딱하게 들리기 마련입니다. 그러나 2016년 강남역 살인 사건이나 2018년 미투 운동처럼 여성이 남성에게 큰 피해를 당하는 사건이 발생하면 현실이 한눈에 보입니다. 다들 가해 남성 편을 들기 위해 어떻게든 피해 여성 탓을 하고 있거든요. 생각해보십시오. 인간이 먼저 발로 차서 물었든, 가만있는 인간을 물었든, 어차피 인간을 문 개는 나쁜 개입니다. 문 이유와 상관없이 인간에게 옆구리 걷어채는 존재죠. 마찬가지입니다. 저항을 했든 안 했든, 피해자답든 아니든, 이 사회는 관심이 없어요. 조용히 참지 않고 공론화한 여성이 나쁘다고 이미 결론 내리고 있거든요. 저항 여부와 상관없이 일단 문제 제기를 하고 고소까지 하는 여성은 남성에게 같은 인간이 아닙니다. 감히 인간을 문 개, 아니 뱀이 됩니다. 꽃뱀이 됩니다. 그러니 근본 문제는 저항 여부나 피해자다움이 아니라 남성들이 가진 권력, 젠더 권력입니다.

그렇다면 사회가, 남성연대가 원하는 진정 피해자다운 피해자는 누구일까요? 무서운 답을 하겠습니다. 죽은 피해자입니다. 자, 여러분. 인터넷 검색창에 안희정 사건 관련 기사를 검색해보세요. 댓글을 관찰해보세요. "고 장자연 씨 사건은 외면하고 왜 김지은 비서만 지원하냐?", "진정한 미투 고발자는 고 장자연 씨다" 이런 말을 하는 남성들이 참 많습니다. 여기에 대고 '여성계는 처음부터 고 장자연 씨 사건에 함께했다, 뉴스나 검색해보고 말해라, 물타기 하지 마라, 논점 일탈하지 마라'라고 백번 말해줘도 안 통합니다. 이건 개인 차원의 문제가 아닙니다. 한 남자가 그런 말을 한다면 정말 몰라서 그런가보다 하고 친절히 가르쳐주고 지나갈 수 있습니다. 그러나 이렇게 많은 남자들이 대본 외우듯 똑같은 말을 하는 데에는 일종의 '보이지 않는 손'이 있습니다. 남성 집단 전체의 이익을 위해 말하고 행동하도록 스위치를 누르는 보이지 않는 손.

그들이 고 장자연 씨를 자꾸 거론하는 것은 고인이 남성들에게는 가장 안전한 피해자이기 때문입니다. 이미 세상을 떠났기에 더 이상 가해자들을 공격하거나 증언할 수 없는. 결국 그런 말에는 남성들의 '강간할 권리'를 옹호하는 속셈이 바탕에 깔려 있습니다. 조선시대에 강간당한 여인은 결백함을, 화간이 아님을 증명하기 위해 은장도로 자결해야만 했죠. 피해 여성이 자결하고 끝. 가해 남성은 잡혀서 처벌받지 않습니다. 살아서 또 다른 여성을 강간할 수 있습니다. 너무도 남성들에게 바람직한 '피해자다운 피해자'죠. 고 장자연 씨 운운하는 남성들은 아마 본인들도 이런 의도가 숨어 있는지를 모르면서 스위치가 눌려진 채로 말하고 있을 것입니다.

지금 굉장히 무서운 일이 일어나고 있습니다. 대한민국 여성들 중 평생 살면서 성희롱추행폭력 한번도 안 겪어본 사람 없습니다. 그런데 용기 내어 미투 고발한 피해자에게 '왜 저항하지 않았냐', '고 장자연 씨만 미투다'라고 몰아가면 결국 '피해를 입증하려면 죽어라'라고 압박하는 셈이 됩니다. 이게 말이 됩니까? 지금 이 순간에도 너무 억울해서 스스로 목숨을 끊을까 고민하는 여성들이 얼마나 많이 있는데요! '왜 그런 일을 당하고도 직장을 그만두지 않고 계속 다녔느냐?'라고 묻지도 마십시오. 그것은 노동권의 문제입니다. 직장 성희롱추행폭력을 당하는 것이 대한민국 여성 노동자들의 일상인데 그때마다 어떻게 직장을 그만두거나 옮기라는 말입니까? 여성이 남성의 일자리를 빼앗고 있다고 주장하는 '보이지 않는 손'이 작용하여 여성들을 다시 가정으로 돌려보내고 있군요. 안 그래도 그런 문제 때문에 조용히 직장을 그만두거나 옮긴 여성들이 이미 많습니다. 저희 사건의 경우 E가 그랬죠. 그런데도 최 씨를 옹호하는 남직원은 그런 일이 있었는지도 모르고 있던데요.

미투 고발 운동을 부정적으로 보고 있는 남성들 중에 '서지현 검사까지는 인정한다'는 의견도 많이 보입니다. 그것은 '직업이 검사니까 꽃뱀일 리가 없다'는 뜻입니다. 역시나 남성들의 강간할 권리를 지키고 싶다는 '보이지 않는 손'이 단추를 눌러서 나오는 말입니다. 그 외 미투는 모두 돈을 노리고 한 꽃뱀으로 몰겠다는 의도가 숨어 있습니다. 이명박 전 대통령 스타일로 말씀드립니다. 제가 꽃뱀 해봐서 잘 아는데요, 꽃뱀, 그거 별거 아닙니다. 외모와도 별 상관없더라고요. 그저 제대로 저항을 못하면 화간이 되고, 저항을 하면 꽃뱀이 되는 겁니다.

자, 이쯤에서 구호 한번 외쳐보고 다음 이야기로 넘어갈까요. 2018년 여름 미투 지지 집회에서 참가자들의 열렬한 호응을 받았던 구호입니다.

진짜 미투 가짜 미투

니가 뭔데 판단하냐!

제가 집회 때 만들어 들고 나간 손팻말 문구도 이어서 외쳐주세요.

피해자다운 피해자 따지지 말고

첨부터 가해를 하지 마 새꺄

'성폭력범이라고 여성이 지목만 하면 무고한 남성의 인생이 망가진다'라는 생각이 남자의 인생을 망친다

성폭력으로 고소당한 사람의 전형적인 대응 방법 중 하나가 무고죄로 상대를 맞고소하는 것이다. 진짜 억울하고 상대가 돈을 요구했다는 증거가 있어서 고소하는 것이 아니다. 피해 여성에게 유리한 명백한 증거와 증인까지 있는 상황에서도 무조건 고소부터 한다. 피해자의 평소 행실을 비방하는 허위 사실을 적어 제출하고, 가해자 측의 증거는 나중에 만들어서 낸다. 합의해달라고 전화하여 녹취하는 방법으로. 피해자는 그쪽이 먼저 빌며 전화하니 안심하고 고소 취하해주면 얼마 줄 것인가를 묻는다. 이때 가해자 측은 피해 여성의 이 말을 녹취해서 꽃뱀이란 증거로 내놓는다. 문제는 합의나 돈을 먼저 말한 적 없어도 그런 적이 있다며 소문부터 낸다는 것이다. 가해자가 일종의 언론플레이를 하기 때문에 그렇다. 그렇게 말하면 무조건 남성연대가 도와준다고 믿고 하는 짓이다.

이런 현실을 모르는 남성분들의 경우 미투 뉴스를 접하자마자 피해자를 꽃뱀으로 의심하는 경우가 많은 것 같다. 아마 남성으로 태어났을 뿐인데 잠재적 가해자 집단으로 여겨지는 느낌에 억울해서 그러는 것 아닐까 한다. 그런 마음 이해는 간다. 하지만 이는 성폭력 사건의 가해자가 대부분 남성이기 때문이지, 여성이 허위 고발을 많이 하기 때문이 아니다.

경찰과 검찰이 무조건 피해자의 주장이 옳다고 편들어주지는 않는다. 피해 여성의 일관된 진술이 증거로 쓰인다는 것은 '가해자로 지목된 남성은 안 했다고 주장하는데도 여성이 했다고 말한다면 무조건 믿고 남성을 처벌한다'는 뜻이 아니다. 이런 일이 있었는데 이게 피해인가 아닌가를 놓고 양측의 주장이 다를 때, 피해자의 관점에서 봐주어야 한다는 것을 말한다.

성폭력은 권력 차이에서 생기는 폭력이다. 권력 차이로 발생하는 폭력은 연령·성별·직위에서 유리한 위치에 있는 사람, 즉 가해자의 입장이 일반 상식이 된다. 그래서 가해자가 아닌 피해자의 관점에서 사건을 봐주어야 한다. 피해 사실을 피해로 인정받지 못하는 경우가 많기에 피해자의 진술과 관점을 중요하게 봐주는 것이다. 왜 양쪽 주장을 공정하게 검토하지 않고 어느 한쪽으로 치우쳐서 보느냐고 생각하는 남성들이 많다. 그것은 현재 사회가 성차별적이고 남성중심적이어서 좋은 의미에서 객관적으로 사건을 보면 가해자 중심으로 사건을 보게 되기 때문이다.

이를 경찰과 검찰이 무조건 여성 편을 들어준다고 생각하고 '성폭력범이라고 여성이 지목만 하면 무고한 남성의 인생이 망가진다'라고 말하는 남성들이 많다. 진짜로 걱정해서 내게 물어보는 선량한 남성분들도 많이 만나보았다. 염려 마시라. 그런 분은 성추행범으로 몰릴 일이 없을 것이다. 여성들도 아침 출근길에 혼잡한 지하철 많이 탄다. 그런데 여성들은 실수로 남의 엉덩이나 가슴을 움켜쥐는 일이 없고 고소당하지도 않는다. 왜 남자들에게만 그런 일이 생길까? 분명 의도적으로 혼잡을 핑계로 추행하는 남성들이 있기 때문이다. 우리 여성들은 성추행을 자주 겪는다. 그래서 스치는 것과 목적을 갖고 만지는 것을 구분할 수 있다. 결코 처음 본 상대를 일부러 곤란하게 만들기 위해 고소하지 는 않는다.

주위에 그렇게 당한 형님 사례가 있다고? 그건 진짜 성추행범이 지인들에게 거짓말을 하고 있는 것이다. 자신의 '가오' 때문에 친지와 가족을 잃지 않으려고 불리한 말은 안 하고 있는 것이다. 여성의 허위 증언만으로 범죄자로 몰아버린다니, 대한민국 경찰과 검찰, 그렇게 수준 낮지 않다. 저항하다가 다친 흔적 등 명확한 폭력 증거가 없는 경우에 피해자의 말은 무시당하는 경우가 많다. 오히려 수사나 재판 과정에서 여성의 사생활을 거론하여 2차 피해를 겪는 경우도 있다. 성폭력 사건을 폭력 사건의 하나가 아니라 '성' 사건으로 보는 사회 인식 때문에 피해자는 고발과 동시에 손가락질을 받는다. 피해 여성은 예상되는 모든 위험요소를 감수하고 고발에 나선다. 이렇게나 잃을 것이 많고 힘든 길인데 굳이 거짓 고발을 할 이유가 없다. 아는 형님이 고소당했다면 그건 진짜 무슨 짓을 하기는 한 것이다. 상대 여성이 꽃뱀인 것이 아니라.

생각해보라. 성추행으로 형사 소송 건 후 다시 민사 소송 걸어서 받는 보상금은 몇백만 원 정도이다. 겨우 몇백만 원 받아내자고 인생에서 2년 정도를 허비해가며 만신창이가 되는 일에 나서려고 가짜로 성추행을 당했다고 고소하는 여성이 있을까? 그 기간 동안 직장 다니면 고소해서 받을 위자료의 열 배는 번다. 뿐만 아니다. 한창 일해야 할 20~30대 나이에 이런 일에 매달려 있으면 직업인으로서의 경력 관리에서 큰 손해를 본다. 조금만 나이 들면 여성들은 비정규직으로 내쫓기는 것이 현실이니까. 게다가 이 과정을 겪으며 연인, 배우자, 부모, 친구 등을 잃게 되는 경우도 많다. 그런데도 이 모든 것을 감수하고 고소하는 것은, 그만큼 큰 피해를 당했기 때문이다. 경미한 피해라도 상대가 뻔뻔하게 나와서 분노를 유발했기 때문이다. 그러니 '겨우 그 정도로 고소하냐? 꽃뱀이냐?'라고 말해서는 안 된다.

2018년 9월 인터넷을 달군 곰탕집 성추행 사건을 생각해보라. 가해자로 지목된 남자의 아내가 남편이 억울하게 성추행범으로 몰려 실형을 선고받았다며 국민청원 글을 올린 사건이다. 남성들의 호응을 받아 나흘 만에 25만 명이나 서명했다. CCTV를 찾아보니 추행치고 경미한 수준인 것은 확실하다. 실수였을 수도 있었겠다. 그러나 경미한 정도인데 실형 6개월을 받았다는 것은 그 행위 자체 때문만은 아니다. 잘못을 인정하지 않는 태도, 피해 여성에게 사과 않고 모욕한 태도를 다 포함한 판결임이 확실하다.

그러니 우연히 불가피하게 스쳐서 성추행범으로 몰릴까봐 걱정할 것 하나도 없다. 스치면 바로 사과하면 된다. 상대 여성이 화를 많이 내면 더 허리 굽혀서 사과하면 된다. 이때 '성폭력범이라고 여성이 지목만 하면 무고한 남성의 일생이 망가진다'라는 말을 떠올리고 '그런 적 없다. 당신 꽃뱀 아니냐'고 대응하면 상대 여성은 화가 나서 경찰에 신고하고 고소해버린다. 그러면 일이 커진다. 호미로 막을 것을 가래로도 못 막게 된다. 주위 사람들이 알게 되고, 특히 아내가 알게 되면 계속 억울하다고 우겨야 한다. 지인들이나 아내가 당신의 억울하다는 말을 철석같이 믿고 청와대 청원을 올린다는 등 일을 크게 벌이면 그때는 가래는커녕 포크레인으로도 못 막는다. 진짜 한 남성의 인생이 망가지게 된다. 이 글을 읽는 선량한 남성분들은 명심하자. 성폭력범이라고 지목만 하면 무고한 남성의 인생이 망가지는 것이 아니라 '성폭력범이라고 여성이 지목만 하면 무고한 남성의 인생이 망가진다'라는 바로 그 생각이 남자의 인생을 망친다. 진짜 실수를 했는데 억울하게 성추행범으로 몰렸다면 바로바로 사과하자. 그러면 거기서 끝난다. 그 힘든 고소와 재판 과정을 겨우 몇백만 원 벌자고 하는 일반 여성은 없다. 그리고 진짜 직업적 꽃뱀은 고소하지도 않고 그 이전 단계에서 큰돈을 받아내기에 뉴스에 나오지도 않는다. 처음부터 당신을 노리지도 않는다.

그것이 알고 싶다, 유부남 성범죄자의 심리

최 씨는 초범이고 법률적 입장에서 중한 성폭력(성기 결합 성폭력)을 저지른 것도 아니지만 실형을 선고받았습니다. 명백한 증거가 있는데도 반성은커녕 협박을 일삼았기 때문입니다. 이를 4자성어로 자업자득, 전문용어로 쌤통이라고 합니다. 그렇다면 최 씨의 변호사는 왜 일이 이 지경까지 되도록 내버려두었을까, 하는 생각이 들지 않으세요?

최 씨에게는 1심 재판 직전까지 변호사가 없었습니다. 그는 고소당했을 때 바로 변호사를 선임하지 않았습니다. 상담조차 받지 않았습니다. 이유가 뭘까요? 놀라지 마십시오. 사무실에 남아 있던 다른 직원의 말에 의하면, 최 씨는 어차피 자신이 이길 재판이기에 굳이 돈 써가며 변호사를 선임할 필요가 없다고 생각하고 있었답니다. 주변 친지들까지도요. 구속된 후에야 최 씨의 큰형이 나서서 급히 변호사를 선임했다고 합니다. 덕분에 1심은 망했지만 재심은 집행유예를 받은 셈이지요. 협박에서 반성으로 전술을 바꿔서 공탁금을 걸고 반성문도 쓰라고 변호사가 지도해준 것입니다.

최 씨는 대학에서 경제학, 법학을 공부했으며 한때 사법고시를 준비했습니다. 일반인들의 상식 수준보다 법 관련 지식을 많이 갖고 있었겠죠. 그런데도 자신이 무죄라고 믿고 그렇게나 어리석게 대처한 사실이 이상합니다. 심지어 불리한 말을 삼가야 하는 법정에서조차 '모든 여직원들이 만져주기를 기대하고 유도했기에 내가 한 짓은 성폭력이 아니다! 나는 억울한 피해자다!'라고 판사 앞에서 기염을 토했습니다. 이때 급히 선임한 최 씨 측 변호사가 깊게 한숨 쉬는 장면을 여러분께 보여드리지 못해 아쉽군요. 네, 최 씨는 정말 자신의 변명이 경찰에, 검찰에, 판사에, 온 세상에 먹힐 것이라고 굳게 믿고 있었습니다. 저를 볼 때마다 최 씨는 뇌맑은 표정으로 소리 질렀거든요. '네 품행에 문제가 있다. 모든 남자들은 전부 나와 같이 생각한다. 그렇기에 이 사건은 기소도 되지 않을 것이다. 기소되어도 무죄 판결 받을 것이다'라고요. 저는 일종의 페인팅 모션, 즉 고소를 취하하고 합의하게끔 겁주려고 하는 소리인 줄 알았습니다. 그런데, 최 씨는 진짜 그렇게 믿고 있었나봅니다. 변호사까지 선임하지 않았다니 말이죠.

앞에서, 최 씨가 저를 꽃뱀으로 고소한 이유 중 한 가지는 나중에 따로 쓰겠다고 했었죠? 그 이야기를 하면 이 글의 장르는 코믹에로를 거쳐 막장치정물로 치닫습니다. 구슬을 가진 자 최 씨의 주장에 따르면 저는 그를 너무도 사랑해서 온몸으로 유혹을 했더군요. 일부러 야근을 하며 그가 성추행하기를 유도하다가 드디어 만져주자 기쁨에 떨면서 쾌락을 만끽했다네요. 부인 정 씨를 자살하게 만들거나 최 씨 부부를 이혼시키고 그를 독점하려고 다른 여직원들을 돈으로 매수해서 이 모든 일을 계획했다네요. 다른 여직원들도 최 씨를 짝사랑하고 있던 차여서 흔쾌히 응했으며 최 씨가 만져주니까 좋아했다고 합니다. 웃기고 있죠. 한편으로 웃긴데, 무섭습니다. 뭐가 무섭냐고요?

최 씨는 멀쩡한 엘리트 남성입니다. 정치 성향은 진보 쪽입니다. 소시오패스도 아닙니다. 두 아들을 끔찍이 사랑합니다. 회사가 계속 성장하고 있었으니 다른 쪽 판단력과 능력은 괜찮은 편이었겠죠. 그런데 겉보기에는 정상인 남자가 왜 이런 생각을 하고 있었을까요? 상식적으로 생각해보면 열 살, 스무 살 어린 여성들이 다섯 명이나 동시에 40대 유부남 한 명을 좋아할 리가 없잖아요? 본인의 뇌내망상일 뿐이죠. 이런 개인적 판타지가 모든 남성들에게 먹힐 것이라고 믿고 있다니요? 그런데 실제로 그의 추종자 남성들에게는 이 판타지가 먹혔습니다.

상식을 뛰어넘는 유부남 성범죄자의 사고방식! 친절한 박 작가와 함께 공부해볼까요. 교재는 최 씨가 자필로 작성한 장장 9장의 편지로, 앞에서 '불온 삐라'라고 칭했던 문서입니다. 고소하기 전인 8월 9일, 최 씨 부부는 저희가 출근하자 회의실에 모이라고 했습니다. 서로의 가족이나 지인들을 불러 청문회를 열어 잘잘못을 가리자고 제안했습니다. 최 씨는 남자 대 남자로 이야기하면 다들 나의 억울함을 알아줄 것이라며 피해 여직원들의 아버지, 오빠, 남편, 남자친구 등등을 부르라고 시켰습니다. 저희는 급히 전화 걸어 남성 지인들을 불렀습니다. 결백하기에 겁날 것도 없었고 최 씨가 왜 저러는지 궁금하기도 했습니다. 솔직히, 남자 지인들이 몰려와서 머릿수로 최 씨를 좀 혼내주었으면 하는 기대도 있었습니다. 이윽고 사람들이 모였습니다. 최 씨는 사람들 앞에서 저희를 인신공격하기 시작했습니다. 도대체 주제도 모르고 저희들 외모는 왜 비난하는지 모르겠네요. 못생겼는데 왜 들이댔답니까?

웃긴 일화가 많지만 다 쓰면 이 책의 장르는 대하역사소설이 됩니다. 생략하고 '불온 삐라'로 갑니다. 최 씨는 제 앞으로 쓴 편지 형식의 문서를 사람들에게 돌리더군요. 각서 받기를 주도한 사람이 저였기에 주된 타깃으로 삼아 공격하는 것 같았습니다. 9장이나 되는 편지를 언제 써서 복사까지 해놓았는지 원. 참으로 부지런한 연쇄성추행범입니다. 최 씨는 제 오빠에게 복사물을 주면서 비장하게 말했습니다. "오빠 되시는 분도 동생이 얼마나 사악한 여자인지 아셔야 할 것입니다!" 오빠는 읽고 나서 코웃음을 치며 문서를 바닥에 던져버렸습니다. 역시 피는 물보다 진합니다. 사악한 여자의 오빠답습니다. 사실, 뻔하지 않습니까. 저를 공격하는 것이 목적인 글이니 당연히 진실이 아닌 내용을 담았겠죠. 걸러서 읽어야지요. 말려들 필요가 없잖습니까.

그런데 아니었습니다. 모인 남자들 중 절반 정도에게 그 편지의 논리가 먹혔습니다. 그 자리에는 당시 저와 매우 친밀한 관계에 있던 남자도 있었습니다. 그는 여기 적힌 일이 다 사실이냐고 저에게 화를 냈습니다. 오빠가 그를 말릴 정도였죠. 나중에 들은 바로는 그 자리에 있던 다른 남성들 중 몇 명도 이 문서를 읽고 혹했다고 합니다. 그래서 저에 대해 궁금하다며 몇 마디 물어봤다가 왜 성폭력범처럼 생각하느냐며 제 동료 여직원에게 아주 박살났다고 하지요. 아아, 알겠습니다. 최 씨는 이런 반응을 기대하고 남자 대 남자로 말하자며 사람을 모으라고 했나봅니다.

이상하고 무섭습니다. 피해자인 우리 쪽 지인인데도 왜 가해자에게 동조할까요? 최 씨는 이런 일이 생길 것이라는 것을 어떻게 알고 있었을까요? 남성들은 자신과 친밀한 관계에 있는 피해자 여성보다 성범죄자일지라도 다른 남성에게 더 감정이입하도록 사회화되어 있는 것일까요? 남성 집단의 이익을 지키기 위해서? 이제 저는 성범죄자의 심리에 더하여, 이들을 옹호하는 일반 남성들의 심리, 그것까지 알고 싶습니다.

자, 아래 최 씨가 쓴 편지가 있습니다. 개인정보가 나와 있는 부분은 생략했습니다. 그러나 인용한 부분은 전혀 손대지 않았습니다. 기괴하게 예스러운 문체는 괘념치 마십시오. 성범죄자의 문체는 왜들 이런지 모르겠군요.

> A 씨에게
>
> 거추장한 인사는 생략하고, 당신과 내가 만난 지도 10년이 지났나 보군요.
>
> 그 기간 다사다난이 있었음에도 지금처럼 앙숙이 되었던 기간은 없었으니 다행 중 불행이군요. 지금부터는 간략하게 내 이야기를 쓰겠소.
>
> 당신의 그 간악한 언행 때문에 우리 집안 및 나의 가정은 파탄 일보 직전이오.

지금부터 내 이야기를 듣고 현명한 처신을 하시오.

오늘 낮에 우리 집사람에게 그간의 이야기를 들어볼 수 있는 시간이 있었는데 A 씨가 같은 여자로서 우리 집사람에게 하는 짓은 악마의 짓 그 자체였소.

내가 남자이고 또 책임자이었기에 여자라는 이유 하나만으로 모든 죄를 나에게 뒤집어씌워도 참고 넘어갔지만 이제는 아니오.

진실을 말하고 잘못된 것은 바로잡아서 나의 집사람에 대한 나의 죄를 조금이나 씻고자 펜을 들고 있소. (중략)

작년 11~12월쯤

내가 동창회를 갔다온 뒤 당신과 이런저런 얘기 끝에 요즘 40대 아줌마들은 농담도 진하게 한다면서 나에게 연애하자고 하는 동창도 있다고 하니 당신이 왈 "말로는 헤도 행동은 못하실 분이잖아요"라고 했지요. 그래서 "맞아, 그런데 A 씨가 어떻게 알아?" 하니 "제가 왜 몰라요"라고 했지요. 그때 나는 남자로서 무시당한 느낌을 받아 생각이 많아졌지요.

올 2월

내가 조심스럽게 요즘 A 씨를 보면 너무 예뻐서 어떨 땐 껴안아주고 싶은 충동도 있다고 하니 당신은 "못하실 거면서… 그래도 예쁘

다니 고맙습니다"라고 말했지요.

그때 내 자신이 초라하게 생각되어 언젠가 한번은 껴안아주어야겠구나 하고 마음먹었습니다.

복사실 사건

A 씨가 복사하고 있기에 내가 등 뒤에서 가볍게 껴안으니 뒤돌아보면서 "저 좋아하세요" 하길래 "왜, 싫어?" 하니 A 씨께서 "아니요, 좀 당혹스러워서요"라고 쳐다보길래 팔을 벌려 껴안으니 당신도 나를 껴안고 같이 키스하고 또 내가 가슴도 만지고 그랬지요. (중략)

또 제 아내가 병을 앓고 있다는 것을 알고 어떻게 괴롭히면 자살하거나 미치겠지 하고 연구하지 말고 그렇게 하려고 했던 A 씨의 행동을 반성하고 그 어느 누구의 약점을 알았다 할지라도 하이에나처럼 그 약점으로 먹고살려고 하지 말고, 치료하고 위로해주는 참 인간이 되어주시오. 부탁이오. (중략)

쓰라린 통증과 A 씨의 위선에 대해 경악을 금할 수 없었습니다. 이것은 같은 여자로서 아니 한 인간으로서 할 수 없는 행동들로 실망과 좌절로 녹초가 된 한 여성(내 아내)을 죽음으로 내몰고 있구나, 라고 판단했습니다.

사실 A 씨는 나와 마찬가지로 내 아내에는 죄인이요 미안해야 할 사람임에도 불구하고 어떻게 그렇게 잔악하고 사악할 수 있는지요. 웃기지도 않는 변명 같지만 난 당신이 우리 사무실에 오래 있고 자신의 일을 열심히 하는 것을 보고 어떨 때는 부도덕하지만 파격적인 애정행동이 있어야 되는구나 하고 생각했습니다. 그래서 다른 여직원들에게도 비슷한 행동들을 하는 어처구니없는 지경에 이르게 되었습니다. 그 부분이 전부가 A 씨의 책임은 아니지만 아주 많은 부분에서 영향을 미쳤지요. (중략)

A 씨, 이제 나는 모든 죄를 달게 받겠습니다.
당신에게 지은 죄는 없지만 우리 가족과 또 사회 구성원 모두에게 지은 죄는 겸허히 받을 각오는 이미 끝났습니다.
A 씨도 당신의 행동에 대한 책임과 그로 발생한 죄값은 스스로 지고 앞으로는 보다 발전적인 삶을 살아야 되겠지요.

내가 인연이라면 인연이고 악연이라면 악연인 A 씨에게 해줄 수 있는 마지막 배려요.
A 씨가 살인도구로 삼고자 치밀하고 교활하게 준비, 기획해서 나로부터 받아놓은 모든 서류 및 동영상을 다 수집해서 "생각했던 목표가 완성되었으니 안심하시라"고 말하면서 집사람에게 갖다두세요.

그리고 그간에 일은 죄송하다고 사과하세요. (목요일 8월 11일까지)

그렇지 않고 다른 의도가 있다면 그 의도대로 하세요.

저도 A 씨가 내 말대로 하여준다면 스스로 마음을 정화시킬 기회를 주겠지만, 그렇지 않을 시엔 이 모든 사실을 집사람에게 이야기하고, 사악한 당신을 감당하기엔 힘이 모자라니 XX이 엄마와 XX 엄마께 부탁하고, 당신의 어머니께도 부탁드려서 당신의 살인행위를 저지할 것이요. 선택은 A 씨가 하시는 것이니 자신의 선택에 책임도 지게 될 것입니다.

아무쪼록 나나 A 씨나 앞으로는 이런 죄를 절대로 짓지 말고 이 사회에 속죄하는 마음으로 좋은 일을 하려고 노력하는 삶을 살도록 합시다. (중략)

"회수 날짜 잊지 마세요."

위 편지에서 제가 '같이' 껴안고 키스했다고 주장하는 것은 그러려니 합니다. 저를 공격하는 것이 목적인 글이니까요. 정말 이상한 것은 다음입니다. 사법고시까지 준비한 사람이, 죄는 본인이 지었는데 왜 제가 지었다고 할까요? 편지에도 자신이 복사실에 와서 먼저 안았다고 썼으면서. 저는 피해자인데 왜 '같이' 죄를 지었다고 말할까요? 남편인 본인이 성범죄를 연쇄적으로 저질러 아내에게 고통을 주었는데 왜 저를 탓할까요? 게다가 제가 최 씨의 부인을 자살하거나 미치게 만들 이유가 없지 않습니까? 아내를 내세워 동정을 사고 무마하려는 성범죄자의 전형적 패턴이 보입니다.

연애하자고 하는 동창도 있다고 자랑하기에 "말로는 해도 행동은 못하실 분이잖아요"라고 대답을 했다고 해서 "남자로서 무시당한 느낌을 받아 생각이 많아졌지요"라고 한 부분도 이해되지 않습니다. 말로는 해도 행동은 못하실 분이라고 말해주면 나를 도덕적 인간으로 봐주고 있구나, 라고 고맙게 생각해야지 왜 남자로서 무시당했다고 생각할까요? 최 씨가 제가 예뻐 보여서 "어떨 땐 껴안아주고 싶은 충동"이 든다고 말했을 때 저는 기분이 나빴습니다. 그래도 좋게 생각해서 '처자식이 있는 사람이고 도덕을 지키는 분이니 못할 것이다, 그래서는 안 되는 것이다'라고 말하고 상사이니 의례적으로 '예쁘다는 말은 고맙다'고 덧붙였죠. 그런데 왜 "그때 내 자신이 초라하게 생각되어 언젠가 한 번은 껴안아주어야겠구나 하고" 범행을 결심하게 될까요? 이즈음 최 씨는 여자 동창이 사귀자고 한다느니 연애하고 싶다느니 하는 말을 많이 했습니다. 저는 그때마다 '처자식이 있고 도덕적인 사람은 그래서는 안 된다'고 말해주었습니다. 이런 성실한 충고를 듣고 왜 남자로서 자신을 무시했다고 범행을 꾀하게 될까요? 그런데 이 부분에서 최 씨에게 동감하는 남성분들이 꽤 있더라고요. 이렇게 답한 것이 제가 성추행을 유도했답니다. 꽃뱀이라는 증거랍니다. 살살 남성으로서의 자존심을 건드려 행동을 유발했다고 합니다. 정말 이상합니다. 그렇다면, '너는 얼씨구나 하고 바람피울 놈이다, 얼굴도 비도덕적으로 생겼다'라고 말해주어야 하나요? 그 자리에서 오버 육버해서 소리 지르고 따귀를 때렸어야 했나요?

게다가 제가 "사무실에 오래 있고 자신의 일을 열심히 하는 것을 보고 어떨 때는 부도덕하지만 파격적인 애정행동이 있어야 되는구나 하고 생각"했고 "그래서 다른 여직원들에게도 비슷한 행동들을 하는 어처구니없는 지경에 이르게 되었"다고 쓴 부분을 보면 권력에 취해 뇌가 마비된, 바람피우고 싶어서 안달 난 중년 개저씨의 사고 회로를 알 수 있습니다. 성추행을 당하고도 직장 일을 열심히 하는 것은 자기 일이기 때문입니다. 한 직장에 오래 있는 것은 그 사람이 성실하기 때문입니다. 결코 오너나 상사를 이성으로 대해서가 아닙니다. 본인이 연쇄성추행을 저지른 것이 제가 근무를 열심히 한 탓이라는 것이 상식적으로 말이 안 됩니다. 그러나 최 씨는 이를 꽃뱀이라는 증거로 삼아서 저를 무고죄로 고소했습니다.

저는 최 씨는 물론, 최 씨에게 동조하는 남성들도 이해가 되지 않았습니다. 왜 성범죄자 남성의 사고방식은 저렇게나 이상한지, 최 씨 일당은 물론 내 편이 되어주어야 할 사람들까지 그 웃긴 주장에 넘어가는지 너무도 의아했습니다. 아마 독자 여러분도 지금 매우 놀라셨을 것입니다. 최 씨의 자필 편지라는 증거가 없다면 제가 거짓말을 한다고 생각하실지도 모르겠군요.

그러나 그 시절 그 개저씨들만 이상한 게 아닙니다. 2018년 현재 미투 고발과 성폭력 사건에 대한 사람들의 반응을 보세요. 관련 기사에 달리는 댓글들을 보세요. 특히 안희정 사건을 보십시오. '강간이 아니라 화간이다, 안희정이 불륜을 정리하려 하자 김지은 비서가 안희정을 이혼시킨 후 차지하려고 벌인 일이다, 최대 피해자는 부인이다, 그 증거는 사건 후에도 김 비서가 퇴직하지 않고 성실히 일한 것이다' 이런 반응이 많습니다. 저는 깜짝 놀랐습니다. 제 사건인 줄?

특히 중년 이상 남성들 반응을 보면 이상합니다. 다들 화간 판타지, 꽃뱀 판타지, 팜므파탈 판타지 3종 세트를 공동 구매한 것 같습니다. 상식적으로 생각해보세요. 한참 어린 싱글 여성이 굳이 유부남을 선택해서 힘들게 이혼시키고 차지하려들 이유가 없습니다. 그런 생각하는 것 자체가 이상합니다. 이들은 왜 가해자 성폭력범의 입장에서 생각하고 가해자의 가정이 깨질까봐, 가해자가 늘그막에 아내에게 버림받을까봐 걱정하고 있을까요? 빙고. 본인 속마음을 이야기하고 있는 것입니다. 최 씨가 범행 전에 저에게 자꾸 아내와 섹스리스이다, 다른 여자와 연애하고 싶다는 말을 흘린 것 기억나시나요? 그런 중년 남성, 주위에서 많이 봤잖아요. 아, 자신은 아닌데 친구 중에 있다고 말씀하셔도 됩니다. 이해해요. 하여튼, 많은 것 인정하시죠? 그렇습니다. 여자 입장에서는 정말 많이 봅니다. 첫사랑 닮았다며 들이대는 개부장님은 각 회사에 한 명씩 있는 것 같습니다. 성범죄자를 옹호하는 말을 하는 중년 남성들은 결국 본인의 마음을 이야기하고 있습니다. 젊은 여성과 새로 연애하며 새 인생 살아보고픈 마음. 새벽 발기도 안 되는 날이 늘어남에 따라 자신의 남성성을 걱정하여 회사 여직원에게라도 수컷으로 보이고 싶은 마음. 그러나 아내와 자식에게 버림받을 것은 두려운 마음.

그중 일부 남성들은 별거 아닌 여직원의 행동을 굳이 과대해석해서 범죄를 저지릅니다. 해도 되니까요. 해도 세상이 남성인 자신의 편이니까요. 다들 상식적으로 말도 안 되는 가해자의 변명을 믿고 피해자를 인신공격, 명예훼손하며 2차 피해까지 줄 테니까요. 남성들은 다른 남성의 강간할 권리를 지켜주려 합니다. 그래서 유부남 범죄자에게 공감하여 범죄자와 범죄 자체를 욕하지는 않습니다. 범죄자 남성의 아내가 최대 피해자라며 진짜 피해자를 죄인이라 욕합니다. 가해자의 가정이 깨질까봐 걱정해줍니다. 사실은 아내 몰래 판타지 3종 세트를 구매해 마음속에 숨겨두고 실행의 날을 엿보고 있는 본인 걱정이지만요. 사건을 폭력이 아니라 연애, 화간, 불륜으로 몰아가줍니다. 사적 관계가 되면 법적 처벌을 피할 수 있으니까 그렇습니다. 상부상조하는 겁니다. 다음번에는 자기 차례가 올지도 모르니까요. 어제는 최 씨, 오늘은 안 씨의 논에 모내기 도와주고 나면 내일은 내 논에 모내기를 할 수 있거든요.

한편, 여성들은 왜 남성 편을 들까요? 중년 이상 기혼 여성들은 자기 가정이 깨져서 아내라는 자기 지위가 흔들릴까봐 걱정합니다. 자녀의 교육비를 걱정합니다. 그래서 가해자의 아내 편에서 말합니다. 벌써 남편의 외도를 한번씩은 겪어보고 찢어진 가슴 부여잡고 살고 계신 분들이잖아요. 그래서 아내가 피해자이고 불쌍하다고 말합니다. 자기 불쌍하게 살았다는 말입니다. 자기연민입니다. '남자는 그래도 된다, 죄가 아니다, 한두 번 불륜 안 저지르는 남자는 없다'라고 말하는 것은 남자 편드는 말이 아닙니다. 결국 자기 남편과 친아버지도 외도 많이 했다는 내부 폭로입니다. 본의 아니게 미투 고발하고 있는 겁니다.

그렇다면 결혼하지 않은 젊은 여성들은 왜 가해 남성 편을 들고 피해 여성의 흠을 잡을까요? 성폭력에 대한 공포 때문입니다. 자신이 성폭력당하는 것이 무섭기 때문에 그렇습니다. 원인이 피해 여성에게 있다면, 자신만 조심하고 원인 제공을 하지 않으면 성폭력을 당하지 않는다고 생각할 수 있습니다. 안전이 자신의 손에 달려 있다는 착각을 하고 살면 덜 무섭습니다. 그래서 같은 여성이면서도 피해 여성을 욕하게 됩니다.

상식을 뛰어넘는 유부남 성범죄자의 심리, 그것이 알고 싶어 시작한 이번 이야기는 모든 사람들의 심리 이야기를 하며 마칩니다. 냉정히 보십시오. 성범죄 사건을 논평하는 사람들은 객관적으로 본 그 사건 자체에 대해 이야기하고 있지 않습니다. 어떤 특정한 성범죄자가 예뻐서 옹호하는 것도 아닙니다. 그저 각자 입장에서 각자가 다 자기 이야기를 하고 있는 것입니다. 성범죄자를 옹호하는 사람들에게는 자기 입장에서 감정이입하고 자신이 속한 집단의 이익을 챙기려는 심리가 바탕에 있습니다. 그래서 피해 여성 탓을 하게 되는 겁니다. 이게 바로 성폭력범과 같은 사고방식이 사회에 만연한 이유이자 성폭력범이 활개치고 다니는 이유입니다.

본인 마음이야 어떻건, 피해자를 탓하는 문화가 바뀌어야 성폭력 발생을 막을 수 있습니다.

남성 보호자는 필요한가

합의 자리, 대질신문이나 재판을 받을 때에 보호자 남성은 꼭 필요하다. 가해 남성 또래거나 더 나이 많은 분에게 부탁하자. 체격이 크고 인상이 험악한 분일수록 좋다. 가해자는 여성을 사람으로 안 보기에 범죄를 저지른 것이니, 여성인 본인 혼자 혹은 여성 보호자만 대동할 시에 가해자의 2차 가해를 막을 수 없다. 현실적으로 남성 보호자가 있어야 덜 상처받는다. 본인이 페미니스트여서 남성에게 의존하지 않고 주체적으로 사는 것이 생활신조라고 해도 이상은 잠시 접어두자. 항상 모든 순간에 자신을 보호하며 싸울 생각을 하자.

우리의 경우처럼 모여서 잘잘못을 가리자는 제안을 받으면 상대하지 마라. 어차피 그쪽은 피해자의 행실 등을 인신공격하려고 그 자리를 마련하는 것이다. 친지 남싱들일시라도 성인지 감수성이 떨어지면 가해자 편에서 생각하게 된다. 가해자의 전술에 말려들어가서 피해자에게 폭언을 할 수도 있다. 이후에 가해자의 거짓말을 가지고 두고두고 약점 잡은 듯 굴 수 있다. 결국 사건 끝난 후 의절하거나 헤어지게 된다. 뭐, 어차피 그런 수준의 남자라면 이런 기회에 본색을 보고 인연을 끊는 것도 괜찮겠다만, 나쁜 놈 하나만 상대하기도 힘든 시기에 굳이 그럴 기회를 만들 필요는 없다.

혈기왕성한 남성 지인과는 동행을 삼가자. 가해자와 언쟁하다 주먹부터 나가면 순식간에 가해자와 피해자가 뒤바뀌게 된다. 서로 합의해주고 끝나게 된다. 동행하는 이들에게 도발에 말려 들어가지 말라고 단단히 주의를 주라. 폭언하거나 신체적 공격을 하면 조용히 대꾸하지도 말고 한 대 맞아주며 동영상 촬영하라고만 말해놓자.

부장님 그건 경로우대입니다

회사 신입 여직원이나 단골 카페 알바 여대생에게 설렌다는 중년 남성들이 많다. 대시를 해볼까 말까 고민된다며 내게 조언을 구하는 경우도 있었다. 이해는 간다. 사람 마음이 늙는다고 닳겠는가. 그러나 들이대지 마라. 그냥 혼자 좋아하라. 말 걸지도 말고 특히 친해지고 싶다며 썰렁한 아재 개그 하지 마라.

부하 여직원도 자신을 좋아한다고? 그건 경로우대다. 알바 여대생이 자신을 보고 웃어주었다고? 당신이 내민 카드에 있는 캐릭터 보고 웃은 것이다. 현금 냈다면 세종대왕님 보고 웃은 것이다. 수고한 여직원을 위해 밥 사주고 싶으니 여자들이 좋아하는 식당을 알려달라고? 당신 없는 식당이다.

이렇게 충고해주니 '왜 항상 나를 나쁘게 말하냐? 나 정도면 괜찮은 남자다'라며 화내는 아저씨 친구 한 명이 있었다. 오, 애재라, 아재여! 통재라, 아재여! 그러다가 성범죄자 되기 쉽다네. 화간 판타지, 꽃뱀 판타지, 팜므파탈 판타지에는 그만 빠져 있고 이 책이나 줄 치며 열심히 읽으시라. 유부남 성범죄자의 심리에서 얼른 벗어나시라.

싸움은 끝난 곳에서 다시 시작하고

민사 재판 일정이 잡혔습니다. '20××가단526×× 손해배상(기)'라는 사건 번호가 적힌 준비명령서가 우편으로 온 것이죠. 준비명령서는 사건 번호와 원고, 피고의 이름 아래 "동봉한 상대방의 서면 및 증거 자료에 대하여 제출기한까지 준비서면과 필요한 증거를 제출하시기 바랍니다"라는 짧은 문장이 적힌 판사 명의의 통지 문서입니다. 준비서면을 받으면 같이 온 문서에 적힌 상대의 주장에 대해 각 항목별로 인정 여부를 밝혀야 합니다. 인정할 수 없으면 그 사유를 구체적으로 적어서 뒷받침할 만한 증거와 함께 제출합니다. 증인이 있으면 증인신청서도 제출합니다. 각종 증거신청서 양식은 대법원 홈페이지에서 다운받아 사용하면 됩니다.

결국 상대가 주장하는 것에 반박하는 진술서를 증거와 함께 기한 내에 제출해야 재판을 할 수 있다는 말입니다. 이때 변호사가 이런저런 것을 언제까지 준비해오라고 알려줍니다. 저희는 각각 최 씨의 주장을 반박하는 글을 썼습니다. 함께 저희 측 증인을 만나 진술서를 받아내고 증거를 모았습니다. 변호사는 저희가 준비한 자료를 검토하고 정리해 판사에게 제출하게 됩니다. 고소한 이후로는 내내 글짓기 숙제하고 검사받으며 산 셈이죠. 글은 엉덩이와 마감 날짜가 쓴다는 것을 이때 배웠습니다.

이번은 손해배상 민사 소송입니다. 가해자 입장에서 보면 형사 재판은 무죄 혹은 가벼운 벌을 받으려는 싸움이지만 이제는 돈을 안 주거나 덜 주려는 싸움입니다. 이 싸움도 절박하죠. 저희는 1인당 1,500만 원씩 소송을 걸었습니다. 총 7,500만 원짜리 싸움입니다. 그 당시 서울에서 20평대 빌라 전세가 1억 정도였던 물가를 감안해보십시오. 적은 돈이 아닙니다. 그래서 가해자 최 씨 측은 '서로 좋은 감정으로 한 일이며 피고 최 씨가 저지른 작은 죄에 비해 원고들이 위자료로 요구하는 금액이 과하다. 다섯 중 둘은 억울하다. 보상을 안 해주려 했던 것이 아니다. 공탁금도 걸었는데 원고들이 안 찾아갔을 뿐이다'라고 주장했습니다. 이미 유죄 판결을 받았으니 얼마든 보상은 해주어야 하니까 그건 인정하고 금액을 깎는 전술을 택한 것이지요. 최 씨는 다른 직원을 증인으로 세우고 그들의 진술서를 증거로 제출했습니다.

저희는 다른 직원들이 최 씨를 옹호해서 쓴 허위 진술서를 받아보고 깜짝 놀랐습니다. 그들은 저희가 좋아서 최 씨의 추행에 응했으며 서로 짜고 최 씨의 사업에 피해를 입혔다고 진술했습니다. 제가 또 이런 꼴은 보고 넘길 수 없지요. 연락했습니다. 담담하게 물었습니다. 명예훼손으로 고소해도 되냐고. 그들은 놀라서 만나자고 하더군요. 저희는 그 직원들을 만나서 사실관계를 따진 후, 최 씨에게 써준 진술서를 부인하고 저희 편을 들어주는 새 진술서를 받아냈습니다. 핸드백에 립스틱이 아니라 인주를 넣고 다니며 지장을 받아내는 나날이 이어졌습니다.

앞서 유부남 성폭력범의 심리에 대해 이야기했습니다. 범죄자에게 감정이입하는 사람들은 그 사건 자체가 아니라 자기 이야기를 하고 있는 것이라고 썼습니다. 여기에 그냥 생각 없는 사람들의 경우를 더합니다. 아니, 어쩌면 이 경우가 다수인 것도 같습니다. 사건 당시에 같이 근무했으나 혼자만 피해가 없었던 여직원 H가 좋은 예가 되겠네요. H를 만나서 허위 진술서를 쓴 이유를 물었습니다. H는 울면서 고백했습니다. 최 씨와 정 씨가 불러주는 대로 아무 생각 없이 받아썼다고. 사죄한 후 H는 저희 편이 되었습니다. 최 씨 부부가 진술서 받아쓰라고 시킨 사실을 법정에서 증언까지 해주었습니다.

저희가 퇴사한 후에 새로 입사한 여직원 I의 경우는, 의아하다 못해 괴이했습니다. 저희를 한번도 본 적도 없고 사건 당시에 근무하지도 않았는데 왜 저희를 비방하는 진술서를 썼을까요? "여직원들이 동시에 그만두어서 분위기가 이상했다고 느꼈는데 출근한 지 3일째 되는 날 부인과 저녁 식사하면서 사건의 전말을 다 듣고 그 상황에 있지는 않았지만 오히려 두 분이 너무나 큰 피해를 봤다고 느꼈습니다. 여직원들이 직장 분위기를 엉망으로 만들어놓아 피해가 심각합니다. 일도 제대로 해놓지 않고 그만두어서 제가 인수인계 받고도 너무 당황했습니다. 그 사람들 보지는 못했지만 직장에 끼친 손해는 누가 보상하나요? 자질도 없는 그런 사람들이야말로 정말 인격이 없는 사람들 같고 석 달 가까이 근무하면서 두 분 지켜봤지만 정말 인간적인 분들이시던데…"라고 썼더군요. 이분도 만났습니다. 제가 조목조목 따지자, 이분은 통곡을 하면서 말하더군요. 이게 이렇게 큰 문제가 될 줄은 몰랐다고. 최 씨 부부가 잘 대해주었기에 자신이 보기에는 좋은 사람이어서 그렇게 써주었을 뿐이라고요. 세상에, 자기가 보기에 인간적으로 좋은 사람이면 절대 나쁜 짓을 할 사람이 아닌가요? 그러기에 여러분, 성범죄 뉴스를 보고 '내가 보기에는 그렇게 안 보인다, 그러니 피해 여성이 문제 있다'라는 말은 할 필요가 없습니다. 아니, 해서는 안 됩니다. 어떻게 개인적 인상이나 호감도로 범죄 유무를 판별할 수 있나요? 성범죄자는 뭐 이마에 바코드 새겨서 다니나요? 사람들이 너무 무지합니다. 자기는 안 당했다는 이유만으로 그럴 사람이 아니라고 주장하고 가해자의 편을 들어주다니요? 그건 피해자에 대한 2차 가해입니다.

가장 화가 나는 진술서를 쓴 사람은 남직원 G입니다. 그는 "최×× 님은 심성이나 행동, 인생의 가치관이 항상 바르시고 솔직한 분"이라며 최 씨의 인품을 칭찬하며 시작하는 진술서를 냈습니다. 이러한 평소 인품으로 보아 최 씨는 절대 그런 짓을 할 사람이 아니랍니다. 이어 "제가 보는 관점에서는 A의 말에 자기 소신 없이 따르는 여직원들이 거짓말을 하고 있습니다. 특히 제가 너무 잘 알고 있는 E의 부당해고 주장, D의 상황에 맞지 않는 말 등을 볼 때 이들은 협박으로 각서를 받아놓고 최×× 님과 가족을 괴롭히고 있습니다. E가 자연스럽게 그만두었다는 것은 당시 근무했던 직원들은 누구나 아는 주지의 사실입니다. 그런데 지금에 와서 갑자기 부당해고라 주장한다니 어처구니가 없고 어떻게 사람이 그렇게 변할 수 있는지, 그런 사람의 말을 믿어야 하는지 궁금할 따름입니다. 이들은 직장을 힘들게 만들어놓고, 한번에 4명이 그만두어 직장을 망하기 직전까지 몰고 가고, 불신을 조장하는 야비한 짓까지 했습니다"라고 썼습니다. E의 부당해고 건에 대해서 전혀 알지도 못하면서 글을 썼더군요. 그러면 성추행당해서 그만두는 여직원이 친하지도 않은 남직원에게 성추행당해서 그만둔다고 말하고 그만두겠습니까? 남성이 연쇄성추행을 한 것, 부당해고를 한 것 자체보다 여성이 문제 제기를 하고 직장을 그만둔 것이 야비한 것입니까?

남직원 G도 법대 출신입니다. 이렇듯 법도 잘 알고 멀쩡한 지능을 가진 남성이 남성 집단의 이익이 걸린 문제만 생기면 갑자기 바보가 되는 점이 이상합니다. 자기가 보기에는 성폭력을 저지를 사람이 아니라고요? 당연하죠. 여성들은 일상으로 겪는 직장 성폭력을 남성들은 안 겪습니다. 그것은 같은 남자이고 이성애자니까 직장 상사가 자신을 상대로는 안 하는 것뿐입니다. 여직원들 앞에서나 어린 여직원과 단둘이 있을 때는 같은 남자가 다른 행동을 할 수 있습니다. 제발 남성분들, 내 주위에는 그런 남자들 없는데 여자들이 피해의식에 쩔어 과장한다는 말 좀 안 하셨으면 좋겠습니다. 당신 주위 남성들이 성폭력을 하고 다니는지 아닌지는 같은 남성인 당신은 당연히 모르는 것입니다. 상대 여성들이 압니다. 뭐 이런 당연한 것을 모르고 가해자 편을 들다니… 정말 무식하면 죄를 짓습니다. G는 새로 진술서 받지 않고 그냥 내버려두었습니다. 말이 통하지 않더군요.

여기까지 사건을 진행해오면서 겪어보니, 생각 없이 최.씨 편을 드는 사람들이 너무 많았습니다. 저는 점점 이상한 기분이 들었습니다. 세상이 왜 이렇게 가해자 편을, 남성 편을 드는 것인지 이해할 수 없었습니다. 저는 단지 용감하게 정의실현을 하고 있을 뿐인데 인신공격을 받는 것이 억울했습니다. 이렇게나 무식해서 죄짓는 사람들이 많은 현실이 안타까웠습니다.

한편, 앞으로 제가 해야 할 일 같은 것을 어렴풋이 알게 되었습니다. 사람들이 몰라서, 무식해서 2차 가해를 하고 있는 현실을 알리고, 저희가 사는 사회 문화가 성범죄자에게 관대하다는 것을 증언하는 일을 해야겠다는 생각이 들었습니다. 저는 사건을 더욱 꼼꼼하게 기록하고 관련 문서들을 잘 모아두었습니다.

20××년 7월 14일. 드디어 민사 판결 선고일이 왔습니다. 판결문은 아래와 같습니다.

서울서부지방법원

판결

사 건 20××가단526×× 손해배상(기)

원 고 1 A (××××××-2××××××)

서울 ××구 ××동 ×××-× ×××호

2 B (××××××-2××××××)

서울 ×××구 ××동 ××-××

3 C (××××××-2××××××)

서울 ××구 ××동 ××-×× ×××호

4 D (××××××-2××××××)

경기 ××군 ××읍 ××리 ×××-×

5 E (××××××-2××××××)

서울 ××구 ××동 ×××-××

원고들 소송대리인 변호사 정××

피 고 최×× (61××××-1××××××)

서울 ××구 ××동 ×××-× ××× ×동 ×××호

변론종결 20××.6.16

판결선고 20××.7.14.

주문

1. 피고는 원고 A, B, C에게 각 금 5,000,000원, 원고 D에게 금 3,000,000원, 원고 E에게 금 2,000,000원 및 위 각 금원에 대하여 20××.10.21.부터 완제일까지 연 20%의 비율에 의한 금원을 지급하라.
2. 소송비용은 피고의 부담으로 한다.
3. 제1항은 가집행할 수 있다.

청구 취지

피고는 원고들에게 각 금 15,000,000원 및 이에 대하여 이 사건 소장부본 송달 다음날부터 완제일까지 연 20%의 비율에 의한 금원을 지급하라.

이유

1. 인정되는 사실

갑 제2호증의 1(각서), 2 내지 5(진술서, 피고는 위 각서 및 진술서가 강압에 의하여 작성된 것이라고 증거항변하나, 이를 인정할 아무런 증거가 없다), 갑 제3호증의 1(공소장), 3, 4, 5, 7(각 증인신문조서), 8 내지 13(각 피의자신문조서), 24 내지 27(각 진술조서), 28, 29(각 피의자신문조서)의 각 기재에 변론 전체의 취지를 종합하면 피고는 서울 ××구 ××동 소재 ×××× ×××이고, 원고들은 위 ××의 ××들이었는데, 피고는 (여기부터 5인 성추행 사실 열거. 개인신상정보가 있어서 중략)라고 하는 등의 말을 한 사실을 인정할 수 있다.

2. 원고들 및 피고의 주장에 대한 판단

원고들은 피고의 위 행위는 성희롱에 해당하고, 원고들은 피고의 행위로 인하여 정신적 고통을 받았다고 주장함에 대하여, 피고는 서로가 원하여 신체적 접촉이 있었지 성희롱을 한 것은 아니라고 주장하므로 살피건대, 신체적 접촉과 언어가 성희롱에 해당하는지 여부는 신체적 접촉을 가하고, 말하는 측의 입장이 아니라, 신체적 접촉을 당하고, 말을 듣는 측의 입장에서 성적 표현의 장소, 방법 등 당시의 제반 상황을 종합하여 판단하여야 할 것인데, 위 인정사실과 같은 피고의 행위는 원고들이 피고가 운영하는 ××의 직원들이라는 직장 내에서의 상호간의 관계와 그 행위 당시의 장소와 시간, 신체적 접촉과 언어의 내용 그리고 근무하는 ××의 직원 대부분에 해당하는 원고들 5명에게 거의 신체적 접촉을 하거나 성적 표현의 말을 한 사실 등에 비추어보면, 이 사건의 신체적 접촉과 언어는 피고가 비록 원고들에게 폭력이나 강압적인 수단을 쓰지 않았다고 하더라도 원고들 입장에서 성적 수치심을 느낄 성희롱에 해당하고, 이 사건 피고의 행위는 사회공동체의 건전한 상식과 관행에 비추어볼 때 용인될 수 없는 정도의 것으로 선량한 풍속 또는 사회질서에 위반된다고 할 것이고, 원고들과 서로 원하여 이 사건 신체적 접촉이 있었다는 피고의 주장은 받아들일 수 없다.

피고의 이 사건 신체적 접촉 등의 성적 표현 행위로 인하여 원고들이 인격권을 침해당하고 정신적 고통을 입는다는 것은 경험칙상 명백하므로, 피고는 원고들에게 금전으로나마 이를 위자할 의무가 있고, 이 사건에 나타난 제반 정황을 고려하면 그 액수는 원고 A, B, C는 각 금 5,000,000원, 원고 D는 금 3,000,000원, 원고 E는 금 2,000,000원으로 정함이 상당하다.

3. 결론

그렇다면, 원고들의 이 사건 청구는 이유 있어 이를 인용하기로 하여 주문과 같이 판결한다.

판사 이××

저희 원고 5인은 각각 1,500만 원을 청구했습니다. 그러나 형사 재판에 회부된 사건의 피해자 3인은 500만 원을 배상받게 되었지만, 불기소된 사건의 피해자 2인은 각각 300만 원, 200만 원을 배상받게 되었습니다. 형사 판결이 이렇게 민사 판결에 영향을 주는군요.

물론 부지런한 연쇄성폭력범 최 씨는 항고를 했습니다. 또 새로운 사건 번호를 받았습니다. 20××나688×× 손해배상(기). 이후 받아본 준비서면에 의하면 최 씨는 "피고의 행위 정도와 그로 인해 원고가 당했을 정신적 피해에 비추어볼 때 위자료 500만 원은 과다하다 사료됩니다"라는 주장을 하더군요. 더하여 "한편 피고는 형사 재판 과정에서 원고 A, B, C에 대해 위자료조로 공탁한 사실이 있습니다. 따라서 피고가 원고들에게 위자료 지급 의무가 있다고 판단하실 경우, 이와 같이 공탁한 금원은 손해배상금에서 공제되어야 할 것입니다"라고도 썼습니다. 어차피 공탁 걸어놓았으니 그 돈은 버린 셈치고 그 금액 안에서 해결하자는 속셈이로군요.

해가 바뀌었습니다. 1월 15일, 법원에서는 '화해 권고 결정'을 내렸습니다. 최 씨의 주장을 받아들여 보상액을 조금 깎아주는 내용이었습니다. '원고 D에게 2,000,000원, 원고 E에게 1,500,000원을 지급하라.' 저희는 응하지 않았습니다. 재판이 열렸습니다. 항소심 결과 3인이 500만 원씩 받는 것은 여전했지만 나머지 2인은 한 푼도 못 받게 되었습니다. 저희는 여기서 끝내기로 했습니다. 3인 앞으로 500만 원씩 공탁된 돈을 찾았습니다. 그동안 5인이 다 함께 고생했으니 똑같이 300만 원씩 나누었습니다. 증인이 되어준 직장 동료 F 등 도와주신 분들께는 백화점 상품권과 선물세트 등으로 감사를 표했습니다. 2월 7일에 최 씨의 아파트 전세금에 대한 채권 가압 해제 신청서를 내고 회식을 한 것이 저희 조직의 마지막 활동이었습니다. 아 참, 저희 피해자 조직 이름을 한번도 쓰지 않았군요. 저희 모임 이름은 '플라워 앤드 스네이크'였습니다. 네, 꽃과 뱀이요. 그냥, 웃으며 싸우자고 반어적으로 붙인 이름입니다. 상대의 공격무기를 웃음거리로 삼아 무시해버리려고요.

제가 성추행을 처음 당한 4월 이후 햇수로 3년, 만으로 2년 가까이 걸린 일이 겨우 300만 원 받고 끝났습니다. 이렇게, 전과 3범의 꽃뱀은 2년을 투자하여 겨우 300만 원을 벌게 됩니다.

모든 재판이 끝났습니다. 저는 이겼습니다. 상대를 감옥에 넣었고 보상금도 받아내었습니다. 그런데 마음이 홀가분해지지 않았습니다. 싸울 때는 미처 몰랐던 감정들이 한숨 돌리자마자 회오리쳐 닥치기 시작했습니다. 저는 여전히 분노하고 있었습니다. 왜 사람들이 가해자 남성 편을 드는지 이해할 수 없었습니다. 저의 직장 동료, 친지, 친밀한 관계에 있던 남자, 심지어 가장 내 편이 되어주어야 할 친어머니조차 가해자 남성 입장에서 제

품행의 문제점부터 따지는 순간이 자꾸 떠올라 괴로웠습니다. 사람들은 왜 이럴까요? 이게 다 제 잘못인가요? 왜들 이렇게 남성의 성폭력할 권리를 옹호하는 문화에 젖어 살고 있는 것일까요? 세상은 왜 이렇게 잘못되어 있을까요?

보복하겠다는 최 씨 일당의 협박 때문에 집 밖에 나가기가 무서웠습니다. 밥벌이는 해야 하니 직장과 집만 오갔습니다. 사람이 싫어졌습니다. 기존의 인간관계는 다 끊었습니다. 혼자 있으면 가만있어도 눈물이 줄줄 흘렀습니다. 울면서, 빠진 수분을 보충하기 위해 맥주를 마셨습니다. 그때 마신 캔을 다 모았으면 아이언맨 슈트 열 벌은 만들었을 것 같습니다. 그 상태가 한 3년은 지속되었던 것 같습니다. 돌이켜보면 전문가에게 상담을 받았더라면 회복이 빨랐을 텐데, 그때는 미처 그 생각을 못했습니다.

그러나 울고 맥주만 마시며 허송세월을 한 것은 아닙니다. 저는 눈물을 닦아가며 페미니즘 서적과 역사책을 열심히 읽었습니다. 제대로 알고 세상과 다시 싸워보고 싶었기 때문입니다. 저의 싸움은 끝난 곳에서 다시 시작하고 있었습니다.

탄원서를 써달라는 요청을 받으면

가해자는 형을 경감받기 위해 판사에게 반성문을 매일 제출한다. '원래 선량해서 그럴 사람이 아니다, 벌을 좀 깎아주시라'라는 내용의 탄원서를 잔뜩 모아서 양으로 승부를 걸어보기도 한다. 그러나 앞서 신입 여직원 I의 경우처럼 사건 내용을 모르는 사람들이 쓴 문서는 아무 도움이 되지 못한다. 탄원서는 가해자를 잘 아는 사람, 사건 내용을 잘 아는 사람이 쓰는 게 좋다. 그런데 가해자와 사건을 가장 잘 아는 사람은 누구겠는가? 바로 피해자다. 피해자가 선처를 호소하는 탄원서가 가장 좋다. 그래서 가해자는 합의해주고 탄원서를 써달라고 피해자를 괴롭힌다.

다음으로 유리한 탄원서는 가족이나 가까운 지인의 탄원서이다. 이때 피해 여성을 인신공격하며 가해 남성을 두둔하는 탄원서를 무작정 써주는 사람들이 많이 생긴다. 조심하자. 지인의 말만 듣고 무작정 탄원서 써주고 피해 여성 비방하면 안 된다. 우리는 가해자나 피해자가 될 확률보다 이들의 지인이 될 확률이 더 높다. 어떤 사람에 대한 내 평소 인상에 의지하여 함부로 판단 내리지 말자. 문서 작성은 항상 신중하게 하자. 감정적으로 썼다가는 법률적 책임을 져야 할 일이 생긴다.

진술서를 받거나 써줄 상황에 처한다면 그 형식은 이렇다. 먼저 용지 상단에 증인의 이름, 주민등록번호, 주소, 연락처, 직업을 적는다. 본문으로는 증인과 원·피고와의 관계, 증인이 사건에 관여하거나 내용을 알게 된 경위를 적는다. 이하 구체적인 목격 진술은 시간과 장소를 정확히 쓰고 있었던 사실만 적으면 된다. 거기에 대한 자신의 평가나 의견은 넣을 필요 없다. 본문 진술이 끝나면 "이상 위의 진술은 모두 사실임을 인정합니다"라고 쓰고 작성일을 표시한다. 서명하고 도장이나 지장을 찍는다.

두 손을 뻗으며 "반사!"

"삶은 가까이서 보면 비극이지만 멀리서 보면 희극이다"라는 말이 있습니다. 유명 희극 배우인 찰리 채플린이 한 말입니다. 이 말에 전적으로 동의합니다. 너무도 힘들고 속상한 일인데 그 순간을 견딘 후 되돌아보면 왠지 웃긴 상황으로 보일 때가 꽤 있기 때문이지요. 아마도 시간이 흘러서 지난 일을 관조할 여유가 생긴 덕분일 것입니다.

연쇄성폭력범 최 씨 사건도 그렇습니다. 당시에는 매일매일 울고 토하며 괴로워했는데 지금 이 책을 쓰느라 지난 기록들을 들춰보니 생각 외로 웃긴 일이 많군요. 가해자 최 씨는 왜 제가 최 씨를 너무도 사랑해서 부인과 이혼시키려고 고소했다고 주장했을까요? 도대체 뭐 믿고? 구슬 믿고? 지금 봐도 웃깁니다.

제 사건의 경우, 최 씨가 사무실에서 저를 성추행한 시점으로부터 모든 상황이 정리되기까지 햇수로 3년 걸렸습니다. 최 씨가 초심에 불복하여 항소했기에 형사 재판과 민사 재판을 각각 두 번씩 했습니다. 꽃뱀이라며 무고죄와 사기미수로 고소하여 피고소인으로도 불려가 그 조사까지 여러 번 받았습니다. 이러한 기본 과정만 겪는 것도 괴롭습니다. 옮겨간 다른 직장을 다니면서 조사와 재판을 받느라 시간을 내기 힘들었습니다. 비용 또한 많이 들었습니다. 스트레스도 만만찮았죠. 최 씨는 조폭을 동원해 저와 다른 증인들을 협박해댔습니다. 재판정에도 깍두기 머리를 하고 검은 양복을 입은 덩치 큰 형님들을 데려와 겁을 주었습니다. 길거리 다니기도 무서웠습니다.

가장 괴로웠던 것은 최 씨와 직접 얼굴을 대면해야 하는 대질 조사였습니다. 그자는 저만 보면 쌍욕을 퍼부어댔습니다. 경찰서 사무실에서 형사님들이 저 대신 저지할 정도였지요. 개가 짖는다고 같이 짖을쏘냐. 저는 각 잡힌 정장을 차려입고 겉으로는 흐트러짐 없이 조사를 받으러 다녔지만 속으로는 병들어갔습니다. 상대를 모욕하는 폭언은 그 내용이 아무리 사실이 아니라 해도 거듭 듣다보면 사람의 영혼을 갉아먹는 법입니다. 혼자 있을 때면 사방 벽에서 그자의 욕설이 튀어나오더군요. 중국 무협 영화의 한 장면처럼, 벽에서 저절로 발사되는 화살에 맞는 기분이었습니다. 이때 깨달았죠. 세상에는 총 맞아 죽은 사람보다 말 맞아 죽은 사람이 더 많을지도 모른다는 것을.

최 씨가 욕할 때 같이 맞받아쳐서 시원하게 욕이라도 할 수 있다면 마음이 좀 후련할 텐데, 저는 그게 되지 않았습니다. '말은 그 사람의 인격이다'라고 믿는 국어국문학 전공자여서 그렇기도 하고, 평소 욕을 해보지 않았기 때문이었습니다. 조사받으러 가기 전 지하철역 화장실에서 거울을 보며 연습까지 해봤는데도 욕이 안 나오더군요.

그러던 어느 날이었습니다. 대질조사 중에 최 씨가 너무도 참기 어려운 폭언을 퍼부었습니다. 드디어 그동안 쌓였던 분노가 폭발해버렸습니다. 그만 평정심을 잃은 채 최 씨를 향해 두 손을 뻗으며 마녀처럼 소리를 지르고야 말았습니다.

"반사!"

경찰서 사무실에 있던 수사관들이 폭소를 터뜨렸습니다. 최 씨는 얼굴이 빨개졌습니다. 아무 말도 못하고 씩씩거리며 분해했습니다. 저는 도대체 내가 왜 그랬는지, 내가 말했으면서도 이해되지 않아 어리둥절 앉아만 있었습니다. 순간, 깨달았습니다.

아, 이런 거구나. 힘들고 분한 상황에서는 같이 악을 쓰고 울며불며 싸울 것이 아니라 그 상대와 상황을 웃음거리로 만들어 버리면 되는 거구나. 이때 문득 머리에 떠오른 단어가 '리디큘러스'였습니다.

조앤 롤링이 쓴 판타지 소설 해리 포터 시리즈에는 마법사들이 쓰는 온갖 주문들이 등장합니다. 원하는 물건을 척척 손에 갖다주는 '아씨오' 주문은 게으른 저에게 무척 유용해 보였습니다. 가장 흥미로웠던 주문은 '리디큘러스(Riddikulus)' 주문이었습니다. 라틴어 리디큘러스는 영어 형용사 '리디큘러스(Ridiculous)'와 같이 '웃기는, 말도 안 되는, 어처구니없는'이라는 뜻입니다.

해리 포터 시리즈에는 상대의 두려움을 읽고 상대가 가장 무서워하는 모습으로 변하는 '보가트'라는 마법 생물이 나옵니다. 두려운 상대로 변신한 보가트를 물리치려면 그를 별것 아닌 웃긴 존재로 변화시켜야 합니다. 이때 '리디큘러스' 주문을 씁니다.

폭언을 하는 자, 나를 괴롭히는 자에 맞서 거품 물고 욕하고 수준 떨어지는 방식으로 싸울 필요 없습니다. 그래봐야 세상 사람들은 그자와 나를 묶어서 '이전투구(泥田鬪狗)'라는 말로, 같은 개새끼로 표현할 뿐입니다. 악마와 같은 방식으로 싸우다보면 나 또한 악마를 닮아갑니다. 그러니 악마를 무서워하지 말고 오히려 우스꽝스럽게 만들어 상황을 뒤집어야 합니다. 무서워하면 집니다. 웃어서 이겨야 합니다.

재판이 끝나고 연쇄성폭력범 최 씨는 6개월 징역형을 받았습니다. 민사 소송을 걸어 피해자들에게 각각 500만 원씩 손해배상을 하라는 판결도 받아내었습니다. 모든 사건이 끝났지만 저는 여전히 불안하고 불행했습니다. 최 씨와 조폭 형님들에게 공격당할까봐 집 밖에 나가는 것이 무서웠습니다. 누워 있으면 자꾸 눈물이 줄줄 흘러 귓속이 질척질척했습니다. 그럴 때마다 승리의 기억을 떠올렸습니다. 징역 6개월이 선고되던 장면, "반사!"를 외쳐 최 씨를 제압하던 장면을 되새겨보았습니다. 한번 나쁜 놈과 싸워 이겼다고 제 삶이 내내 평탄할까요? 이번에 다 울었다고 앞으로 제가 울 일이 없을까요? 아닐 것입니다. 범죄자 한 명은 무찔렀지만 그런 범죄를 가능하게 만드는 사회는 여전하기 때문입니다. 그렇다면 이번 싸움에서 배운 지혜로 다음 싸움을 준비해야겠지요. 그 지혜는 바로 눈물은 웃음으로 닦아야 한다는 것! 그러니 아무리 손에 힘이 없어도 마법 지팡이 다시 쥐고 세상의 온갖 나쁜 놈들을 향해 같이 외쳐봅시다. "리디큘러스!"

힘든 일이 생기면 리디큘러스, 우스꽝스러운 상황으로 만들어 한바탕 웃고 털어버립시다. 너는 나를 겁먹게 만들 수 없어, 너는 나를 불행하게 만들 수 없어, 가소로운 자여, 꺼져라! 인생은 멀리서 보면 희극이라지만 가까이 있을 때부터 희극으로 만들어버리면 훨씬 버티기 편해집니다. 피해 여성의 행실이 어떻다는 둥 성폭행을 유발했다는 둥 다 웃긴 말일 뿐, 날 무섭게 만드는 진실은 아닙니다. 리디큘러스, 웃깁니다. 피해자라고 평생 울고만 살라는 법은 없습니다.

단, 저는 제가 재판에 이겼기에 결과적으로 희극이 되었다는 것을 잘 알고 있습니다. 지금 현재 비극 무대의 한복판에 혼자 서서 울고 계신 분들께는 이 글이 거만하고 헛된 충고로 느껴질 수도 있겠네요. 인정합니다. 그래도, 저는 당신이 이 글을 읽고 덜 울었으면 좋겠습니다. 당신 뒤에는 당신의 적을 겨눈 지팡이를 들고 응원하고 있는 수많은 자매들이 있다는 것을 알아주셨으면 좋겠습니다.

"리디큘러스!"

연쇄싸움마의 탄생

앞의 반사 이야기를 읽어보면 제가 성폭력의 추억을 잊고 금방 명랑해진 것 같죠? 사실은 시간이 꽤 걸렸습니다. 일단 아팠습니다. 진짜로 몸과 마음이 다 아팠습니다. 심지어 머리카락까지도 아프더군요. 사람들을 만나지도, 전화를 받거나 걸지도 못하게 되었습니다. 저를 꽃뱀이라고 욕하거나 협박할 것 같았기 때문입니다. 상식적으로 무턱대고 사람들이 그럴 리가 없는데, 그때는 그런 생각이 들더군요. 혼자 있을 때 으으으, 하는 이상한 소리가 들려서 귀를 기울여보면 저도 모르게 제가 소리를 지르고 있어서 깜짝 놀랐습니다. 길을 걷거나 지하철을 탈 때면 벽에

붙어 다녔습니다. 누가 저를 차도나 선로로 밀어버릴 것 같아 무서웠거든요. 이런 게 아마 외상후스트레스장애(PTSD)가 아닌가 합니다. 이건 피해의식 때문이 아니라 피해경험 때문에 생기는 것인데, 무슨 말만 하면 피해의식 어쩌고 훈계하는 사람들이 많더군요. 이 설명을 하기도 구차해서 친구들 만남도 피했습니다.

하지만 밥벌이는 해야 하니 억지로 출퇴근하고 사람 상대를 했습니다. 좀 쉬거나 전문가를 찾아가 상담을 받거나 했으면 회복이 빨랐을 텐데, 그럴 생각을 못했습니다. 마음의 여유가 없었기 때문이었죠. 재판을 끝내고 나니 30대 중반을 넘어 후반으로 가고 있었습니다. 신입으로 들어갈 나이도 아닌데 한 직장에서 경력을 쌓지 못하고 나이가 들어버린 것이죠. 이제 저는 비정규직 근무자로 떠돌게 되었습니다. 이렇듯 미래가 불안했기 때문에 제 마음을 세심히 돌보지 못했습니다. 다행스럽게도 원래 책벌레였기에 하던 대로 책에서 답을 찾으려 노력했습니다. 글자가 눈에 안 들어와도 의식적으로 페이지 수를 정해두고 읽었지요. 그러다 방 안을 떼굴떼굴 구르며 울기도 했지만요.

성폭력 사건이 피해자에게 남기는 상처의 핵심은 자신이 인권을 가진 인간으로 대우받지 못했다는 사실에 있다고 생각합니다. 괴로웠습니다. 나를 동등한 존재로 인정하지 않는 남자들과 세상에 분노가 치솟았습니다. 그러나 아무나 붙들고 욕할 수는 없는 법, 책이 눈에 안 들어올 때면 극장에 가서 혼자 영화를 봤습니다. 주로 외국 영화를 보며 대사 중 '퍽큐'가 나올 때마다 따라했습니다. 미국 탄광지역의 직장 성폭력 승소 실화를 다룬 〈노스 컨츄리〉를 보면서 입을 막고 통곡한 기억이 나는군요. 심지어 히어로 액션물을 보면서도 울었습니다. 이건 꽤 웃기군요. 그냥, 울버린의 손등에서 칼날이 나올 때, 너무 아팠어요. 배트맨이 우물에서 기어나올 때, 너무 슬펐어요. 문득, 깨달았죠. 이러다간 평생 혼자 울다가 내 눈물이 고인 우물에 빠져 외롭게 죽겠구나. 누가 나를 사랑하고 도와주려 해도 내가 내 복을 걷어차겠구나. 아아, 내 안에는 칼이 너무도 많아 당신의 쉴 곳 없네.

가슴 속에 쌓인 칼을 녹여 새로운 창작물을 만들고 싶었습니다. 영화를 보고 책을 읽고 난 후 블로그에 기록하기 시작했습니다. 다 지나갈 것이다. 문제는 그때 내가 어떤 존재가 되어 있느냐다, 그러니 회복될 때까지 세상을 읽고 지혜를 쌓아가며 견뎌보자, 라고 생각했습니다. 그렇게 몇 년이 지났습니다. 어느 순간이 되니 뭔가, 질적 도약의 시기가 온 것 같습니다. 이게 옛날 어른들 표현으로는 '문리가 트였다'라는 것과 비슷한 것 같습니다. 그냥 알아버린 것입니다. 세상의 진실을.

저는 제 사건 재판이 끝난 후에도 궁금했습니다. 사람들이 피해자인 저에게 왜 저항하지 않았는가를 묻는 것이 이상했습니다. 왜 그때 옷차림을 묻고 왜 사건 후 직장을 계속 다녔는지를 묻는지 이해가 되지 않았습니다. 한두 사람도 아니고 너무나 많이들 묻습니다. 최 씨 편뿐만 아니라 내 편 사람들도 그랬습니다. 성폭력의 원인은 오직 하나, 가해자입니다. 왜 자꾸 피해자에게 묻는 걸까요?

유치원에서 아이가 다른 아이를 때리면 선생님은 제지합니다. 맞은 아이를 달래주고 때린 아이에게 왜 때렸냐고 묻습니다. 맞은 아이에게 왜 피하지 않았냐, 일부러 맞았냐, 무슨 의도를 가지고 맞았냐고 묻지 않습니다. 이유야 어떻든, 사람을 때리는 것은 무조건 잘못이라는 상식이 있기 때문입니다. 그래서 때린 아이에게 먼저 이유를 물어보는 것이지요. 이렇게 문제가 생기면 잘못한 쪽에게 먼저 묻는 것이 보편적 상식입니다. 성폭력 사건도 마찬가지입니다. 잘못한 쪽에 이유를 묻습니다. 피해자에게 왜 저항하지 않았냐고! 이상했죠. 이제 문리가 트인 저는 알아버렸습니다. 사람들은 잘못한 쪽이 피해자 여성이라고 생각하기에 묻는 것입니다. 그래서 가해자 남성이 아니라 피해자 여성을 탓하고 여성 쪽에서 원인을 찾는 것이었습니다.

사람들은 남성과 여성을 동등한 인간으로 보지 않습니다. 남성에게는 여성을 마음대로 대하고 이용할 권리가, 성폭행할 권리가 있다고 생각합니다. 그래서 가해 남성보다 고소해서 물의를 일으킨 피해 여성이 잘못한 쪽이라고 생각합니다. 자연스럽게 묻게 됩니다. 남성에게는 강간할 권리가 있어서 했을 뿐인데 왜 굳이 고소까지 해서 한 남성의 인생을 망치냐고. 사실은 너에게 문제가 있는 것 아니었냐고. 그래서 재수 없이(?) 고소당한 가해 남성의 편을 들어주기 위해 사람들은 피해 여성의 도덕성을 공격하여 문란한 여성으로 만듭니다. 2018년 9월 곰탕집 성추행 사건 때 피해 여성을 2차 가해하던 남성들의 반응을 떠올려보세요. 이 부분, 역사서를 찾아보니 근거가 있더군요. 영국에서는 12세기까지, 프랑스에서는 16세기까지 창녀를 강간하면 무죄였습니다. 성폭력특별법 이전까지는 우리나라에서도 그랬죠. 성폭력이 '정조에 대한 죄'였습니다. 1950년대 박인수 혼인빙자 간음 사건 당시 유명해진 판결문 구절이 있습니다. "법은 정숙한 여인의 건전하고 순결한 정조만을 보호할 수 있는 것을 밝혀두는 바이다." 이게 바로 '보호할 가치가 없는 정조는 보호하지 않는다'가 되어 현재까지도 사람들이 가해 남성을 무죄로 만들어주기 위해 피해 여성을 창녀로, 문란한 여성으로 몰아가서 사생활과 성이력을 파헤치는 유래가 되었습니다. 결국, 피해 여성을 문란하고 나쁜 여자로 만들어야 남성이 이익을 봅니다. 그러나, 이 이치가 꼭 성폭력범 남성의 이익에만 해당될까요?

저는 사건이 종결된 후 가족, 지인들과의 관계가 힘들었습니다. 다른 사람들이 가해 남성 편인 것은 워낙 세상이 남성중심적이고 강간문화에 젖어 있으니 그러려니 했습니다. 이쪽은 천천히 싸워 바꿔나갈 생각이었습니다. 그런데, 제 편을 들어주어야 할 사람들이 가해자 편에서 생각하고 사건이 끝난 후에도 두고두고 저를 욕하는 것은 참을 수 없었습니다. 저를 사랑한다던 사람이, 제가 사랑하는 사람이 도대체 제게 왜 이럴까요. 괴로웠습니다. 역시 그릇된 사회문화에 젖어서 그런 것일까요? 아닙니다. 성폭력 사건이 아니어도, 자신의 이익을 얻기 위해 사람들은 주변의 친근한 관계에 있는 여성을 일부러 나쁜 여자로 만듭니다.

사건 당시 저와 친밀한 관계에 있던 남자가 있었습니다. 앞서 '불온 삐라' 사건 때 최 씨의 편지를 읽고 제게 화를 냈던 남자입니다. 그는 제가 고소하려 하고 여기저기 상담 겸 제 사건을 이야기하고 다니니까 저를 말리더군요. 그만두라고, 자기 망신시키지 말라고 합니다. 이해가 되지 않더라고요. 망신이면 피해당한 내가 망신이지 왜 네가 망신이냐고 물었습니다. 그는 말했습니다. '이 사회에서 성폭력을 당한 여자는 흠 있는 여자고, 흠 있는 여자를 차지하는 남자는 남성 사회에서 서열이 떨어지는 남자다. 그러니까 내 망신이다.' 듣고 어이가 없었지만, 뭐 자기도 지켜보다 힘들어서 하는 헛소리이겠거니, 하고 지나갔습니다. 정말 예전의 저는 쓸데없이 착했군요. 몇 년이 흐른 후였습니다.

다른 일로 싸우다가 제 말빨에 밀리자, 최 씨 사건을 꺼내 공격하더군요. '이런 일까지 겪은 흠 있는 여자를 거둬줬는데도 내게 순종하지 않으니 너는 나쁜 여자다. 너는 평생 내게 잘해야 한다. 내 아들 낳고 내 어머니 모시며 얌전히 살아라.' 이 말을 듣고 어이없어서 물었습니다. '내가 왜? 나는 어릴 때부터 작가가 꿈이었다. 모르는 아줌마 하녀 되기가 장래희망인 여자는 없다. 여자도 인권이 있다.' 이 말에 그는 화를 냈습니다. '여자의 도리도 모르는 주제에 작가가 꿈이라고? 너는 능력이 없다. 나랑 헤어지면 너는 작가가 아니라 창녀가 될 것이다.' 에휴, 지금은 인연이 끝난 남자이니 더 이상 쓰지 않겠습니다. 여튼, 여기서도 이치가 보이지요? 이 남자는 저를 흠 있는 여자로 만들어야 합니다. 그래야 그런 여자인 너를 사랑해주는 내게 감사하라며 평생 저를 이용할 수 있으니까요. 결국 최 씨 편이 아니라 자기 편을 든 것입니다. 자신의 이익을 위해 저를 나쁜 여자 붕어빵 틀에 끼워 넣는 것입니다. 억지로 문란한 여자를 만들어 성폭행하는 범죄자들의 논리와 같은데, 단지 이 나이에 이만한 남자 다시 만나기 힘들다고 제가 참고 관계를 유지할 필요가 있을까요?

저의 친어머니는 제가 고소하려고 하자 "그러다 그 남자 이혼당하면 어쩌니?"라면서 말리셨습니다. 아마 어머니 본인의 아픈 경험 때문에 조강지처 입장에서 말씀하신 것이리라 이해했습니다. 그러나 이후 제가 일의 경과를 이야기할 때마다 어머니는 고개를 내두르며 "아우, 독한 여자들! 너 진짜 독하다. 어릴 때부터 알아봤어"라고 말씀하시더군요. 저는 굉장히 큰 상처를 받았습니다. 왜 친딸인 저보다 모르는 남성 편을 들어 저를 독하다고 흉보실까요? 어머니는 제가 어릴 때부터 '너는 못생겼고 성격도 못됐고 머리도 나쁘다. 너 같은 여자는 아무도 사랑하지 않을 것이다'라고 말씀하시곤 했습니다. 반면 오빠는 잘생겼고 착하고 머리가 좋다고 하셨죠. 서운했지만 부모로서 걱정되어서 나쁜 점을 고치라고 하시는 말씀이신가보다, 하고 지나쳤죠. 그러나 이제 문리가 트인 저는 알게 되었습니다. 어머니는 저를 나쁜 여자로 만들어야 이익이기 때문에 그런 겁니다. 나이 들어 노쇠해진 사람은 누구나 다른 어린 여성의 돌봄이 필요합니다. 며느리나 딸의 도움이 있어야 하죠. 그러나 일부 여성혐오 문화에 젖은 후진 부모는 2등 인간인 여성에게 봉양에 상응하는 대가를 주고 사랑을 주기는 싫어합니다. 며느리를 나쁜 여자로 만들거나 딸을 어릴 때부터 차별하고 못났다고 후려쳐서 공짜로 이용하려 듭니다. 그래서 제 어머니는 저를 독하고 못된 딸로 만들어야 합니다. 아무도 사랑하지 않는, 그런 부족한 너를 사랑해주는 어머니 은혜에 감사하라며 자신의 평생 수발을 당당히 맡길 수 있으니까요. 결국 어머니는 최 씨의 이익을 위해 가해자 편을 든 것이 아닙니다. 자기 편을 든 것입니다. 자신의 이익을 위해 저를 독하고 못된 여자로 평가하는 겁니다. 억지로 문란한 여자를 만들어 성폭행하고도 무죄로 빠져나가는 범죄자들의 논리와 같은데, 낳아주고 키워주신 어머니라고 제가 이런 평생에 걸친 부당대우를 참을 필요는 없습니다. 더 이상 어머니의 차별과 편애에 상처받지 않으려면 안 참아야 합니다. 거리를 두고 살아야 합니다.

제가 사랑했던 두 사람, 어머니와 남자의 사례를 보십시오. 남성의 성폭행할 권리를 보장하는 이 사회의 근본 속셈을 알 수 있지 않습니까? 사람들이 가해자 아닌 피해자를 비난하는 것은 약자 주제에 참지 않고 문제 제기하고 고소한 것이 죄라고 생각하기 때문입니다. 성폭력은 이 사회 남성들의 당연한 권리이기 때문입니다. 대부분의 남성들은 성폭력 범죄를 저지르지 않겠지요. 그러나 성폭력범을 엄벌하고 피해 여성을 보호할 생각이 없습니다. 피해 여성을 공격하는 후진 문화를 바꿀 생각이 없습니다. 성폭행당하는 흠 있는 여성이 계속 공급되어야 성폭력범 아닌 자신들도 이익을 보기 때문입니다. 세상에 성폭력범이 있다는 것만으로도 순진한 여성들을 단속하고 지배할 수 있기 때문입니다.

문리가 트인 저는 인간관계를 정리해나가기 시작했습니다.

세상에는 성폭력범의 사고방식을 가진 사람들이 너무 많았습니다. 저는 제 돈과 시간과 에너지와 사랑을 바쳐가며 나쁜 여자 소리 듣는 관계는 더 이상 유지하지 않기로 결심했습니다. 참지 않기로 했습니다. 여러 사람과 헤어지고 의절했습니다. 점점 타인의 평가에서 자유로워졌습니다. 이제 저는 저를 이용하기 위해 도덕적 비난을 하는 것에 신경 쓰지 않습니다. 욕하세요, 반사! 저는 앞으로 달려나가 제 인생을 살 것입니다.

독자 여러분, 본인의 인격이나 성격 결함을 지적받고 너무 고민하실 필요 없습니다. 그렇게 나빠서 상종 못할 인간이면 안 만나면 그만인데 왜 자꾸 만나자고 하며 만나면 듣기 싫은 소리를 하고 흉을 볼까요? 그건 당신을 이용하기 위해서입니다. 잘하고 있는데도 더 이용하기 위해, 공짜로 이용하기 위해 '사람이 해야 할 도리'를 안 한다고 당신에게 누명 씌우는 겁니다. 그러면 대부분의 착한 사람, 약자들은 더 분발해서 잘 대해주거든요. '도리'라는 것은 약자에게만 강요됩니다. 여자 도리, 며느리 도리는 있어도 남자 도리, 사위 도리는 없잖아요. 이제 그럴 필요 없습니다. 사람은 그냥 가만있어도 사람입니다. 굳이 그들이 원하는 도리나 조건에 맞추려 자신의 몸과 마음을 갈아넣어 사람으로 인정받으려고 하지 마세요. 후려쳐서 나쁜 여자 만들어 이용하기, 문란한 여성 만들어 강간하기 수법이거든요. 특히 어린 여성

친구분들이 이런 문제로 고민하고 있는 것을 보면 안타깝습니다. 다들 가볍거나 무겁거나 우울증에 시달리고 계시죠. 그건 이 사회가 그만큼 여성들에게 건강하지 못한 환경을 제공하면서도 참으라고 강권하고 있기 때문입니다. 우리들도 이 성폭력 권하는 사회, 여성의 흠을 억지로 잡아서 여성을 차별하고 이용하는 여성혐오 사회에 물이 들어 있기 때문입니다.

여성혐오는 여성을 싫어하는 것이 아닙니다. 여성을 너무 좋아해서, 여성이 너무 필요해서 여성을 공짜로 이용하기 위해 만들어내는 각종 시스템, 사고방식, 차별, 문화가 여성혐오입니다. 여성혐오에 물든 남성들은 여성은 동등한 인간이 아니기 때문에 정당한 대가, 사랑, 보답 없이 이용해도 된다고 생각합니다. 그래서 여성을 열등하거나 나쁜 존재로 만들어서 이용합니다. 반대로 '모성 예찬', '순결한 성녀 숭배'처럼 찬양해서 이용하는 방법도 있습니다. 여성들은 사랑 못 받을까봐, 나쁜 여자로 찍힐까봐 두려워 부당한 대우를 받으면서도 참고 자발적으로 이용당하게 됩니다. 이때 인간이 갖고 있는 부정적인 속성들은 전부 여자의 특성이 되어 여성 집단을 비난할 때 쓰이게 됩니다. 한편, 남성들만 여성혐오에 물든 방식으로 여성을 대하는 것은 아닙니다. 같은 여성이어도 나이 든 여성, 더 권력을 쥐고 있는 여성은 더 어리거나 권력이 없는 여성을 이런 방식으로 이용합니다. 시어머니가 며느리를 대하는 방식을 보면 잘 알 수 있지요. 슬프지만, 가정에서 어머니가 아들과 딸을 차별하는 방식도 그렇습니다.

지금 우리는 잘못된 사회에 살고 있습니다. 이러면 모두가 불행해집니다. 사회 시스템을 고치는 한편 개인적 성찰을 통해 그동안 내가 젖어 살아온 '나쁜 물'을 의식적으로 빼려는 노력을 해야 합니다. 무엇보다 기본으로 돌아가서 생각해봅시다. 여성도 같은 인간입니다. 한 인간이 다른 인간에게 폭력을 행사하는 것은 범죄입니다. 당연합니다. 그런데 왜 성폭력 사건만은 피해자를 더 죄인처럼 추궁할까요? 그것은 성폭력 사건을 통해 남성들이 이익을 보기 때문입니다. 성폭력은 여성의 육체를 물리적으로 공격하여 가장 원초적으로 여성을 지배하는 여성 인권 탄압 방식이기 때문입니다.

역사적으로 여성의 권리를 쟁취하는 운동이 투표할 권리, 교육을 받고 직장에 다닐 권리 위주로 진행되었기 때문에 '지금 세상은 다 평등이 이뤄지고 여성 권리가 보장받고 있는데, 왜들 페미니즘을 외치냐'고 묻는 사람들도 많습니다. 그러나 이렇게 성폭력이 만연한 현실을 보십시오. 아직 성평등은 이뤄지지 않았습니다. 아직 여성 인권은 온전히 보장받지 못하고 있습니다. 성폭력을 당하지 않을 권리도 기초적인 인권입니다. '여성의 신체

온전성을 유지할 권리'도 여성 인권에 들어가기 때문입니다. 그러므로 미투 운동은, 반성폭력 운동은 인권 운동입니다. 당연한 인권 운동을 남성을 잠재적 가해자 취급하니 어쩌니 하면서 반대하는 것은 반인권을 주장하는 것입니다. 남성 집단이 여전히 여성을 지배하며 이익을 보기를 꾀하는 것입니다.

인간은 누구나 다른 인간에게 잠재적 가해자입니다. 기본적으로 이 사회 문화의 '나쁜 물'이 들어 있기 때문입니다. 별거 없습니다. 소금물 통에 들어가면 오이지 되고, 단촛물 통에 들어가면 오이피클 되는 겁니다. 치열한 자기성찰로 나쁜 물을 빼지 않고서는 자신도 모르는 사이에 가해를 하고 다니게 됩니다. 모르는 사이에 가해하지 않도록 조심하는 한편, 피해자 여성의 흠을 잡고 가해하는 사회 풍조를 고쳐나가야 합니다. 성범죄자는 다 잡히고 처벌받아야 합니다. 그러려면 피해자들이 안심하고 고발할 수 있도록 도와야 합니다. 성폭력 범죄 현장을 일상에서 목격하면 서로 돕고 바로 가해자 저지에 나서야 합니다. 우리는 서로의 증인이 되어주어야 합니다.

저는 더 이상 참지 않습니다. 읽고 쓰고 참견합니다. 집회에 나가고 지지하는 단체에 후원금을 보냅니다. 더 이상 울지 않고 명랑하고 유쾌하게 싸웁니다. 성폭력 사건의 피해자이지만 저는 평생 불행할 생각이 없습니다. 성폭력 사건은 교통사고와 같습니다. 가해자를 벌주고 나면 피해자의 재활 훈련을 해야 합니다. 저는 제 마음을 스스로 돌보며 길게 보고 싸우려 합니다. 평생 씻을 수 없는 상처를 받았기에 피해자가 평생 괴롭게 살아야 하는 것은 아닙니다. 평생 씻을 수 없는 죄를 지었기에 가해자가 숨어 살아야 하는 것입니다. 울면서 반성해야 하는 존재는 가해자입니다. 피해자가 평생 괴로워하는 것을 보면 변태 같은 범죄자들은 자신의 힘을 과시한 효과를 느끼고 더 좋아 날뜁니다. 성폭력은 성욕을 풀기 위해서가 아니라 권력을 확인하기 위해서 하는 것이니까요. 피해자가 평생 울고 불행하게 사는 것이 이들 범죄자들의, 남성 집단의 목적입니다. 이런 피해 여성들을 보고 다른 여성들이 경각심을 얻고 남성들 지배에 고분고분해지는 것을 원하는 것이죠. 이들 범죄자들에게 저항하기 위해서라도, 저는 오늘 한번 더 웃을 예정입니다. 웃긴 글을 쓸 것입니다. 그리고, 제가 일상에서 만나는 성폭력 상황에 적극적으로 문제 제기를 하고 제 능력 안에서 피해자를 도우려고 노력할 것입니다.

어떻게요? 2018년 2월, 북가좌동의 슈퍼마켓에서 일어난 일을 말씀드리겠습니다. 물건을 장바구니에 담고 나서 계산대로 가는데 어떤 할배가 한 손에 세 병씩 소주 여섯 병을 들고 제 앞에서 걸어가고 있었습니다. 느낌이 왔습니다. 일부러 할배 뒤에 가서 줄을 섰습니다. 할배가 계산대에 내려놓자 병들은 쓰러져

뒹굴었습니다. 위태로워 보였죠.

캐셔분이 말씀하셨습니다. 다음부터는 바구니에 담아오시라고요. 그러자 할배가 버럭 화를 내더군요. 네가 뭔데 내게 이래라 저래라 명령하냐고. 캐셔분이 대답하셨습니다. "명령이 아니라 병 깨지면 어르신 다치시니까 드리는 말씀이에요." 할배는 계속 구시렁거리더니 봉투 필요하시냐는 물음에 또 화를 냈습니다. "왜 봉투 안 주고 사라고 해?" 캐셔분이 답했습니다. "정부에서 그렇게 하라고 한 거예요." 할배는 폭발했습니다. "뭐 이런 ×같은 경우가 있어? 야, 씨××아, 왜 봉투 안 줘?" 아아, 이번에도 ×할배였습니다.

흠, 이건 넓은 의미의 성폭력에 해당하는군요. 가해자가 고객이기에 저 캐셔분은 피해자이면서도 나서서 저항할 수 없는 상황이죠. 이럴 때는 주변인들이 나서주어야 합니다. 뒤에 서서 관찰하고 있던 저는 이때부터 끼어들었습니다. "경찰 불러요! 욕하는 거 다 들었어요. 제가 증인 서드릴게요. 모욕죄로 벌금 물게 만듭시다!"

할배는 제게로 고개를 돌리더니 이어서 욕하더군요. "너는 뭔데 지랄이야, 씨××아!"라고요. 이럴 때는 감정에 휘둘리지 않고 침착하게 핵심만 반복하면 됩니다. 저는 할배는 쳐다보지 않고 주위 사람들과 한 분씩 눈을 마주치며 말했습니다. "제게도 욕하는 거 다들 들으셨죠? 증인 서주세요. 경찰 불러주세요. 모욕죄로 벌금 물게 만듭시다." 사람들은 주섬주섬 핸드폰을 꺼내들기 시작했습니다. 그러자 할배는 계속 욕하면서 도망가버렸습니다. 이런 동네 술주정뱅이 할배들은 망신 주는 것도 안 무서워합니다. 돈을 잃을 수도 있다는 것을 알아야 조심합니다.

저는 "수고 많으십니다"라고 캐셔분을 위로해드렸습니다. 계산하고 슈퍼마켓을 나오니 2월 아침 바람이 산뜻했습니다. 아아, 이날은 마침 14일, 밸런타인데이였습니다. 남들은 밸런타인데이라고 스윗한 선물 주고받고 스윗한 멘트 듣는데, 저는 스윗하게 쓰윗발넌 소리 들은 거죠. 그러나 캐셔분께 고맙다는 말 들었으니 보람찬 밸런타인데이가 된 셈입니다. 저는 집에 가서 이 이야기를 페이스북에 올렸습니다. 마무리는 이렇게 했죠.

"새로운 장래희망이 생겼다. 나는 이담에 커서 욕쟁이 할매가 되고 싶다. 세상의 모든 ×할배들을 응징하고 자매들을 위로해주고 싶다. 그런데 왜 후진 남자들은 화가 나면 '×같다'라고 욕할까? 자기의 ×이 얼마나 후졌기에? 학구적인 나는 이 점이 궁금하다."

이렇게 사건 후 10년, 시간이 흘렀습니다. 정신차려보니, 연쇄성범죄자와 울며 싸우던 저는 어느덧 명랑한 연쇄싸움마가 되어 있었습니다.

* 영화도 보너스 영상이 있는 법, 고소인 다섯 명의 후일담을 전합니다. 한 분은 박사과정 끝내고 좋은 대우를 받는 직장에 입사했습니다. 한 분은 결혼하여 두 아이의 엄마가 되었습니다. 다른 한 분은 인터넷 쇼핑몰 사장님이 되었습니다. 또 다른 한 분은 임용고시 준비하고 있다가 소식 끊겼는데 지금쯤은 좋은 선생님이 되어 있을 것 같습니다. 그리고 마지막 한 사람 A는 ×할배와 싸우는 작가가 되었답니다.

다들 잘 살고 있습니다. 평생 불행한 피해자는 없는 법이니까요.

그리고,

나의 개저씨는 구슬 제거 수술을 받았다고 합니다.

피해 여성의 63.6%는

어떻게

해야 할지 몰랐다고

답했다.*

Q & A

* 여성가족부, 「2016년 전국 성폭력 실태조사 결과보고서」

●

성폭력 발생시 어디로 신고해야 하나요?

경찰(☎ 112)에 신고하거나 여성긴급전화(☎ 1366)에 도움을 요청하세요.

여성긴급전화는 긴급한 구조·보호 또는 상담을 필요로 하는 여성들이 언제라도 전화로 피해 상담을 받을 수 있도록 365일 24시간 운영되고 있습니다.

성폭력 피해를 신고하고는 싶은데 주변에 알려지거나 경찰로부터 2차 가해를 당할까봐 겁이 납니다.

경찰 등이 수사 중에 경솔한 발언을 하거나 피해자를 무고자로 의심하거나 피해자의 인적사항을 유출하는 등 피해자를 부정적으로 대우하는 경우가 있습니다.

잊지 마세요. 국가는 범죄 피해자를 보호하고 지원, 구조할 의무가 있습니다. 범죄 피해자는 인간의 존엄성을 보장받을 권리가 있고, 명예와 사생활의 평온이 보호되어야 합니다. 또 성폭력특별법, 경찰관직무규칙, 인권보호수사준칙 등에 따라 모욕적인 조사를 받지 않을 권리, 인권을 보호받을 권리가 있습니다.

범죄 피해자로서 피해자 신상정보 보호, 여경 전담, 대질조사 시 가해자와의 분리 조사 등을 요구하세요. 경찰이 2차 가해를 할 시에는 2차 가해를 하지 말라고 경고하세요.

경찰이 피해자의 인적사항을 누설하고, 피해자에게 모욕적인 발언을 하고, 공개된 장소에서 피해자에게 피의자를 지목하게 하는 등 직무상 의무를 소홀히 하면 징계를 당하고 국가가 손해배상을 해야 합니다.

가족이 성폭력 피해를 당했습니다. 뭐라고 위로해야 할지, 어떻게 도와야 할지 모르겠습니다.

무엇보다 자신 잘못이 아님을, 폭력 피해와 상관없이 인권을 지닌 존엄한 존재라는 것을 알게 해주세요. 고소를 하겠다면 도와

주고, 하지 않겠다고 결정하면 그 결정도 지지해주세요.

피해자는 충격과 스트레스를 받았고 회복하는 데 시간이 필요합니다. 요리, 설거지, 청소, 빨래 등 실제적인 도움을 제공함으로써 도울 수 있습니다. 규칙적으로 식사를 하고 충분한 휴식을 취하면서 자기 자신을 돌볼 수 있도록 지지하고 격려해주세요.

사건에 대해 말하고 싶어 하지 않는다면 이해해주세요. 혼자만의 시간을 보낼 수 있도록 하되 일정 시간은 함께 있음으로써 고립되지 않도록 해주세요. 사건에 대해 말하고 싶어 한다면 최대한 경청해주세요. 사건 이후에 느끼는 감정을 지지해주세요. 하루 종일 성폭력 피해 이야기만 하거나 가해자에게 낼 화를 당신에게 쏟아내더라도 참고 들어주세요. 피해자는 당신에게 이야기하면서 자신의 경험을 정리하고 있는 중입니다.

스마일센터(범죄피해 트라우마 통합지원기관) 등 전문적인 도움을 받을 수 있도록 지지, 격려해주세요. 전문 상담가들 중에 잘 안 맞는 선생님이 있을 수 있으니, 한 분 만난 후에 상담을 안 받겠다고 하거나, 다른 상담사로 바꾸고 싶어 하더라도 이해해주세요.

직장 내에서 성폭력 사건이 발생했습니다. 가해자와 피해자 모두 저와 친한 사람들입니다. 저는 어떻게 행동을 해야 할까요?

가해자를 위해서라도 가해자에게 공감해주고 두둔해주지 마세요. 상황을 모르는 지인의 무조건적 지지에 힘입어 범죄 사실을 전면 부정하며 피해자 협박에 나섰다가 가해자가 더 큰 처벌을 받습니다.

성폭력 사건의 경우, 피해자의 진술이 증거의 전부일 때가 많습니다. 그럼에도 불구하고 피해자는 피해를 입었는데 침묵하고, 참고 살 수는 없기에 자신의 인권, 존엄을 위해 진실을 밝히려고 하는 것입니다. 대부분의 피해자들은 최우선적으로 가해자가 진심으로 사죄하기를 바랄 것입니다. 그리고 가해자가 죄를 지었으니 거기에 합당한 벌을 받기를 바랄 것입니다. 그런데 친분 때문에, 안타까운 마음에 옆에서 가해자를 두둔해주면 일이 엉뚱하게 꼬이기 시작합니다.

그러니 무조건 피해자 편에 서수시고 같이 싸워주세요. 통계나 상식으로 봤을 때 피해자가 무고를 했을 가능성은 낮습니다. 혹시라도 무고한 것이 밝혀지면 그 벌은 그때 받으면 됩니다.

성폭력 피해를 당했습니다. 고소했는데 무고죄로 역고소당할까봐 두렵습니다.

걱정하지 마세요. 예를 들어 길거리에서 지나가던 할배가 엉덩이를 만진 사건의 경우를 가정해볼까요. 현장에서 붙잡힌 할배는 실수였다고 주장을 한다고 치죠. 만약 고소 후 할배의 실수로 결론이 나서 검사가 불기소처분을 내린다 해도 이 경우 무고죄에 해당되지 않습니다. 엉덩이를 친 사실 자체가 있기 때문이죠. 그런 사건이 있지도 않았는데 멀쩡이 지나가는 남자를 지목해서 고소해야 무고입니다. 그래도 악에 받친 할배가 복수심에 무고죄로 고소할 수 있겠죠. 일단 접수되었으니 경찰서에 가서 조사는 받아야 합니다. 그러나 기소되지 않습니다. 없던 일을 꾸며낸 것이 아니니까요. 고소당해도 가서 조사 한번 받으면 끝입니다. 시간과 에너지가 아까울 뿐, 인생에 큰 지장 없습니다. 겁낼 것 없습니다.

지하철 성추행을 너무 자주 당합니다. 현장에서 잡아 고소까지 하지는 않더라도 속 시원히 망신이라도 주고 싶은데, 주위 시선이 부끄럽습니다. 어떻게 하면 좋을까요?

일단 언어를 바꿔야 합니다. 평소 말버릇대로 "어머, 왜 그러세요?", "아저씨, 어디를 만져요!"라고 말하지 마십시오. 듣는 사람들이 의문사 "왜?", "어디를?"에 집중하게 됩니다. 소리치는 피해 여성의 신체 부위를 먼저 보게 됩니다. 그러니 가해 남성에게 시선이 집중되도록 소리쳐야 합니다. "여기 성추행범이 있다!" 이런 식으로 말하면 객차 내에 있는 사람들의 시선을 가해자에게 집중시킬 수 있습니다. 미리 정거장 정차 시간 계산해서 소리 지른 후, 본인은 재빨리 문이 닫히기 직전에 내리면 됩니다. 그러면 쪽팔림은 남은 가해자의 몫입니다.

안전을 위해, 다음에 오는 지하철을 탈 때, 원래 내린 출입문에서 이동하여 다른 곳에서 타기를 권합니다. 그다음 정거장에서 내려 다음 차를 탄 가해자를 만날 수 있으니까요.

집에서 미리 여러 번 대사를 연습해보세요. 저는 종종 임산부 배려석에 앉은 남성들을 이런 식으로 망신 주고 다음 정거장에서 유유히 내리곤 합니다.

누군가가 제 페이스북에 욕설 댓글을 잔뜩 달아놓았습니다. 사과를 받거나 고소를 하고 싶은데 어떻게 해야 하나요?

사과를 받고 싶다면, 사과를 요구하기 전에 상대 페이스북에 가서 조용히 신상 정보부터 파악합니다. 싸움이 시작되면 증거가 되는 댓글을 지우고 도망가는 경우가 많기 때문에 이런 준비부터 해야 합니다.

악플을 캡처합니다. 상대 페이스북에 나와 있는 나이, 거주지, 학교, 직장 등의 정보도 캡처해둡니다. PDF 파일로 왼쪽 상단 인터넷 주소창이 나오도록 캡처해야 합니다. 절친 페이스북도 방문하고, 친구 목록을 캡처해둡니다. 상대가 차단하거나 계정을 없앨 시에 절친의 페이스북을 찾아다니면 정보를 더 모을 수 있기 때문입니다. 그동안 아무리 약 올려도 가만 두고 증거만 수집합니다. 상대에게 공격받을 빌미를 주는 댓글을 달아 반박하지 않습니다.

스트레스로 지병이 발병하면(급체나 위염, 과민하신 대장님으로 인한 장염 등) 즉각 병원에 가서 진단서를 끊어둡니다. 악플로 인한 피해가 이 정도였다는 구체적 증거가 됩니다.

모든 준비가 되었으면, 댓글을 달아 사과를 요구합니다. 상대 페이스북으로 찾아가지 말고 본인의 페이스북에 악플 캡처한 것을 올려서 별도의 사과 요구 포스팅을 만든 후, 상대를 호출합니다. 메시지나 카톡, 문자로 언쟁하지 말고 자신의 홈그라운드에서 우호적인 관중의 응원을 받으며 공개적으로 싸웁니다. 댓글 달리는 포스팅의 공개, 비공개 여부와 댓글 삭제 가능성을 내가 선택할 수 있어야 싸우는 과정이 드러난 증거 자료를 지킬 수 있기 때문입니다. 이 과정에서 욕설을 하거나 상대 정보를 공개해서 모욕죄로 역고소당하는 일이 없도록 조심합니다. 상대가 사과를 한다면 사과문 게시 등을 요구하고 종료합니다.

상대가 사과를 하지 않고 차단한다면 사과를 요구했으나 거부한 과정이 나온 댓글들을 삭제하지 못하도록 대화가 오고간 포스팅을 즉시 비공개로 돌립니다. 이제 남은 단계는 모욕죄로 고소하는 것입니다. 모욕죄가 성립하는지 한번 체크해보세요. 제3자들이 보는 데서[공연성] 당신을 지목해서[특정성] 모욕했는지를 따져보세요. 모욕죄가 성립된다면 주소지 경찰서의 사이버수사팀을 방문해 고소장을 제출합니다. 모욕죄의 경우 1년 이하의 징역이나 금고, 또는 200만 원 이하의 벌금에 처할 수 있습니다. 피해자가 합의를 안 해주면 대부분 벌금형을 받고, 벌금형을 받을 경우 전과 기록이 남습니다. 또 형사 고소가 끝나면 민사 소송을 걸어 치료비나 정신적 손해에 대한 배상을 청구할 수 있습니다.

미성년자가 제 페이스북에 욕설 댓글을 잔뜩 달아놓았습니다.
저도 참교육을 시켜주고 싶은데 어떻게 해야 하나요?

수집한 자료로 학교니 선생님께 연락을 취해 학부모를 만납니다. 학생과 학부모가 콧방귀도 안 뀌면 학교로 찾아갑니다. 많이 분노하셨다면 교장실로 바로 가고, 아직 학생에게 기회를 주고 싶다면 교무실로 갑니다. 그 이전에 학교 홈페이지에서 담임 선생님 성함, 시간표 등을 확인하고 전화로 방문 예약을 합니다. 행정실에 들려 방문증을 받습니다. 절차 없이 방문하여 교실로 쳐들어가면 신고당할 수 있습니다. 학부모와 학생을 만나서 사죄문과 재발 방지 각서를 받습니다.

대개 보호자인 학부모나 중재자로 오신 친지분들은 이런 일이 처음이라 어리석게 대처합니다. 우리 애가 그럴 애가 아니라거나 자기가 너무 충격받았다는 식으로 자신의 고통을 하소연합니다. 뭐 이 정도 가지고 애들 앞길 막으려 드느냐고 화내기도 합니다. 딱딱 자르고 자신에 대한 사죄 발언을 강하게 요구합니다. 부모님 앞에서 학생에게 자신이 쓴 악플 낭독을 시킵니다. 앞서 말한 대로 '체득'을 위해서입니다. 자기 입이 읽는 내용을 자기 몸이 들어야 합니다. 그동안 아무 거리낌 없이 욕설 댓글 달던 학생도 이렇게 시키면 낭독을 안 하려 들거나 심한 부분을 중간 생략하고 읽기도 합니다. 그렇다면 부끄러움을 가르친 셈입니다.

낭독이 끝나면, 잘못인 것을 아느냐고 확인합니다. 학부모님께도 확인합니다. 이때, 부모님이 울거나 머리 조아려 사죄하는 것을 보면 어지간한 불효자식 아니고는 대개 반성하는 눈빛을 보입니다.

미리 준비한 사과문 샘플을 주고 그대로 쓰라고 요구합니다. 제대로 안 쓰면, 학생인 경우 보는 앞에서 찢어버리고 처음부터 다시 쓰라고 시킵니다. 학부모님은 빈자리에 부가하라고 시킵니다. 쓴 내용을 확인하고 등본, 민증과 대조합니다. 이상이 보통 1시간 코스입니다. 진행 순서, 사과문과 사죄문에 들어갈 내용을 정리하면 다음과 같습니다.

〈순서〉

1 자기소개, 신원 확인

2 있었던 일 확인, 학생 본인의 악플 낭독

3 본인 사죄

4 부모님 사과

5 학생과 부모님의 자필 사과문, 재발 방지 각서 작성

6 사과문의 문제점 지적, 보완(문제 없으면 8번으로)

7 다시 작성(문제 있으면 다시 6번으로)

〈학생의 사과문 내용〉

1 제목은 ○○○님께 드리는 사과문

2 가해 학생 이름, 소속 학교, 주민번호, 주소

3 자신이 한 일

4 피해에 대한 사죄 내용

5 앞으로의 변화 의지

6 차후 여성혐오 악플 활동을 하는 것이 발각될 시 어떤 벌이라도 받겠으며 이번 일로 ○○○님에게 악한 마음을 품고 음해하는 언행을 하지 않을 것임을 명시

7 날짜, 도장 또는 지장

〈학부모의 사죄문 내용〉

1 제목은 ○○○님께 드리는 사죄 각서

2 가해 학생 학부모 이름, 주민번호, 주소

3 자식이 한 일

4 피해에 대한 보호자로서의 사죄 내용

5 재발 방지를 위한 교육 의지

6 페이스북에서 자식의 사과를 받아낸 과정, 오늘 만나 사과 받는 과정에서 아무런 강압도 없었으며 차후에 이를 법적으로 문제 삼지 않을 것임을 명시. ○○○님에 대해 유감을 갖고 차후 어떠한 보복도 하지 않을 것임을 명시

7 날짜, 도장 또는 지장

사죄만 받는 것이 아니라 차후에 받을 수도 있는 보복을 문서로 남겨 예방하는 것을 잊지 마십시오.

가장 중요한 것은, 자신을 지키는 것입니다. 길게 말 섞고, 나에게 왜 그랬니, 진짜 미안하니 등등을 물을 필요 없습니다. 어차피 오래 해온 악플 활동입니다. 한번 걸렸다고 갑자기 반성할 리가 없습니다. 헛된 기대입니다. 자신만 스트레스 받고 멘탈 관

리하기 힘듭니다. 오래 싸우려면 자신을 보호하는 것이 가장 중요합니다. 딱딱 필요한 일만 하고 추후에 문제가 될 것에 대비해서 문서를 받아냅시다.

데이트 폭력 사건이 너무 많이 벌어지니 남자 만나기 진짜 무섭습니다. 어떤 남자를 만나야 하나요?

데이트 폭력은 가정폭력의 미혼자 버전입니다. 데이트 폭력, 가정폭력의 본질은 사랑싸움이 아니라 학대, 폭력, 지배욕입니다. 그러므로 상대가 폭력에 대해 어떤 인식을 갖고 있는지가 중요합니다.

나를 인격적으로 존중해주는가뿐만 아니라 다른 사람을 어떻게 대하는지 잘 지켜보세요. 가게 점원이라든가 식당 종업원, 택배 기사님 등을 대하는 자세를 보세요. 길고양이나 비둘기를 어떻게 대하는가도 보세요. 자신보다 약하고 만만한 상대라고 함부로 대하는 사람이라면 언제 나를 그렇게 대할지 모릅니다.

어머니나 누나, 여동생 등 가족이나 친밀한 관계에 있는 여성을 말할 때 어떤 방식으로 어떤 틀에 넣어 말하는지도 관찰해보세요. 예를 들어 "우리 누나는 뚱뚱해서 시집가기 글렀어" 이런 방식으로 말하는 사람은 여성혐오 문화에 깊이 물들어 있는 위험한 남자입니다. 특히 성매매 여성을 어떻게 보고 있는지 의견을 들어보세요. 여성을 성적 대상이나 가사노동과 돌봄서비스 제공자가 아니라 자신과 동등한 인격체로 생각하는 사람, 소유물로 생각하지 않는 사람, 건강한 관계를 맺고 싶어 하는 사람을 만나야 합니다.

데이트 폭력 가해자들은 사소한 일에도 갑자기 화를 내거나, "나를 버리면 자살할 거야"라고 말하거나, 원하지 않는 스킨십이나 성관계를 갖도록 강요하거나, 다른 사람들을 만나는 것을 싫어하고 계속 어디에 있는지를 물어보는 등 과도한 집착과 소유욕을 보이거나, 어떤 옷을 입으라고 강요하는 경우가 많습니다.

또 피해자 탓을 합니다. 자신의 스트레스를 폭력, 학대를 통해 푸는 것임에도 불구하고 늘 피해자가 '맞을 짓'을 해서 어쩔 수 없이 손을 댔다고 생각합니다. 손을 댄 것도 교육을 한 것이지 폭력을 휘두른 거라고는 생각하지 않습니다. 여자를 괴롭혀 놓고 불쌍한 척은 지가 다 합니다. 자기연민 서사에 능한 남자를 조심하십시오.

여기에 해당된다면 절대, 사랑으로 고쳐서 계속 사귈 생각은 마십시오. '그거 하나만 빼면 다 좋은 남자인데'라는 생각이 처음 들 때 이미 경고등이 켜졌습니다. '그거 하나 때문에' 나쁜 남자인 것이니까요.

거의 매일 시선 강간을 당하는 것 같아요. 그럴 때마다 기분이 더럽습니다. 현행법상 처벌이 불가능하다는 시선 강간, 어떻게 대응해야 할까요?

그다지 쳐다보고 싶지는 않겠지만, 똑같이 쳐다봐주세요. 못 볼 것을 봤다는 표정으로 눈을 마주치면서 위아래로 훑어봐주세요. 그 사람도 기분 엄청 더러워질 겁니다.

엘리베이터처럼 좁은 공간에 다른 사람들과 함께 있는데 그런 일을 당한다면 "혹시 저 아세요?"라고 물어보세요. 분명 상대방은 '모른다'고 하겠지요. 그럼 "근데 왜 그렇게 쳐다보세요?"라고 망신을 주세요. 아니면 혼잣말로 "하도 위아래로 뚫어지게 쳐다보길래 아는 사람인 줄 알았네"라고 하세요. 사람들 많은 좁은 공간에서 제대로 망신을 주는 거죠. 단둘이 있을 때는 위험하니 하지 마시고 다른 사람들 있을 때 하세요.

저도 압니다. 누군가를 경멸의 시선으로 바라보거나, 먼저 말을 거는 것 모두 쉽지 않지요? 평상시에 미리미리 거울 보고 연습해둡시다. 그런 사람들은 망신 경험치가 쌓여야 그 짓을 안 합니다.

몇 년 전에 지하철에서 도촬당했었는데 잡지 못해서 아직도 그 생각만 하면 분합니다. 다시 도촬범을 만나면 꼭 잡고 싶습니다.

어떻게 하면 될까요?

서울지하철수사대 경찰분들 말에 따르면, 도촬범의 주된 수법은 에스컬레이터 계단에 서 있는 여성의 치마 속을 아래에서 찍는 거라고 합니다. 한쪽 다리를 여성의 치마 밑으로 굽힌 다음 허벅지에 스마트폰을 올려놓고 찍는다고 하네요. 아니면 치마 밑에 쇼핑백이나 가방을 내려놓기도 하고요. 카메라 초점이 맞는지 확인해야 하니까 계속 위를 봤다 아래를 봤다 하기도 한답니다. 또 목적지가 있어서 가는 승객이라면 효율적으로 바삐 움직일 텐데 이런 도촬범들은 여성을 뒤쫓고 주위를 어슬렁거린다고 합니다.

그런 이상 행동을 하는 도촬범이 있으면 핸드폰을 낚아채면서 주위의 도움을 청하세요. 주위 사람들도 얼떨떨해져서 효율적으로 돕지 못합니다. 눈을 마주치며 한 분씩 구체적으로 도울 방법을 알려주세요. "아주머니는 경찰에 신고해주세요. 아저씨는 이 남자 도망 못 가게 잡아주세요. 학생은 지금부터 경찰 올 때까지 동영상 찍어주세요" 이렇게요. 도촬범이 재빨리 도망가도 괜찮습니다. 도망가는 뒷모습을 찍어두세요. 의상, 인상착의를 알고 사건 시각과 장소만 잘 기억해두시면 얼마든지 지하철 CCTV로 범인을 잡을 수 있습니다. 따라 뛰어가 범인과 비슷한 시간대에 개찰구에 교통카드 찍어서 기록 남겨두면 잡기 더 쉬워집니다.

붙잡힌 도촬범은 젊은 대학생, 회사원인 경우가 많다고 합니다. 성격은 소심하고 찌질하다네요. 하긴 그러니까 남의 치마 속이나 찍고 있겠지요.

성폭력 없는 세상에서 살고 싶습니다. 제가 무엇을 할 수 있을까요?

성폭력 관련 법 제정, 개정을 위해 열일하는 국회의원을 지지하고 후원금을 보냅니다. 반대의 일을 하거나 여성혐오 언행을 일삼는 국회의원은 선거로 응징합니다.

반성폭력 운동 단체, 여성 단체에 후원금을 보냅니다. 시위에 참여합니다.

성폭력 사건을 보도한 신문 기사에 피해자 여성을 2차 가해하는 댓글에 반대 의사를 표시합니다. 올바른 견해를 보이는 댓글에 좋아요, 추천을 눌러 우리가 다수라는 것을 보여줍시다.

성범죄자는 무조건 처벌받아야 성폭력이 없어집니다. 그러려면, 피해자가 비난받을 것을 두려워해서 참거나 숨지 않고 떳떳이 피해 사실을 밝힐 수 있어야 합니다. 피해 여성의 행실을 지어내는 등 성폭력의 원인을 피해 여성에게서 찾지 않도록 다 함께 사회 분위기를 바꿔나갑시다. 장기적으로 보아 평등해야 안전해진다는 것을 잊지 맙시다.

마지막으로 각자 아버지, 남편, 남친, 오빠나 동생, 아들을 잘 키웁시다. 할머니, 어머니 등 말이 안 통하는 명예남성인 여성들도 인내심을 가지고 설득합시다. 성폭력 범죄자와 같은 사고방식에 기반한 말을 할 때 참교육을 시켜줍시다. 말이 안 통하면 그렇게 후지게 살다가는 아내, 딸, 여친에게 버림받는다는 것을 경고해줍시다. 혈연관계가 아닌 사람들은 굳이 변화시키려 애쓰지 말고 그때그때 버립시다. 혈연관계에 있는 사람도 정 본인이 상처받고 괴로우면 가족 행사 때나 얼굴 보고 반의절 상태로 지내면 됩니다. 서구 선진국처럼, 대놓고 혐오 발언을 하면 사람 취급도 못 받는다는 인식이 사회에 퍼져야 사람들이 알아서 입 조심하게 되니까요.

강남역 살인남 사건과 미투 고발 운동 이후 여성폭력이 만연한 사회현실을 알아버렸습니다. 너무 우울하고 무기력합니다. 살기가 싫습니다. 제가 겪은 크고 작은 성폭력 피해도 많은데 제대로 대처하지 못했습니다.

이해해요. 저도 그렇습니다. 성폭력 사건은 뺑소니 교통사고와 같습니다. 무조건 가해자 잘못입니다. 그리고 가해자를 잡아서 벌주고 보상을 받아내는 것과 함께, 피해자를 치료하고 피해자

스스로 장기간 재활 운동을 해야 한다는 점에서도 같습니다.

우리는 '피해 경험'을 했을 뿐이지만 평생에 걸쳐 피해 경험이 쌓이기만 하고 제대로 재활 운동을 하지 않으면 교통사고처럼 후유증이 남게 됩니다. 학습된 '피해의식'에 빠져 서로 불행 자랑을 하고 이렇게나 불쌍한 자신에게 잘 대해주지 않는다며 친지들 원망만 하며 늙어가게 됩니다. 평생 가부장제에 착취당해 피해의식을 갖게 되어 그 스트레스를 며느리를 구박하며 풀고 있는 주위 할머니들을 보면 알 수 있죠. 무기력한 피해자를 양산하는 그릇된 여성혐오 문화, 우리 대에 이제 끊어내야 합니다.

우선 페미니즘 책을 읽읍시다. 차근차근 공부해서 구조를 파악하면 자기 팔자 탓하는 피해의식에서 벗어나는 길이 보입니다. 독서모임이나 여성운동 단체의 강연에 참가하는 것도 좋습니다. 운동 등 몸을 쓰는 활동을 권합니다. 무언가, 자신이 세상에 지지 않고 움직이고 있다는 느낌을 가질 수 있게 하는 것이 좋습니다.

제가 권하는 방식은 일상의 소소한 싸움에서 승리의 경험을 해보는 것입니다. 이 책에 있는 방법을 잘 연습해두었다가 다음에 잔챙이 성폭력범을 만나면 제대로 응징해봅시다. 이렇게 스스로 무언가를 한다는 의식을 갖고 지내다보면 시간이 흐른 뒤에는 좀 더 기분이 나아져 있을 것입니다. 우리 같이 힘냅시다!

책의 초고를 먼저 읽고 조언을 해주신 분들

고은아
김서연
김선아
김수정
김지은
이예지
이은주
이정진
정지민
조경미
홍새로미
홍혜은
황선호

솔직한 조언과 따뜻한 응원 덕분에 이 책이 세상에 나올 수 있었습니다.
진심으로 감사드립니다.